一不留神爱情失之交臂

姚远方 著

百花洲文艺出版社

图书在版编目（ＣＩＰ）数据

一不留神爱情失之交臂 / 姚远方著. -- 南昌：百花洲文艺出版社，2015.12

ISBN 978-7-5500-1000-0

Ⅰ.①一… Ⅱ.①姚… Ⅲ.①散文集 – 中国 – 当代

Ⅳ.①I267

中国版本图书馆 CIP 数据核字(2014)第 132855 号

一不留神爱情失之交臂

姚远方 著

出 版 人	姚雪雪	
责任编辑	郑　骏	
美术编辑	大红花	
制　　作	董　运	
出版发行	百花洲文艺出版社	
社　　址	江西省南昌市红谷滩世贸路 898 号博能中心 A 座 20 楼	
邮　　编	330038	
经　　销	全国新华书店	
印　　刷	北京兴湘印务有限公司	
开　　本	787mm × 1092mm　1/16	印张　15.25
版　　次	2016 年 4 月第 1 版第 1 次印刷	
字　　数	300 千字	
书　　号	ISBN 978-7-5500-1000-0	
定　　价	25.80 元	

赣版权登字：05-2015-464

邮购联系　0791-86895108

网　　址　http://www.bhzwy.com

图书若有印装错误，影响阅读，可向承印厂联系调换。

前　言

　　爱情，这个永恒话题，从古至今就描述甚多，故事典例也颇多。不管是悲凉凄切的，还是平静幸福的；不管是天长地久的，还是昙花一现的，感情的初始都是纯粹的。很多人相爱的时候以为彼此之间的爱永远都挥霍不完，但是当爱情演变成亲情时，就会发现那份爱已经少了一份激情。热恋时彼此难分难舍，海誓山盟，时间一长，感情在无意中出现了各种问题，对方也没有了之前的完美无缺。无奈，双方一拍即散，从最亲密的关系变成了形同陌路。

　　爱不是等价交换，而是默默无私奉献。当你爱上一个人的时候，就要下定决心为他付出一切，不要因为自己付出了多少就指望从对方身上得到多少。

　　爱不是一件容易的事，从最初对一个人心生好感到鼓起勇气追求，到进入恋爱阶段，到步入婚姻殿堂，漫长的岁月里能维持爱情的已不单单是最初对彼此的那点好感了。三毛曾说过："一刹那真情，不能说那是假的。爱情永恒，不能说只有那一刹。"每一个人都渴望爱情能够永恒，能够坚守自己的爱情，能够与心爱的人相伴到老。但并不是所有人都能和爱的人共结连理，一辈子不弃不离。

　　很多爱情都输在了半途中，有的败给了现实，不是输给了距离，就是输给了房子；有的败给了岁月，时间让身边的人变得虚情假意，让承诺变得比纸还单薄；有的败给了自私，人的一生就是沟通的过程，爱情更是如此，人最难逾越的障碍也是沟通。人与人最远的距离，是心的距离。近在咫尺，紧紧相依；亦远在天涯，心各一方。它让人心不可逾越，让对望感觉不到情意，让拥抱感受不到热度，爱在一天天中流逝，一不小心，失之交臂……

　　为何爱情会失之交臂呢？

　　这是因为我们常常看不清爱情的真相，总是与自己幻想出来的人相爱，而忽略对方的真实存在。我们所歌颂的美好爱情，从心理学的角度看，其实只是爱情的初级阶段而已。不要总是把幸福寄托在找到一个正确的人，而从不反思自己的真正需要。其实，大多数的爱情悲剧都是两个人造成的。

　　本书正面剖析爱情中遇到的难题，用令人信服的案例，分析了男女两性在思想观念和行为举止上的差异，指出了男女两性在日常沟通和交往中存在的种种问题和误区；告诉读者如何用正确的方式寻觅和维持爱情，从而在寻爱的道路上畅通无阻，收获幸福。

目　录

第一章 学会让爱在情感起跑线前进

不言而喻的甜蜜，那种怦然心动的感觉，每分每秒的魂牵梦绕，每次别离后的丝丝牵挂，都是爱情的初体验。一段感情的开始就像盖一幢漂亮的别墅，地基是否牢固尤为重要。只有让爱赢在起跑线上，地基才能坚固，别墅才会越盖越漂亮，越盖越宏伟。

爱情从告白开始

爱要大声说出来。简单的一句话，要想实现还需要莫大的勇气。很多人爱在心里，闷在心里，痛苦在心里，遗忘在心里，情愿把痛磨成粉末咽下，也不敢表达出自己的情意。

其实，爱情一直是一个无人能准确定义的东西，从古至今没谁敢说他就完全懂爱情。爱情的构成可以是两情相悦，可以是一见钟情，也可以是日久生情。爱情不分国界、没有年龄之限、不分贵贱，它是一种可以超越世俗、观念，并能永恒的感情。它是需要从告白开始的，没有告白便没有开始。

小海喜欢琪琪很久了，久到连他自己都记不清是从什么时候开始的。他只记得，那一天他在教室外遇到了琪琪，琪琪主动给他打招呼说"你好"。琪琪微微上扬的嘴角很好看，还有后脑勺一晃一晃的小马尾。虽然没有一见钟情的开始，但是那一刻，琪琪的样子已经深深地印在了小海的心里。

高中三年，他们都是同班同学，琪琪坐在教室的第二排，小海坐在倒数第二排。每当小海抬头的时候，他就能看见琪琪的背影。那个时候小海总是想，如果时间能在这一刻停下来该有多好，他就能一直这样静静地注视着琪琪。

直到有一天，小海发现他的脑海里满是琪琪的影子，当他抬头第一眼看不见琪琪的身影，心里第一次感觉到失落的时候，他确定一定以及肯定地告诉自己：他喜欢上她了，很喜欢的那种。

他们是好朋友，无话不谈的那种，她曾经开玩笑地说，她就是小海的闺蜜。小海听了也笑着说，那她就是他的哥们。但是那一刻小海想说的是，他不想只成她的闺蜜。高中毕业后，他们各分东西，但是幸运的是，他们虽然没能上同一所学校，却也离得不远。这样也好，至少他还能有各种理由可以去看她，陪她吃饭、聊天，陪她逛街、看电影。

小海的室友都嘲笑他，明明喜欢人家，却一直不告诉她。因为小海一直害怕，现在的他们不是恋人，却可以有说有笑，形影不离。如果他表白之后，她对他的感觉却依旧只是好朋友，那他们以后还能像现在这样吗？他还能经常见到她吗？还能经常陪她吃饭聊天逛街吗？有太多太多的不确定因素，所以小海不敢，也不知道被拒绝之后他们该如何相处。

也许，好朋友也不错。小海总是这样安慰着自己。

转眼间，他们已经认识8年了。准确地说，是8年零3个月。毕业后，他们真正各分东西了，他回到了千岛湖，她留在了杭州。现在他只能借口每次去杭州办事的机会，去看看她，陪她吃顿饭，聊会儿天。每次分别的时刻，他都有种想抱住她的冲动，告诉她，他不想走，他想留下来陪她。可是他终究还是没有那个勇气，只能坐在车子里等着车慢慢启动，开走，再也看不见她。

一转眼时间又过了几个月，小海听说琪琪一直过的不是很好。有一次甚至打电话的时候哭得稀里哗啦。这时他决定向琪琪告白，并用一辈子的时间来爱她。而这一次，不管结果怎样，他都要尝试一次，把他藏在心底很久很久的话告诉琪琪，他再也不怕被琪琪拒绝了，因为如果他不说出那句话，以后估计会后悔一辈子。他不想有一天当她穿着婚纱走进礼堂的时候，他却只能坐在下面为她鼓掌，笑着流泪。

小海主动约琪琪见面，那天他手捧鲜花，给琪琪来了一个浪漫地告白："我不想我们仅仅只是朋友而已，因为我喜欢你，很久了！"他没想到的是，琪琪听了这句话后瞬间泪流满面，她接过他手里的花责怪地说："我还以为你只想和我做朋友。你怎么现在才告诉我你喜欢我。"

小海的告白成功了。如果没有他的这次勇敢，估计他就和这段感情失之交臂了。

生活中还有很多"小海"默默地爱着那样一个"琪琪"，明明深爱着却不知道怎么说出口。这样的感情有可能因为你的胆怯而错过，也有可能因为你的勇敢而绽放。很多人不敢表达自己的情感，怕自己给不了对方想要的幸福，也怕万一遭到对方拒绝后连朋友都做不成。但现实是残酷的，时间、距离都有可能改变一切，那种暧昧的关系也会随之变淡、错失，几年以后也许你会因为曾经没有勇气和喜欢的人告白而成为终生的遗憾。

　　所以喜欢一个人，与其考虑他的幸福而舍弃她，不如紧紧抓住她，为了她的幸福去努力，把心爱的人托付给谁都不如托付给自己更可靠，因为不会再有人会比你对她的感情真。也许你的告白会遭到对方的拒绝，那又能怎样呢？你已经表达了你的爱，你努力过了，就不会有遗憾。有句话说的好，努力不一定成功，但是不努力肯定会失败。所以爱情要从告白开始，说到告白很多人有些不知所措，因为又有一句话叫做：爱你在心口难开。哪怕平时口才一流的人，在表达爱意面前也会变得语塞。

　　告白是一门学问，真诚的告白不但会打动人心，还会开启爱情的大门。在经典爱情剧里，动听的告白绝对会给剧情添彩不少。

　　《邮差》："比阿特丽斯，你的微笑如同蝴蝶展翅，你有月亮般的轮廓，苹果般的芳香……裸身的你纤细得如同脱壳的谷粒，……繁星和蔷薇在你的发间，你的乳房像两团燃烧的火……"或许这是你在电影中听到过的最没有逻辑、煽情指数最低、文字搭配最不贴切、比喻暗喻最不形象的爱情告白，不过又有什么关系呢？一个渔夫不可救药地爱上了邻家美貌的姑娘，他求助于避难岛上的智利诗人聂鲁达帮他写求爱信未果，只好自己学着写，所以他的忧伤像他每天撒出去的渔网。这部又名《事先张扬的求爱事件》的电影，通篇充斥着渔夫马里奥梦话一样的诗句，但谁也不会觉得可笑，就像聂鲁达告诫马里奥的一样：到了床上，都没什么两样，无论诗人，神父，还是共产党员。

　　《简爱》："你以为我穷，低微，不漂亮，我就没有灵魂没有心吗？你想错了！我和你一样有灵魂，有一颗完整的心！要是上帝赐予我美貌和财富，我会使你难以离开我就如同我现在难以离开你一样，我现在不是依据习俗、常规，甚至也不是通过血肉之躯同你说话，而是我的灵魂同你的灵魂在对话，就仿佛我们两人穿过坟墓，站在上帝脚下，彼此平等——因为我们生而如此！"这并不是告白的告白，并不是怨怼的抗议。简绝不掩饰的，除了对罗切斯特的爱，还有不可屈服的灵魂。可以平凡，却不能卑微；可以放弃不爱，却不能失却原原本本的自己。这大概是你听过最不感人的告白，但它勇敢得让人陶醉，深刻得叫人肃然起敬：于是罗切斯特顺着简的话说，是的，我们生而平等，我爱的是你。

《傲慢与偏见》："伊丽莎白小姐，我挣扎已久却无济于事，在过去的几个月里我备受煎熬，我来这里只有一个目的，想见你，我必须见你。我一直与我的理智，与我的家庭对我的期望作斗争，虽然你出身卑微，而我拥有一定的地位和经济条件，但我现在愿意把它们放在一边，只求你将我救出苦海，我爱你，强烈地爱着你，请你答应嫁给我。"出身贵族的达西先生深深爱上了与他地位悬殊的伊丽莎白小姐，哪知对方讨厌自己的傲慢，深情表白之后不但被拒绝还遭到痛骂，他爱的人甚至说出了"我就算死了也不会嫁给你"这样的话，被伤透心的达西先生对伊丽莎白的爱却依然如故，他为了她改变了许多，等他确信对方有原谅自己的意思，又鼓起勇气作第二次表白："你一定知道我这么做全是为了你，我阿姨昨晚找你谈过，我的心中又燃起一丝希望。如果你对我的感觉跟上次一样，请你直接告诉我，我对你的心意一直没有变，你只要拒绝我，我永远不再烦你。但是如果你改变了心意，我就必须告诉你，我的灵魂与肉体都为你着迷，我爱你，我爱你，我永远不想再和你分开。"

《这个杀手不太冷》：莱昂，我觉得我好像爱上你了。这是我的初恋，你知道吗？（莱昂：你没有谈过恋爱你怎么知道这是爱？）因为我感觉到了……（莱昂：在哪里？）在我的胃里，感觉很温暖，我以前总觉得胃里打结，现在不会了。（莱昂：玛蒂达，我很高兴你的胃病好了。）

胃不打结，很温暖……是啊，爱就是一种生理反应，没有比玛蒂达更直接更好的表达了。可惜，呆头大叔实在是很不解风情……

《喜剧之王》"我养你啊！"充足了所有的勇气，街坊福利会管理员兼跑龙套的尹天仇终于对正在走红的坐台小姐柳飘飘喊出了这句话。抛开所有的社会身份和现实条件，这是一个中国男人对一个中国女人最通俗易懂但也是最真挚勇敢的承诺。不少人把《喜剧之王》里的这一时刻评为"周星驰电影最感人瞬间"。

《真爱至上》："幸运的话，到了明年，我会跟某个辣妹约会，现在我只想向你表白，我并没有任何期望，但是今天是圣诞夜，圣诞夜一定要说实话，对我来说，你很完美，我将爱你到永远，直到你变成这样（出示一张木乃伊照片）。圣诞快乐！"

这段史上最动人的告白之一，男主人公选择了字幕板+图片形式，后来这一方式被《非诚勿扰》节目的某些男嘉宾进行了借鉴，据说效果很好，觉得自己口才不佳或是见了心上人就舌头打结的朋友可以尝试。

《绝唱》：顺吉少爷，我配不上你，我长的不好看！（我喜欢！）我晚上睡觉磨牙！（我喜欢！）我偷吃厨房的东西！（我喜欢！）在我童年的时候，我一定做过好事，因为此刻，你就站在那里爱着我。

卑微的小雪得知自己暗恋的顺吉少爷其实一直也喜欢自己的时候非常惊讶，于是有了两人这样的对话。

《在世界中心呼唤爱》：朔太郎在开学式上对亚纪表白，许多天后，收到了亚纪给他的录音磁带，对朔太郎的表白进行了一对一的回复。松本溯太郎：今天我谈谈讨厌的东西：

第五位在图书馆被男人亲吻发抖的广濑亚纪；

第四位在我面前勉强不把我当回事的广濑亚纪；

第三位夜晚想要去死的广濑亚纪；

第二位用一盘磁带就要以分手来捉弄人的广濑亚纪；

第一位明说要坐我车后的却违背诺言的广濑亚纪，

以上，只有这些，剩下的都喜欢，全都喜欢。

广濑亚纪：今天我说说我喜欢的东西：

第五位是在烧章鱼球店前偷偷写明信片的松本；

第四位是被口香糖机关骗的好人松本溯太郎；

第三位是总是把钥匙弄丢毛糙的松本溯太郎；

第二位是对我说不去演朱丽叶怎样的松本君；

第一位是那天为我撑伞过来的松本溯太郎。

我喜欢你，小溯，非常喜欢哦。

《诺丁山》："我只是一个普通的女孩，站在一个男孩面前，请求他爱她。"

女明星安娜又一次来到了威廉的小书店，为此前对他的伤害表示道歉，并且在道歉的最后说了这样一番话。大明星放下架子，自称为一个普通的女孩，我们只能说，真正的爱会让人变得真诚。

《绝对，也许》："我想娶你，是因为你是我一早起来第一眼就想要见到的人，是我每晚睡前唯一想要吻的人。因为当我第一次看到那双手时，我就无法想象不能牵着它们的日子，但最主要的，当你爱一个人像我爱你一样，剩下唯一能做的事情就是结婚。"听到这样的告白，如果对方不是史莱克的话，就考虑嫁了吧。

很多人都会被这样动听而真诚的告白所感动吧。告白不是甜言蜜语也不是虚情假意，而是内心深处最真实的情感，只是需要通过语言来表达出来，让对方明白你的爱意，从而开始一段两情相悦的爱情。

暗恋是种隐匿而孤独的甜蜜

暗恋，就是一个人对另一个人心存爱意或好感，因为种种原因这种爱意无法告白。暗恋也是一种单相思。有相思就有苦楚，就有心灵的煎熬。如果相思的太深，还有可能患上爱情的重病——相思病。

暗恋的对象往往并没有这样的爱意或好感，很少出现双方互相暗恋的情况。暗恋者通常比其他恋爱来得痛苦，除了要忍受对方不知道的恋情之外，还要默默忍受暗恋所带来的种种痛苦。它是一种痛苦，同时又是让人黯然欣喜的事情。每一个人在暗恋的最初阶段，都会产生一种莫名的兴奋和喜欢。这种心理状态，就如一把双刃剑，可以成就一个人，也可以毁掉一个人。而在爱情中，一厢情愿的结果往往都是悲惨结束的。

暗恋是很多人都曾体验过的，不论是青年、少年、中年还是老年，但暗恋现象多发生在情窦初开的青年人中。暗恋可能是不经意间发生的，也可能是刻意的。或许因为现实中的种种压力和阻力，不得不把感情埋藏在心里。中学生面临学业及家长学校的压力，在情窦初开的年纪，暗恋的情况较多。当然，暗恋也与自身的爱情观有关。另外，暗恋的对象通常是朋友、熟人、工作地点常遇见的人、团体聚会中的某人。很多暗恋者最终都没有表白，一般都是胆怯、怕被拒绝或者一方或双方已经有对象。

在我们每一个人的内心深处，都藏着一个人，每次想起他的时候，会觉得有一点点心痛，但我们依然愿意把他留在心底。就算今天，我不知道他在哪里，他在做些什么，但至少知道，是他让我了解，什么是初恋这件小事。

小水是一位初中一年级最最平凡小女孩，她的功课一般，体育也一般，更要命的是她的长相平凡得让人过目就忘。但这位平凡的女孩偏偏暗恋着学校中最优秀、最善良、也最帅气的高一男生阿亮。身为校园中的风云人物，阿亮从来就是女孩们的焦点，无论是功课好的，体育优的，还是长得美的，全校的女生都为他疯狂。小水明白自己根本无法与那些优秀的女孩们竞争，她从不奢望自己能和阿亮交往，她只有一个小小的愿望。那就是阿亮经过她的身边时。能回头看她一眼，于是小水做了很多傻傻的小事，只为吸引阿亮的目光。她不惜在晚会中扮丑只为听到阿亮的笑声；申请加入舞蹈社却在筛选时被学长羞辱；练习吹奏管乐只为能靠阿亮再近一点。这些小小的努力让小水在初三之时成为学校名副其实的风云人物，她变成了男孩们眼中最可爱、最温柔和最值得追的校花级女孩。但小水心中依然收藏着她那小小的愿望，她希望这一次经过阿亮的身边，他能看她一眼。殊不知在话剧表演的时候她的表现被阿亮的好朋友阿拓注意。最后，在初中毕业之时，小水终于鼓足勇气向阿亮表白，却发现阿亮已经在一个星期前接受了小彬学姐，两人又一次错过。其实，阿亮没有和小水在一起，是出于当初对阿拓的承诺，他不想失去他的兄弟，只有隐藏自己的真实感情。看着她，也是种幸福。

9 年以后，两个人都有了各自的成就，小水成为一名出色的服装设计师，阿亮则从一名超级球星成功转型为一名摄影师。在小水回国后的一次节目采访现场，主持人请来了阿亮学长。时隔九年，两人再一次相见，小水问阿亮有没有结婚，而阿亮回答，我一直等那个人从美国回来。小水笑着哭了。

这部小清新式的泰国电影曾经在本土上映时候打出了"每个人都经历过的暗恋情结"、"95%的人都有过同样经历"的宣传语，少女心悄然萌动地喜欢上了对方，她绕很远的路为了经过他的教室、在每一个角落偷偷观察他的一举一动、睡觉时候幻想枕头是他的胳膊、在他面前假装平静却内心激荡。暗恋是莫大人生中的一件小事，又是躁动青春中的一件大事，在没有自我认知与定位的十几岁撞上的第一个人会影响很深。

把暗恋勇敢说出来

暗恋是一种美丽的情怀，也是一份浪漫的伤痛。当你在那条路上像忧郁的哲学家一样反反复复地走来走去，只为了能假装不经意地、偷偷地看他一眼时，当你穿上那条苹果绿的新裙子，只因为他曾经对你说过他最爱苹果绿时，只要哪怕并不在意，你的心里也会有那么一丝青春感伤的甜蜜。但如果有一天，他的身边出现了一个她，你会不会加剧心里的痛苦呢？所以试着把你的暗恋勇敢地表达出来吧。

方法一：做忍者神龟。写情书已经太老套，而且如果被对方公开出来当笑柄岂不是很没面子？很可能你一辈子都会为这件事脸红。所以，你要像忍者神龟一样无声无息地潜伏在他身旁，通过观察、旁敲侧击搞清楚他的情况，比如最基本的是他到底有没有女朋友，他爱到哪个餐厅吃饭，最爱吃些什么。最佳技巧是先接近他周围的人。其实每个人都很乐意炫耀自己知道的东西，只要到他的朋友圈子里坐一坐，或者跟他的老友喝喝啤酒，肯定得来全不费工夫。

方法二：制造巧遇。你要化暗为明，找个机会在他面前出现。当然，如果你已打入他的老友圈子，认识他只是迟早的事。但你套取情报时千万不要让别人起疑，否则朋友们的取笑反而会让他退避三舍。当然还有很多种情节啦：你去他常去的餐厅里用餐，恰巧坐他同桌，并且也把胡椒粉撒进咖啡里；你上图书馆，从他对面，手里捧着一本跟他一模一样的书（专业书例外）；或者偷偷苦练他喜欢做的运动，然后大摇大摆走进他经常出现的健身场所，和他有共同的爱好也能促进彼此的关系。

方法三：找出话题。认识了以后的关键就是谈话，不能"此时无声胜有声"地大眼对小眼，而要无话找话。凭你做忍者神龟时收集的情报，找些共同感兴趣的话题说上一两个钟头应该不难，说到投机时做潇洒状："不如一起去喝杯咖啡？我请客！"——如果正在喝咖啡，就直落饭局好了。谨记话题范畴：宜泛不宜深，宜轻不宜重，最好为下次见面留下伏笔。

方法四：经过这一回合，你对他总算有个大致的了解了。如果不幸发现对方不是你要找的人，好了，你就得救了，再也不用"为伊消得人憔悴"了。如果不幸发现他正是你众里寻他多时的人，那就惨了，"多情总被无情恼"，你要开始长吁短叹忽泪忽笑地捱日了，这时，你千万不要泄露自己的心事，更不能昭告天下，需知人心如此，容易得到的东西都不知珍惜。你可以旁敲侧击问他欣赏什么类型的异性，如果他说的与你八杆子打不着，你就死了这条心吧。其实，若是两心相知，一切都会自然而成，就如风过云散、春来花发，不必费尽心机，便有完满的结局，否则，就算呕心沥血、最后也只能是长叹"隔花荫人远天涯近"……谨记孙子兵法：胜不骄，败不馁。别因为一次伤心而拒绝一生的幸福。

　　林和梅是在一个同学的生日聚会上认识的，后来相互留了QQ，那之后林就渐渐地喜欢上了梅，但他没有告诉梅，他们也只限于在QQ上聊天。突然有一天，梅说：我最近天天在寝室上网，好闷，想去南校图书馆逛逛。对于林来说，这个可是千载难逢的好机会，于是就说：那我陪你去。结果梅答应了。这开始了两人的第一次单独见面，林跑去水果超市每种水果买了2个，然后就去等她。他没想到她早就在那里了，他不好意思地说："因为不知道你喜欢吃什么水果，所以就忙着选水果去了，一样选2个，所以迟到了。"梅很高兴地说没关系。后来林了解到梅经常去图书馆看书，于是不爱看书的他也开始常常跑图书馆了，两个人便也渐渐地熟悉起来。也有了很多共同话题，他们会聊过去、爱好，包括感情，成了无话不说的好朋友。

　　又过了一周，林吃完饭约梅去操场上散散步，林开玩笑就把手放在她的肩膀上，梅也没有反对。林知道了梅不反感自己，那么喜欢不喜欢自己呢？他决定赌一把。于是大胆地说，我喜欢你好久了，做我女朋友吧。梅听后不好意思地低下了头，说，太快了吧。林趁着她没果断拒绝继续说，咱们跟着感觉走就是了。梅就半推半就地答应了。

　　林觉得爱一个人，是要动脑筋的。于是精心为梅策划了一个生日。傍晚林先是请梅的同学吃饭、唱KTV，最后都散了，林便带着梅来到球场，林事先在球场的一个位置放了一束玫瑰，他领着梅散步，梅就在微微的灯光下看到了那束玫瑰。林捡起来递给梅说，今天运气真好，捡到了一束玫瑰。梅感到很惊喜，她也知道这玫瑰是林给她准备的。林事先叫他哥们在球场中心把烟花准备好，听林的暗号，然后就放烟花。林拉住梅的手，对着球场大喊一声：梅我爱你！伴随着操场上那一个个互不相识的情侣的欢呼声，烟花在夜空中腾空、绽放，把梅惊喜地吓了一跳，她的眼眶都在烟花中湿润了，她紧紧地抱着林，说：谢谢你，亲爱的，让我过了一个难忘的生日。就是这样，林勇敢地把梅追到了手，现在已经过去4年了，他们也要结婚了。

其实从暗恋到明恋很简单，只要你用心去追，真诚对待，便能从苦涩的暗恋中解放出来。虽然暗恋也是一种很美的情感，但是，那种不计回报的爱承受的负重太多了，所以，想不让爱情与你擦身而过就勇敢地把暗恋说出来吧。

爱过别错过

从陌生到熟悉再到恋人，可以是一步之遥，也可以是遥不可及。很多时候，错失良缘不是两个人不相爱，也许是双方都太过于矜持，明知道对方的心意，却不主动去争取，以为等待便能守得云开见日，结果错过了花期，花落他处；也许是你们相遇太早，还不懂得珍惜对方；也许，是你们相遇太晚，你的身边已经有了另一个人；也许，是你回头太迟，对方已不再等待。

他大二那年，父亲突发脑溢血身亡，处理完父亲的后事，伤心欲绝的母亲将他叫到屋里，说："儿子，你爸走了，以后我们娘俩的日子可该怎么过？"

他母亲是典型的农村妇女，从没出过远门，凡事都要丈夫拿主意，如今丈夫亡故，她就把希望都放在了儿子身上。突如其来的打击让他有点不知所措，可是他知道，自己此时必须担起这个家的重任。

他决定辍学，因为他仔细想过，即使申请了助学金，也只够他每年的学费，生活费他可以做兼职来赚取，可是他还有一个母亲要养，家里还有许多外债要还，辍学去打工是唯一的选择，也是现在最好的选择。

二十一岁的他来到了省城，顾不上挑拣，只要有人要他，他就去工作。独自一人在外漂泊的日子很是辛苦，没有朋友的他爱上了听一档电台的夜间热线节目，确切的说，他是爱上了那个女主持人的声音。

那是一个下着滂沱大雨的夜晚，后半夜他被雷声惊醒，辗转难眠，便打开收音机，收音机里传来一个女孩清脆却不失温暖的声音，闪电一般击中了他孤独的内心。从此，他成了她的忠实听众。

慢慢地，他知道了她每天早上6点结束工作后，坐6：30分的第一班6路公交车回家，于是，他在电台附近租了一间小房子。早上，他选了她后排的一个位置坐下，默默地看着她，就像听她的节目。她回家，他去上班。

对此，她却一无所知。

她的男朋友刚去澳大利亚，一表人才，在那边的一家大公司做策划。他去澳大利亚时，她送他，飞机从机场起飞，然后在天空中变得像一只放在橱窗里的模型，呼啸的声音消失在天际时，她才把抑制了许久的泪水释放了。她不想让他看见她的脆弱，却有一种只有自己才能体会的痛。这是她第一次爱情中的分别……

她男朋友登机前，她对他说："不管你什么时候回来，我都会等你……"她不是那种爱许诺的人，因为她真的很爱他才说了这句话。她得恪守着自己的诺言，她不需要他对她承诺什么，既然爱一个人，就应该给他最大的空间和自由。她相信，他会回来娶她的。

6路早班车从城市的中心穿过，停停走走。她下了车，他也下了车，他看到她走进一栋30层的大厦，然后看到第10层楼的一扇窗粉红色的窗帘拉开了，她的影子晃过。他想，那些初升的阳光此时已透过她的窗户，然后落在她的脸上，一片绯红。

他换了工作，在她家旁边商务大厦的一家广告公司做策划，因为他是大学肄业，所以工资很低，但为了每天能看到她，他愿意，而且他相信，只要自己努力工作，工资很快能涨上去的。

每天的凌晨4点到6点，他在她的声音中看书学习，或者加班做策划。有时候，会因为她的一句话，他找到灵感，做出的策划案会得到领导表扬。每当这时候，他都想拨通她的热线电话，和她一起分享，但他忍住了，他怕会吓到她。

日子就这样一天天过去，他努力工作，工资很快就涨上去了，对她的喜欢，也与日俱增。一天，他终于拨通了她的热线电话。他问她："我很爱一个女孩子，但我并不知道她是否喜欢我，我该怎么办？"她的答案就通过电波传到他的耳际：告诉她，爱不能错过。

第二天清晨，6路车的站台上，他早早地出现在那里。她从电台的石阶上走下来，他又坐在她的后排。车又在那栋30层的大厦前停了下来。他还是在她身后下了车，但还是眼睁睁地看着她进了大门。因为没有说话的理由、没有戏剧化的情节。他是那种很谨慎的男孩。他不想让她认为他很鲁莽。

终于有一天，车晚点了。已是冬天，她在站台上等车，有点焦急。因为风大，她穿得很单薄，她走过来问他："几点了？"他告诉了她准确的时间。站台上只有他俩。她哈着寒气。他对她说："很喜欢你主持的节目。"她就笑："真的？""真的，听你的节目已有一年了。"他说，"我问过你一个问题的，但你不会记得。"于是他就说了那个问题。"原来是你。"她说："后来你有没有告诉那个人呢？"他摇摇头说："怕拒绝。"她又说："不问，你怎么会知道呢？"

她还告诉他：我的男朋友追我时，也像你一样。后来他对我说了，我就答应了。现在他去了日本，三年后他就回来……

车来了，乘客也多了。在老地方，她下了车，这次他却没有下，心中的寒冷比冬天还深。他又走了一站地到单位，然后，辞职。

他在城市的另一端找到了新的工作，也搬了家。他想，他总是配不上她的，不管自己再怎样努力，也比不上她的男朋友。

他的母亲身体越来越不好，每次打电话回家，母亲总是问他有没有女朋友，什么时候结婚，他能不能让自己在有生之年抱上孙子。面对母亲的催促，他很难受，他不想做一个不孝的儿子，可是，他也不想就此放弃对他的爱。他依旧是她的忠实听众。

她的男朋友终于回国了，带着一位华裔美国籍女孩。他约她出来，在曾经常见的地方。他神不守舍地说了一些不着边际的话。"我想和你说一件事……"他终于说。无奈的荒凉在那一刻迅速蔓延，像潮水一样，她只恨到现在才知道。痴心付诸流水，只是太晚了。覆水难收。她请了一段时间的假，呆在家里，只是睡，太疲倦了。一起走过的大街，看过的街景，说过的话……爱过、疼过的故事都淡了。她心如止水地上班去。

有近一个星期，他没有听到她的声音，以为她举行婚礼了……

他终于死了心，加上母亲的催促，他答应了一个女同事的追求，之后结婚生子。婚后的日子平淡幸福，只是他总觉得缺少了爱情的味道。

两年后，他在机场的书店里看到她的自传，书中写了她失败的初恋，也写了一个很像他的男孩……

而那时，他的女儿刚出生不久。

有些爱情，错过了，就再也回不去了。爱情总是这么不尽人意，在不恰当的时候相遇，在无奈中分离。这样的故事往往纠缠着无限的怅惘和些许的遗憾，在许多熟悉的画面里，凋零着无关悲喜的情绪。在那些可能或不可能的故事里，被迫画下句点，只是一种选择，只能被命运选择。

一副沉默的铜锁，从外观看来，已经有久远的岁月不曾被触动过了。有人说，那是因为钥匙早就遗失了。有一天，一把看起来饱经风霜的钥匙，出现在铜锁的面前。

"我终于找到你了！"钥匙兴奋得热泪直流地说着，"我就是你那把世上独一无二的钥匙啊！"

铜锁挣扎了很久，才用生涩的声音说："很久以前有过一把钥匙，进去之后才知道是错的，却已经来不及了，结果却断在里面生了锈，再也取不出了。所以，你来的太迟了。"

爱情，错过一点点就错过很多，也许，就可能错过了一辈子。幸福有时就是这么简单，简单到我们都不相信，我们原本可以轻易地拥有，却让它悄悄给溜走了。有时，幸福来得太容易，以致于让我们错过了拥有幸福的可能。幸福的颜色可能是透明的。因为，我们总是一不小心就忽略了它的存在。

人生中最大的遗憾的是错过，所谓"时不我予"的感受，最让人痛彻心扉。爱情也是如此，错过的爱情总是让人在内心追悔不已，徒留惆怅。

故事发生在纽约的一个秋天。他是她的远房亲戚，她是他四姨婆的十三侄女。他叫她十三妹，她叫他船头尺。所以他也是从来都不会说"输"字，因为不吉利。读书他叫读赢，给十三妹做的书桌他叫赢桌。十三，一个人从香港到美国，本来是想和她的男友一起念书的。谁知到了纽约，男友却有了新欢。而且同时还对她进行了一次爱的教育：伍迪爱伦说过，感情应该像鲨鱼，要不停向前游，否则会死的。

失去了依靠和爱情的十三，在异国的夜晚显得格外的落寞和伤感。狂欢之夜，十三精神恍惚，煤气不慎泄漏，亏得船头救了她。从此，她又多了一个称呼：茶煲（TROUBLE）。因为在船头的语录里面，女人就是麻烦的代名词。

生活仍然要继续下去的。十三开始了留学生活，除了上学，业余的时间也到长岛高尚住宅区去帮人看小孩，日子过得充实而忙碌。偶尔会有一点小小的伤感，也被船头那让人哭笑不得的语录抛到了九霄云外。

日子一天天过去，有种莫名的情愫在两人心中暗生。也许，两人都不能确定，因为他们似乎是两个世界里的人：船头成天无所事事，更像是唐人街的小混混，十三是学戏剧的留学生，对未来有着自己的憧憬。

当十三和船头在车站等车看见了她的前男友时，觉得极不自在，拼命往船头身旁躲，还以为此时船头说不定会揽起她，狠狠地亲她一下，向那边的一对示一下威什么的，可惜船头没有行动。

离开车站后，两人一路小吵，当十三骂船头"你是我什么人"的时候，以为船头会扳住她的肩，对她大吼一声"我是你什么人？我是最在乎你的人啊。"然后，也可以亲一下。结果又没有。

船头一个人回到家里，突然在头上挂上一个调皮的小纸片，上面写着：吃饭吗？他用这样温馨而浪漫的方式化解了他们之间的小吵小闹。

在海边，十三说，每只海鸥都是死去的水手的灵魂，回来找他们曾经跑船去过的地方，也来找他们的老朋友。曾经当过水手的船头说，他并不想变成一只对着茫茫大海的海鸥，只想在海边开一个小餐馆。这是船头心里的愿望。

船头也多次说过："我或许什么都没有，但我还有那么一点点的自尊。"当船头在外面疯了一夜，回到家里，发现房间被可人儿细心地收拾过时，他终于鼓起勇气，走上街头。当船头倾其所有，买下那根表链，一路欢快地奔跑，准备送给十三的时候，他看到的却是十三和前男友一起搬家离开的画面。在这一刻，船头心中充满了辛酸，作为男人，他的自尊心受到了极大的打击。

夜里，负气的船头又去赌了。十三在他的房间看到了他在镜子上的经典语录，感慨万千。而桌上的日历上却标注着：明天，是船头的生日。而明天，十三也即将搬到长岛去住。船头一夜未归。第二天早晨，十三把爷爷曾经送给她的那只很珍贵的表，包好送给了船头。船头也送了她一件礼物留作纪念。十三在路上打开礼物来看，是她和船头一起看过的那根价值八百块美元的表带，船头卖了车，买了它送给十三作纪念。而船头打开礼物也必然会明白十三的心意。两个身无彩凤心有灵犀的男女，就这样将爱情留在了秋天……

某年某月的某一天，在那片熟悉的海滩上，在一个叫SAMPEN的餐馆前，两人再度相遇……

秋天里的童话，总是随风而逝。一段隐藏着的爱情，也被时间渐渐埋没。回忆意味着失去，失去的是永远无法追回的曾经。关于爱情的结局，也许总是喜欢像《秋天的童话》这样的：两个恋人再度相遇，一段伤感的音乐，影片攸然而止，让人唏嘘，感慨。

也许当你没想到去爱一个人的时候，其实你已经爱上了他；也许当你发现你爱上了一个人的时候，你已经失去了他。秋天，寂寞的恋人们总会听到一首歌，歌中唱："请勿回望，请勿善忘。"

很多时候，爱情，是一种极其奢侈的东西。有些人，可能一辈子也碰不到一次。结婚了，不一定有爱情。或许你生性风流潇洒，身边会有很多女人，但那不是爱情，可能只是出于男人的占有欲和征服感。你被男人左追右遂，老是被人捧得半天高，那也不一定是爱情，你之所以接受，更多的只是为了满足你的虚荣心。爱情，可以让你为对方做一些你从前从来不愿做的事情，爱情，使你可以为对方不经意的一句话而瞬间情绪低落或莫名的亢奋。爱情，就是你跟对方一起扫了五公里大街，还觉得特别幸福，梦想着还能有第二回。爱情是你躲在被窝里发傻地互相短信到手机没电了，还觉得意犹未尽，打了鸡血似地睡不着觉。

爱情是一种发自内心渴望相处的牵挂，是一种不知不觉可以忘我的在乎。

不要质疑那些为了爱情让你觉得犯傻的人和事，你没有体会到，那是因为你还没有遇到。没有遇到过爱情的人生，就算你攀登得多高，也终是一种缺陷。而遇到了，你错过了，也会成为你心中挥之不去的遗憾。所以，当你很幸运地遇上了这种感觉的时候，不要因为害怕失败而有意无意地去错过，因为在我们生命中的有些东西，如果你错过了，可能永不会再来，尤其是爱情。

"配不上"只是你缺少对爱的勇气

与其他借口比起来，"我配不上你"更有杀伤力，可望达到连朋友都没得做的终极效果，干干净净不留痕。但有时候"配不上"也是对方真实的内心想法，但是如果一开始他就觉得配不上你，那么一辈子他都不会配的上你。因为他缺少一种追求你的坚定和勇气。

在动物界，雄性应该时时昭彰绚丽的羽毛，身处险境依然犹自战斗，主动认怂并不比要它们的命更容易。即使是发育得再抱歉的雄性，在繁衍后代的大前提下也不惜挥洒热血，坠入对美妙异性的角逐。

"配不上"的意识一旦掺入感情里，感情就会变得很压抑，有的觉得对方配不上自己，而高傲自大地欺负爱着自己的人，以为自己高对方一等，从不珍惜对方对自己的感情，以致错过了一个真正爱你的人。

裘德修女一直暗恋她的上司大主教霍华德，前者压抑，施虐成性，后者有些虚伪，一心向往地位，甚至利用前者对他的暗恋达到自己的目的。这注定是爱而无望的命运，霍华德目的达到，弃裘德而去，裘德从精神病院的管理者沦为病人，最终还是她曾经虐待过的基特，将备受折磨等待死亡的老年裘德接到自己的家中。裘德在这里度过了最后的安宁时光，她临死前留给基特小女儿的遗言是：千万别让一个男人来告诉你你是谁，或者让你觉得，你配不上他。

裘德用她的一辈子悟出了这个道理，她到老才明白，自己为此浪费了一生。如果她觉得你配不上他，这样的人根本不值得你再去追求，有了这种想法，她永远不可能真正爱上你。如果你觉得自己配不上她，那么你从此就将自己安放在一个卑微的地位，一开始就不在一个平等的地位上，今后也不可能平等。观念里的门不当户不对，心中的配不上意识，这种认为最可怕，就像配不上的血型，它们会彼此抵抗，相互对立，迟早会出问题。

生活中有很多人觉得自己配不上爱的人，觉得对方也不可能甘心跟自己在一起，他原本会找到比自己更好的人。而人类社会"懒汉配花枝"的案例随便在哪个小区里都一抓一大把，"配不上"根本不是什么稀奇事。所以再怎么相差悬殊的市井男女也用不上这句话，一半是顾及面子不愿挑明；一半是怕一朝提醒对方，空催得一段姻缘草草结束。其实，只要你是真心爱对方的就应该以一个正确的态度去争取，不要认为自己配不上而错过了。

她和他高中毕业就认识，不过并不在一个城市。后来她毕业工作，他发起攻势，他们就在一起。从开始到结束，两年的时间里，他去她的城市找过她，她也去找过他，但真实相处的时间加起来不过七天。

距离让她们备受相思之苦，于是她决定辞掉人人称羡的工作，去到他的城市跟他一起漂着。她的父母知道她这个想法后觉得不靠谱，她心意已决全然不在乎父母的反对，并为他说尽好话，求父母成全。就在她做着长相厮守的美梦的时候，他突然提出分手。她不能接受，买了机票去找他。而他依然坚持。

一个人返程，父母的电话打来，她终于崩溃，对着电话大哭。父母问，你把他说得那么好，到底他是个什么样的男人？她支支吾吾说不出个所以然。也许是当局者迷，父母设身处地地帮她厘清：他满足了你对男人的所有想象。

她点头，妥帖地微笑。

她结婚后一年，他也结了婚。他在网上跟她说起那一天——她突然出现在他连床都没有的瞬间的那一天：那时候我身上只有2000块钱，我都不知道自己明天怎么过，又能给你什么承诺？我父母觉得你条件太好，不会甘心跟我在一块儿……

不久以后他来找她，想见面，她拒绝了。她何尝不想见他，但是她害怕，一是玩火无益，一是怕这么完整的回忆变脏。

她想起有一次他去宿舍看她，发现桌子边角有一根扎出来的钉子，不留神可能刮伤手，就找来锤子修理。她不以为意，觉得没什么要紧。"那可不行，"他说。"你要是伤了，我多心疼啊。"

她到现在仍然记得他说这话的语气和神态。在她心里这种温暖是终身难忘的。

她也不知道多久才能大大方方接受他的邀请，老朋友一样见面聊天。她记住的是他那句贴心贴肺的话，而不是没说出口的"配不上"，她也不明白为什么当初，她没觉得他们配不上，而他会觉得配不上自己而离开自己。但他深知自己根本就配不上她，他也承认自己没有对爱的勇气，才会变得这么自卑，但他清楚认识到，她不跟自己会少吃很多苦。

在上帝面前，命运可以主宰一切，它能让你变得富有，变得幸福，却不能掌控你心灵的选择，当你选择放弃的时候，就算上帝想把全世界都给你，又有什么用呢？尤其是在爱情的世界里，有句话说的好，选择一个是否优秀的人不重要，重要的是你能不能因他变得优秀。幸不幸福全在自己的选择，别人看到的永远只是表象。

相传有这么一对夫妻，女的是博士后海归留学生，又是当代有名作家，在学校是校花，多少好男人拼了命地追求她，而她却选择他，他是一名普通出租车司机，而且经常醉酒坏事，因此生活的并不怎么样。想想这么一个优秀女子怎么会选择他呢，谁也不知道。曾经有很多人都劝她离开她，都说他配不上她，而她却笑笑说，只要他真心爱我就配得上我，其他的都不重要。他的朋友也都羡慕他有这么好一个妻子，笑他说鲜花插在牛粪上了，他就开玩笑地说，没有牛粪，鲜花何以开得如此美丽。

没过多久，她因一场意外受了重伤，成了终身瘫痪。一夜之间，她一无所有了，连最基本的生活都难以自理了。而他却因在车上帮助了位华侨富商，那富商给了他一大笔资金，让他开了家公司，一夜之间，他成了公司的大老板。这个时候又有很多人开始议论了，说她已经配不上他了，都劝他赶紧离婚。就连她自己也这么认为的，而他却依然天天陪伴在她身边，他说：在我最困难的时候，你把你最美好的青春和幸福都给了我，在你最辉煌的时候，你都没有嫌弃我，我岂是那负心之人，只要你还爱我，还愿意接受我对你的爱，就足够了，其他什么都不用说了。就这样他们一直相依为命在一起。不久，她又开始写作了，而且比以前更出名了，瘫痪的作家，多么了不起啊！他的事业也越来越好。他们的幸福也依然一直延续着。

　　在爱情里，到底是谁配不上谁？其实一切的一切都是暂时的，真正的幸福并不是他能给你什么或者他拥有什么，而是你能给他什么，你能拥有什么。不是每一个外表落魄，身形不伟岸，而且没有豪车洋房的男人都得不到女人的青睐，这个世界上不是所有女人都是势利眼。不管你是个穷小子，还是个不怎么美丽的女孩，不要自己认为自己是个5分的人，其实每个人都有优点的，或许就是这一点吸引了别人。也不要因为别人对自己的评价不高而丧失对自己的信心。相信自己，你不是个5分的人，要大胆地展示你的优点，为自己加分。

第二章 尘世之累与爱情肌无力

爱是付出，是让对方幸福，将爱情给予对方，比向对方索讨爱情会使自己更感欢欣。但是在现实中爱情很容易短命，不断攀升的离婚率更加说明了这一点。很多人因为爱情受到伤害，导致对生活态度不明朗。其实建立一段感情并不容易，需要双方来共同维护。突破自我中心立场、设身处地为对方着想，要不分你我地考虑双方的感受并为之付出、奉献甚至做出牺牲，这样的爱情才能恒久。

爱不是自私地占有

真正的爱情不是自私地占有，而是给予对方幸福的方向；不是失去理性与道德的纵爱而为，而是责任与成全的大爱；爱一个人不是为了得到对方，而是成全对方。每个人都有爱的自由选择权，但是当爱不受控制而任凭欲望去驾驭的时候，这种爱是危险的，是一种偏执。许多人不小心陷入了这种偏执而不受理性支配，自私疯狂地爱着对方，结果导致爱情的夭折。

蒋亮亮是广告界公司的一名创意师，有一次他在三里屯邂逅了富二代喵喵。两人一见如故，之后，喵喵搬来与他同居，两人就这么开始了这段感情。刚开始，喵喵的温柔体贴、活泼开朗让蒋亮亮很喜欢，而且喵喵对蒋亮亮也很大方帮他还巨额信用卡、帮他买名牌衣服、帮他做早晚餐、一起看电视玩游戏……两人陷入甜蜜的爱河。两人的同居生活温馨甜蜜，可是没有多久，亮亮深夜赴约见前女友，与女同事的暧昧短信，和朋友深夜泡夜店，给喵喵带来深深的不安全感。为了留住蒋亮亮的心，她想尽一切办法控制亮亮的行踪，却让亮亮承受不了种种"限制"，有一天蒋亮亮发现前女友照片被烧毁扔掉，喵喵找不到他竟然会给他老板打电话，蒋亮亮开始觉得被喵喵逼迫得难以呼吸了。朋友要他去泡夜店，被喵喵发现，蒋亮亮大闹一场后，竟发现喵喵在家里安装了许多摄像头监视自己，忍无可忍的蒋亮亮提出分手，离家而去。然而梦魇却随之而来，喵喵先是假扮他前女友约他见面，又是过年期间跑到蒋亮亮的青岛老家，机关算尽，蒋亮亮依旧不肯接受喵喵，喵喵此时已怀有身孕，蒋亮亮照样与其他女性调情，故意激怒喵喵；伤心欲绝的喵喵选择自杀，但被蒋亮亮及时发现并救回，而后得之喵喵流产的真相，但此时喵喵却不辞而别……

爱情真正的模样，不是不爱，更不是太爱，而是当你身边突然多出来一个人，你一边享受着他带给你的温暖，一般痛诉着他带给你的伤害，然后擦干眼泪，继续重复。女人因为没安全感而变得自私，再爱你的男人忍受得了一时，也忍受不了一世。女人安全感的缺失会让再美的女人也变得面目可憎，太用力地去爱一个人，就会变得想掌握对方。当你想掌握它的时候你已经在失败了，因为你的出发点错了。任何事情都不可能属于你一个人，在你看来对你胃口了，没准就不对别人的胃口。必须知道的是，人只能促成，不可能掌握，真正的爱不是自私地占有，而是是无私的奉献。

在爱情里，爱与被爱是两种不同的感觉，正因如此，爱了便懂得爱的真谛，被爱了，明白了爱人的辛苦。所以不要一味地享受被爱，而应该在"爱"、"被爱"之间相互付出与得到。

爱情不是无私的奉献，"爱"才是无私的奉献，爱情需要的是双方的给予，则然，单方的爱已经贬值。

两个人就像是两只杯子，爱情就像是杯子里的半杯水，互相地倒来倒去，不自私，而且很无私，如果是真爱，即便是对方的杯子里满了而你的杯子里空了，你也会开心。

有一对夫妻，他们都很相爱对方，家里不是很富裕，但这两夫妻过得很幸福。他们是自由恋爱的，男孩叫咚子，女孩叫梅，两口子过着幸福美满的生活，旁人都很美慕他们。咚子在家附近开了一家私营企业厂，梅就在家干干家务，日子过的很滋润。有一天，梅接到了一个电话，当那个电话响起，这个两口子的命运被彻底的改变了。咚子在回家的路上被一辆大货车撞倒了，当梅赶到医院时，看到他的模样，一下就晕过去了。他的脸被撞得完全不像人了，撞得血肉模糊，当她晕醒来的时候，医生叫她尽快地下决定。医生说他还在昏迷中，不好去征求他的意见，要马上做开颅手术，梅问："如果不开颅会咋样？""不开颅，他活不到今晚。"她说："马上开吧，马上开吧！"医生没说话，她在医院突然地叫了起来，"你们为什么不开啊？为什么？医生快点做吧！只要他活着就行了。"医生很冷静地对她说："如果手术不成功的话，他会成为植物人，你要做好心理准备呀！"梅听了，一下子跪倒在地，"他会成为植物人？"梅坐在了地上一句话都没有，回想着过去……咚子，背着她在院子的跑呀！跑呀！在那一瞬间脑子里全是美好的回忆……她站了起来，跟医生说："马上做手术，不管他变成什么样我都会依然地爱他的。"他们才结婚一年多，还处于新婚的喜悦之中呢，谁曾想好景不长，不幸的事情会在他们身上发生。

做完了手术，回到了家，他依然处于昏迷中，梅天天都帮他洗衣服，端屎端尿，每次跟他换衣服她都是一身汗，因为他根本一点点知觉都没有，全靠她细心的照顾。再怎么说，男人身子重啊！就这样一个月、两个月、一年、两年……苍天不负有心人，他终于醒过来了，梅非常地高兴，虽然他人醒了，但他的身体还是无法动。但他贴心的话都没有说，板着脸，他知道这样下去不行，这样对她不公平，他心里说不过去。他想出了一个办法，他用过激语言想把她气走，故意发火、骂人，讲的话越来越难听。可是，当他讲出这些话时，他的心就像有一把刀子插了进去，痛不欲生。她问他："你为什么要这样对我啊？我什么地方做错了吗？你要这样对我？"咚子的眼泪流了下来，他彻底沉默了，他一直沉默，什么都不吃，嘴唇干得张不开了，喂他水都不喝，最后，梅没办法了，自己喝一口水，向他嘴里喂，他还是不张开嘴巴。一天一天过去，她真的不忍心再这样下去了，她问他："你不是想让我走吗？如果我走了，你肯吃饭，我马上就走。"他点了一下头，两个人对视着，他显着毫不在乎的样子，但他的心里是常人难以想像的痛苦。她收拾东西走了，她走后，咚子彻底地崩溃了，大哭了一场……

咚子没有什么亲人的，有时候门口的邻居能端一点给他吃，他就这样躺在床上一点点都不能动，没有人去帮他洗，没有人弄饭给他吃，没有人跟他说话，有人说他是自找的，又有人说这才是真正的爱情，最后他还是为爱牺牲了自己……如果他不爱梅，就把她留在自己身边，自己就不会死的那么快，自己自私点会死吗？不会，放弃也是一种爱啊！

他在临死前让别人代笔写下了这样一句话："梅，我骂你，我是想早点结束我不幸的命运，我觉得我活着，实在是太自私了。你知道吗？我骂你时，我的心早已死了，梅——我爱你！咚子。"

爱是什么？爱就是建立在自私上的无私奉献。为了爱，可以无私地守在身旁，也可以自私地"离开"，但爱是只增不减的。真正的爱情是不离不弃，不会因为对方变成残疾人而弃之不顾。真正的爱是放手，让对方幸福，不是自私地占有。真正的爱情是不想让对方因为自己受到拖累，放手不是不爱，而是不想自私的地爱。

真正的爱情并不一定是他人眼中的完美匹配，而是相爱的人彼此心灵的相互契合，是为了让对方生活得更好而默默奉献。这份爱不仅温润着他们自己，也同样温润着那些世俗的心；真正的爱情，是在能爱的时候，懂得珍惜；真正的爱情，是在无法爱的时候，懂得放手。

因为，放手才是拥有了一切……

一句"我爱你"不如"有我在"

在爱情里，形形色色的爱情蜜语，让人难分真假；在真真假假的蜜语中，也不知道有多少男人女人走到了一起，也不知道有多少男人女人最终又分开。其实，情话是人们谈情说爱的致命法宝，一句"我爱你"，不知道让多少女孩投入了男孩的怀抱。女孩对于爱情的理解，也很简单，只要自己喜欢的男孩对她说句"我爱你"，她会激动无比地热泪盈眶，好像自己瞬间就变成了这个世界上最幸福的女孩，不去考虑太多，就和这个男孩私定终身。固其然，大多数男孩子也正是抓住了女孩子的这个弱点，就能轻而易举地俘虏自己看中的女孩。那么，男孩子的一句"我爱你"，到底有几个是真心实意的呢？这三个字对于男孩子来说，大声喊出它真的不困难，可为什么就有许多女孩子信以为真呢？这也许就是女人和男人对待爱情的态度。

女人把爱情当做是今生唯一，而男人把爱情当做是人生的一部分。所以女人都以男人为整个世界的全部，男人对女人说的情话也就信以为真。但女人一定要明白，一句"我爱你"，并不能代表什么，爱与不爱不在他说什么，而是在他为你做什么。男人说再多的"我爱你"，真的抵不过一句"有我在"。无论何时，他愿意守在你身边，陪你开心、陪你难过；陪你经历岁月的繁华、陪你感伤世间的无常。

一个以画画为生的女孩，她跟爷爷住在阿姆斯特丹相依为命。爷爷说保守固执的她像个古董，不会有哪个男人会爱上她。但是她每天都会收到一个匿名人送来的雏菊花。

每天清晨都会听到送货员一句："给你送花儿来了。"打开门就只见一盆清新恬淡的雏菊花在门口迎风摇曳。

她知道是他送的花，虽然她从未见过他。事情的开始是这样的，去年她常到野外写生，每次都要过一个独木桥才能去到那片开满雏菊的草地。有一次她摔下了独木桥，爬上岸时全身湿透，装满画具的包包也已随溪流漂走。

等第二天她再次来到这儿的时候，独木桥已经变成结结实实的宽木桥，而她的包包就挂在桥头。她知道肯定是哪个有心人帮她捡回了包包还修好了一座平稳的桥。她开心地对着天空大声说谢谢，她画了幅雏菊放在桥头，来送给那个有心人。待到第二天那幅画果然别人拿走了。

从那之后她每天都会收到雏菊花。她真想知道送花的人是谁，她猜想着他的样子、他的爱好，是不是同样也喜欢画画也喜欢花。女孩对这位偷偷送她雏菊的神秘人越来越有好感，她一天天地等待，期望有一天能见到这位神秘人。

有一天，她在那些坐在广场中央帮人画画挣钱的百无聊赖日子里，终于等到了他。他拿着一盆雏菊走过来，轻轻地说："帮我画张画吧！"她确定他就是她等待许久的人，帮她捡回画具、修好桥、每天一盆雏菊花。她看着他越来越喜欢他。可是她不知道这个人是一个警察，并不是她要等待的那个人。他叫她帮他画画是因为他要在广场监视一个贩毒集团，而她的位置正好掩护他观察到她身后的广场。

警察一次又一次来找她画画，他感觉多日来跟的案子有了眉目，但同时他也感觉到她喜欢上了他。他不明白为什么每次女孩都带着似曾相识神情看自己。后来女孩告诉了他独木桥跟雏菊的故事，因为他随手拿的一盆雏菊花让她以为就是他。

警察有些为难，他不能说他是他，也不能说他不是他。因为他也慢慢爱上了她。

警察又来到了广场，这次他是真的来找她画画，这次他是真的喜欢上了这个女孩。可是命运就是如此弄人，这时候贩毒集团发现了他，铺天盖地的子弹向他飞来。女孩扑向了他，子弹击中了她的喉咙，从此再也发不出任何声音。他带着愧疚的心离开了她，他不是她要等的人，他只是为了工作利用了她。但他还是常常想她，他忍不住偷偷回去看她，但她身边已经有了别人。那个人是她一直在等的人吗？她是不是已经把我忘记？我不应该再打扰，她已平静了的心房…

她身边守着的那个人是一个杀手，很久以前杀手不知道为什么喜欢上了这个女孩。当他杀了人避在郊外的时候，他看见一个清淡如菊的女孩天天来画雏菊花。那是他人生中最美好的一段日子，悄悄地跟在她身后，悄悄看着她画画。

有一次她摔下了独木桥，他飞奔过去也只是捡到了她遗留下的画具包。他帮她修了座木桥，当她惊诧地跑向木桥的时候，他笑着跟她擦身而过。他听到她说谢谢，他拿了她的画。

"为什么在我杀第一个人之前没有遇见她？"作为一个没有未来的人，他始终不敢鼓起勇气当面向女孩表达自己的心意。他只能悄悄地爱她，远远地守在她身后。

他学着画画，他知道了莫纳与凡高，也学会了区分印象派与抽象派，他种了一大片雏菊。他每天都扮成送货员给她送去一盆雏菊，每天都在广场的另一端远远张望着画画的她。他发现她爱上了一个常来找她画画的人，她爱上了一个警察。她中弹的那天，为了保护她，他击倒了所有毒贩。但她还是哑了。他出现在了她的面前，做她的朋友做她的声音。他努力学会了唇语，并读懂了她的心。而她的心，寄放在了警察那儿，再也回不来。

她无声地跟他讲了她跟他的故事，她说警察为她修了桥，警察天天送她雏菊花。她无声地说他是她要等的人，可为什么出现了又消失？她感觉到他常常偷偷来看她，她问他男人是不是更喜欢悄悄地去爱一个人？

世上最远的距离不是天涯海角，而是他就在她身边，就是她一直等的那个人，她却不知道。这样也好，他是给不了她未来的人，他站在邪恶的黑暗地带，他不可以给她带来光明。就这样吧，如果爱一个人会毁了一个人，他宁可永远这样默默地守候着她，无论她经历什么，他都站在她身后，随时为她遮风挡雨。

雏菊的花语是藏在心中的爱，正如雏菊的爱一般，男孩对女孩的感情没有一句甜言蜜语，他默默地在背后守护着爱的女孩，为她付出一切都不要求回报。也许那种感情从一开始就注定了不会有结果，但是却不会后悔自己所做出的选择。隐忍的爱，不能敞开心扉说我爱你，但是始终是爱着的，那样那样深的爱。

相爱的方式有很多种，杀手对女孩的爱，是最伟大的一种爱，一直默默付出不求回报的爱。在爱情里，情话每个人都会说，爱不爱不是听他为你说了多少句"我爱你"，而是无论什么时候他都会告诉你"有我在"。

别轻易说分手

分手，一句简单得不能再简单的话，能将所有事情瞬间改变，多少人从亲密无间变得只是陌路；多少美好的曾经变得再也不愿提起。分手是一个很可怕的事，又是很多人都经历过的事，但是还有很多人，不止经历一次分手，而是多次分手。分分合合，痛并快乐着。

两个人相爱的时候，最怕对方跟自己提分手。提分手的人有的只是想靠分手来给自己自信，来确定对方是否真的爱自己。但是，很多时候，当其中一人提出分手的那一刻，他希望得到对方的挽留，但又何曾想过对方的感受？当女人和男人说分手时，也是男人一生中最失败的时候，一个男人连最起码的让女人幸福都没有做到，心里又是怎样的心痛？

如果真的把分手经常挂在嘴边的话，双方会很累，当一方说分手时，不是对方不懂挽留，而是他恨你怎么能这么轻易说分手。两个人能够走到最后必然会经过很多的大风大浪，两个人如果不能相濡以沫，执子之手，又怎能白头偕老呢？

女孩给男孩说："我们分手吧。"男孩提出一个要求就是，背对着背开始往前走，走到第一百步的时候再回头，如果还能看到对方，他们就忘掉以前所有的不快乐，重新开始。如果看不到彼此，就一直走下去，永远不要回头。当女孩走出第一步，有一种叫悲哀的东西漫过心底；他们的爱情路只剩下九十九步，她开始回想他们是怎么走到了今天这一步的？曾几何时，他们一起在雨中漫步，衣服湿了也不觉得冷；曾几何时，他们在雪天里呼着热气吃冰淇淋，当人们投来惊异的目光时，他们竟哈哈大笑。她已走过二十步，那他呢？这时，她好想回头看看他，看看他是不是一样和她步履维艰？她不知道他忘记了没有，他教她学电脑的时候，跟她说过，编程时会遇上一种情况叫"死循环"，进去了，就出不来，他说他对她的爱就是死循环，当时她很感动。

她走到五十步时，有个卖烤红薯的老头问她要不要红薯，她摇了摇头，他就推着车子走了。她多渴望卖红薯的老头能多和她讲几句话。那样她便可以停留一会儿，不要再走下去。

八十步已然在她身后，她不知道他是否也在想他们前段不愉快的日子？她们为什么要为一点点小事而天天争吵？她总是对着他哭，他便心乱如麻，烦躁不安，然后，他们都无端地说出一些互相伤害的话。终于有一天她对他说："我们不能再这样下去了，不然都会被折磨死，分开吧。"

九十九步了，她艰难地抬起沉重的脚，迟迟不愿放下。她怕放下脚时，回头再也看不见他；她怕放下脚时，回头将永远失去他；她怕放下脚时，从此再没有幸福可言。脚终于落下了，泪也顺颊而下，她不想回头，也不敢回头，她控制不住自己，蹲下身痛哭起来。突然，一双宽大的手抱住了她的双肩，她回过头，看到了他，看到了他充满了深深自责和浓浓爱意的双眼。

她扑进她的怀里，哭着说："我不要再往下走了！"

他把她紧紧抱住，轻轻抚摸她的长发："永远不要再说分手了。其实，我一直走在你的身后，一直在等你回头。"

两个人能够走在一起不容易，一起共同经历那么多难忘的事，习惯了无论什么事都有对方参与，若一时分开了肯定不适应。很多时候说分手并不是不爱了，而是频繁的吵架让对方厌倦了这样的生活。所以，不要轻易说分手，爱情不是游戏，也不是一场赌注，两个人在一起只有相互扶持才能走到最后，只有宽容才能爱情甜蜜。不要以为爱情像开关，说关就关，说开就开，两人只有情到深处才会走到一起。也不要以为分手就可以解决掉所有的困惑、痛苦、忧郁。两人深爱，即使分手心还在对方身上，分手只会给对方带来更多的痛苦。

这是她第三次和他说分手，她以为他会发短信来说："你考虑清楚了？不后悔？"因为她记得，上次她说分手时，他曾说过下次他将再不原谅她，将再不会回头，不管他有多爱她。

她考虑了好久，才发出要分手的短信。其实她很爱他，她喜欢常常见到他，可他偏偏很忙，不能陪她，也不发短信解释。她觉得，他根本没有把她放在心上。可她又知道，他不是故意的。他是真的要工作，压力很大、很累，有时不想发短信。或者，每个人表达爱情的方式都不一样，他是爱她的，只是她觉得不够。

总是为小事生气。发脾气，和好，再生气，再哄，再变回老样子，时间久了，她觉得好累——与其这样折磨，不如早点分手。他收到短信开玩笑似地回复说没有收到，什么都没看见，说"不想再听这样的话"。这倒很出乎她的意料——她原以为分手的短信一发出，他就会像上次她说分手时说的那样，再也不回头。看到他这样说，她觉得心里很轻松，不知为什么。

新年的街上熙熙攘攘，看着身边一对对脸上洋溢幸福笑意的情侣，觉得心酸。"既然决定放手，就不要犹豫、不要回头，注定没有结果的爱情还是早点结束的好。"她这样劝着自己，塞上耳机把音量调的很大，一个人在街上逛，她以为自己足够坚强，可是为什么眼泪还是大颗大颗不停地滑落下来。

他给她打电话，她接了，却只说"嗯"或拖着长音的"嗯——"，她哭得很厉害。她说要分开段时间再联系。他说"不要"，她还是说"嗯——"。

一个人去逛超市到快打烊了才出来，因为不想一个人在家，出来时却发现已没有了坐回家的那班公交。很晚了，她很怕。发短信给他问坐什么车能回家，他叮嘱了一番说到家给他发短信。最后却还是坐车从很远的地方赶了来，见到了，先接过她手里两个大塑料袋帮她提。

寒风凛冽的夜里十二点，他们还在公园里走着。他问她又怎么了，又在想什么，怎么又要分手。她说他还是不懂她，不懂她在想什么，跟他这样的人没办法沟通，他不知说什么了。她突然很心疼他。他工作很累了，她不仅不体谅还常常为小事跟他脾气，他从来不生气，只是哄她。仔细想来，她好像不生气了，她好像原谅他了，她爱他，此刻更是。

"分手"请不要轻易说出口，或许他（她）是爱你的，只是不懂怎样去爱，不懂该怎样去做罢了。珍惜真爱，不要轻言放弃，不要轻易放弃可能一生的幸福……

爱情不能因为累了，就说分手。没有什么合适不合适，那只是借口。既然因为相爱在一起了就要好好牵着对方的手走到最后。有一份爱叫责任。很多人分手都是因为累了、烦了、受够了、伤心了，被抛弃了。分手！恋人口中的永远，究竟走了多累了，放弃了，这是理由吗？爱情原本就是两个人相互在乎，彼此拥有的情感。试问，如果让你一生去爱一个人，一生去在乎一个人的思想，你怎么能不累？如果分手后，你会再次爱上别的人，再次去在乎另一个人的思想，你可以不像从前那样吗？

感情的东西要维护和理解，要宽容，当然不是放纵。相信当时为对方着迷的一瞬间除了心血来潮，更重要的是对感情的一种尊重。诚然，天下没有谁的感情是一帆风顺的，好的开端已经让双方心动不已，然而时间的考验会暴露出很多自己或者对方的缺点，多交流，多理解，让对方知道自己是在为那份爱而付出、理解。

如何让爱情持久保鲜

一位心理学家曾写道，一个成熟称得上真爱的恋情必须经过四个阶段，那就是：共存、反依赖、独立、共生。有人会问："这四个阶段走完要花多长时间才能完成？"这个可是因人而异。需要根据每个人的情况不同，阶段之间转换所需时间不一定因人而异。下面来详细分析一下各个阶段的情况。

第一个阶段：共存。这个阶段可以称得上是两个人的热恋时期，彼此之间充满了吸引力，他们几乎想要每时每刻都呆在一起，到了着迷的境界。

第二个阶段：反依赖。这个时候那种想要天天黏在一起的激情已经过去，两个人的感情慢慢稳定了，至少会有一方想要给自己的时间多一些，留出时间做自己想要做的事情，而此时另一方就会感到被冷落，处于这个阶段的恋人需要冷静处理两个人的关系，千万不可一时冲动做出一些错误的决定，而断送了自己的爱情。

第三个阶段：独立。这个阶段要求给彼此更多的自主空间，可以说是第二阶段的延续，也是考验两个人爱情至关重要的时期，需要双方都去认真对待。

第四个阶段：共生。如果你已经到了这个阶段，那么恭喜你，你们的爱情最终会有美满的结果。你的那个他已经成为你生命中最亲最重要的人，你们将会互相扶持，开创属于你们自己的人生。你们在一起不会互相牵绊，而会共同成长。

然而，现实生活中，大部分人却都通不过第二阶段就分道扬镳了，这样的选择确实挺可惜的。如果有一方能够再坚持一下，如果有一方能够再宽容一些，如果有一方能够多一点包容对方的缺点，如果……

那么多的如果，可惜都没有发生，而是选择了分手。当对方说"我累了"的时候，一定要明白这句话的潜台词是什么？为什么会累？两个相爱的人一起经历一段时间后激情退却，若双方不及时沟通、相互理解的话就会出现疲惫期。

她和他最初约会时，她在电话里说，好久没看电影了。他立即找到演出时间表，查询合适的电影院和影片，买好票，穿越大半个城市去接她下班，怕她冷，怕等公交等太久，于是打车去电影院门，并且准备了饮料和小零食。那时，他们都拿着一份很微薄的薪资，但是有他的贴心和疼爱，她觉得很温暖。

她嫁给了他，日子就在每天的柴米油盐酱醋茶中度过，经济不是很宽裕，但有个自己的家，她觉得就够了。有一天，她突然想起，他们多年都没有去过电影院了。于是，她提议去看场电影。他沉醉在电脑游戏里，头也不抬，像是没听见她说的话。等到她实在忍无可忍冲到他面前时，他很惊诧："你怎么这样无理取闹！看什么电影，几十块钱一张票！弄张碟你自己看呗！"

看着他因愤怒而变得有些扭曲的脸，她除了惊诧，更多的是伤心，她很想问问他当初的爱情哪里去了，可最终，她只是转身回了卧室，独自垂泪。

爱情久了，就会失去新鲜感。很多情侣就因为感情中没了新鲜感，觉得乏味无聊，对感情也没了之前的在意。那如何拯救你的爱情呢？这就需要适当的制造浪漫，让你们的生活精彩起来。

王智和琳琳是一对新婚夫妻，虽然两人背着房贷、车贷，日子过得紧巴巴的，但依然讲究浪漫和情调。婚后的第一个情人节，王智就给了琳琳一个惊喜。

当晚，琳琳回到家，王智已经烧好了一桌美味佳肴。用完晚餐，王智又神神秘秘地说："老婆，以前每个情人节我都会送花给你，今天也不例外！"说完，他变戏法似的捧出一个碟子，碟子上十几朵花在灯光下显得晶莹剔透，格外美丽。

王智说："这是橘子花，怎么样，够浪漫吗？"琳琳拿起一朵，仔细看了看，幸福得笑了起来。原来所谓的橘子花，是橘子一瓣瓣撕开，翻过来。乍一看，真的像是一朵盛开的花。

王智笑着说："很有创意吧？"

琳琳说："老公真棒！这花价廉物美，看完还可以吃，真够实在的！下次我还要！"

没过几天，琳琳的生日又到了。琳琳才回到家，就看到王智含笑在等自己。她便心知肚明，问道："怎么啦？是不是又有什么好东西送我呀？"

王智说："今天我还要送你花！不过可不是橘子花！"

琳琳猜不出来："牵牛花？菜花？该不会是葱花吧？"

王智听完便从厨房里端出一个碗，说："看，这次更便宜呢。"琳琳一看，乐了，原来那是一碗豆腐花。

吃完甜蜜蜜的豆腐花后，琳琳依偎在王智怀里，问："老公啊，你是不是以后都能这么花心思，送我特别的花啊？"

王智笑了："我想过了，以后啊，如果实在没有点子，我就带你到公园的人造湖去。"

琳琳奇了："到那里干吗去呀？"

"扔石头打水花呗！"

其实，亲密关系的营造并非一定要大费周章才能完成；也不是劳师动众地邀集一整个乐队来伴奏的烛光晚餐才算数。不妨试着就只是一双紧握的手，一本两人共享的漫画书，一段有轻音乐陪伴的减压按摩，要知道贴近一个人，是可以轻易做到的让爱情"保鲜"。

有一种说法就是"情到深处人孤独"，爱得越深，两性的心理空间就分隔得越远，爱情又带给人更深的孤独感。这也许不是所有人的现实，但至少是许多人的真实体会。爱情像围城，说不上城里的更孤独还是城外的人更孤独。爱情就需要保鲜以及怎样保鲜。

一、用行动来爱她

爱不仅仅放在心底和语言上，要有实际行动的付出，你要知道她想要的爱情是哪样的，这点要按需配置别给错了。有的女人喜欢丈夫在她看电视的时候能够拿份报纸在旁边陪着她，而不是给她买了一堆好看的衣服然后自己出去喝酒打牌，她不喜欢这种爱。女人更多要的不是你给她花多少钱，而是你肯用多少时间陪她做她想做的事。

有钱人最高级的爱是花时间陪你，穷人最高级的爱是舍得让你花钱，文艺青年最高级的爱是回归平淡普通的生活，普通人最高级的爱是平淡里突如其来的浪漫。爱情没什么标准，为你去做那些看似做不到的事情，才弥足珍贵。

1.意义重大的日期不能忘

结婚纪念日，对方生日不能忘记，特别是女性，对这些意义比较重大的日期记得非常准确，此时，丈夫一句贴心话语，一束鲜花，一件小礼品都可能令妻子激动不已，从而达到了增进夫妻感情的目的。

2.切莫空手而归

出差或外出回来时，不要忘记给爱人带件礼物，这样可增进夫妻感情。尤其是女人，虽然需求欲很强但又非常容易满足。外出回来时为她买一件衣服，一条丝巾，一盒化状品都可能赢得妻子更多的爱与关怀。

3.相互称赞

夸奖，鼓励的话语人人都喜欢听，因为，它能满足人的自尊与虚荣心，即使是夫妻之间也如此，当爱人取得一些成绩时，应不失时机地赞美几句，虽然很简单，却能起到重要的融合作用。

4.相互谦让

相互理解，相互谦让会使夫妻感情更加深厚、和谐。彼此间多一分关爱，多一分支持，夫妻感情才能天长地久，家庭生活才能其乐融融。在现实生活中，许多夫妻不懂得礼让，结果造成感情破裂，家庭破碎，仔细想想又何苦呢？"退一步海阔天空"，家庭生活也同样如此。

5.经济问题透明化

家庭生活中，对待钱财不能一方独揽大权，夫妻双方都应享有理财权，遇到重大消费问题，夫妻应本着共同协商、共同决定的原则，使家庭开销透明化，这对双方都有好处。

二、让自己更加可爱

人不应该让自己的大脑僵化，更无需担心从事智力活动会影响浪漫情调，实际的情况正好相反。而且，这并不需要过人的天才掌握某些专门知识，培养某些专门技能，对维持持久的爱情也极有裨益，因为这些活动对个性的培养能起重要的作用，而爱情往往垂青于有个性色彩的人，而不是浑浑噩噩、愚钝而无情趣的人。完善自我是每个人的必修课，一个人一旦失去自我，爱情也就会随之而去。所以，要不断提高自己的修养、学识、阅历、素质，有自信心和幽默感，胸怀博大，对人宽容，有爱心和正义感，遇事有自己的主见，不情绪化，事业心强，追求上进，能够承受一定的压力，在困难和挫折面前顽强不屈。

三、夫妻交谈中的禁忌

有人认为，夫妻之间亲密无间，说起话来，无须顾忌太多，否则会产生疏远的感觉。但是你需要清楚地明白，问题具有两面性，有些时候夫妻之间的交谈也要有所顾忌，什么话能说什么话不能说，都应做到心里有数。否则，很可能伤害夫妻感情，那么，夫妻间交谈的禁忌有哪些呢？

1.厌恶的话不能说

夫妻间争争吵吵是在所难免的，但在争吵过程中，讲话要把握一个度，疏远、厌恶的话绝对不能说，否则会伤及对方的感情深处。有些夫妻在争吵时总喜欢讲："我怎么会找你这种人,既没修养又没素质，当初我真是瞎了眼，嫁给你这种人。"还有人会说："嫁给你是我今生最大的耻辱，倒了八辈子霉才嫁给你。"这些语气明显流露出对婚姻的厌恶之意和对爱人的不满之情，让人听了，怎能不感到寒心呢？夫妻感情很可能由此一落千丈。

幸福美满的婚姻需要以爱做基础，婚姻只有在双方共同呵护下才能更加美好、幸福。倘若不想让爱情毁在自己手中，就不要说疏远厌恶的话语。

2.过于挑剔的话不要讲

挑剔并不是对对方要求高的表现，而是一种嫌弃与藐视，容易使对方产生逆反心理。夫妻间不可讲一些过于挑剔的话，比如不是这做得不好，就是那不合心意，总之，无论做什么事情都不会得到赞美。例如，家里来了客人，你辛辛苦苦地做了一桌子菜，客人还没有说什么，爱人却挑剔你这做得不好，那做得不对。此时，原本开心的你，也会自觉没趣，认为爱人对你产生厌烦感。时间长了，势必会影响夫妻间的感情，甚至造成家庭破裂，夫妻分道扬镳。夫妻之间要学会欣赏对方，用宽容大度包容对方的缺点和不足，用赞美的眼光欣赏对方的优点。

3.贬低的话不能说

夫妻吵架是很自然的事，有些夫妻在吵架时喜欢说些贬低的话，特别是在人多的场合更是如此，以为这样可以刹刹对方的锐气，可以降服对方，殊不知，这会严重地伤害对方的自尊心。比如：老公对老婆说："女人嘛，工作能力再强也不如嫁个好老公。你看你工作了那么长时间还只是个小职员，每月拿那么一点的工资，要不是嫁给我，你哪能过得这般滋润，这么尊贵？""别以为你拿了大本文凭就有什么了不起的，别人不知道我还不知道，不就是用钱买的嘛！照你这样我还能买个硕士、博士文凭呢！"这些话说者可能没有恶意，只是说说而已，可听者却感觉自尊心受到了伤害，会感到无地自容，从而对爱人产生看法，也为感情破裂埋下了一颗定时炸弹，说不定什么时候就会爆炸，将二人的感情炸得支离破碎。

在与人交往的过程中，只有尊重别人，才能得到别人的尊重。夫妻之间也同样如此，你尊重了对方，多看对方的长处，多肯定，夸赞对方才会赢得对方的尊重和爱戴。

爱情需要一些空间

生命是有弹性的，人的生活也应该是有弹性的，感情当然也是有弹性的，板结的感情就不好了，太过虚假就容易断裂。

爱情只是丰富人生的一个途径，不是全部。爱情就像和人逛街、吃饭、一起工作一样，都是一种自然的分享。无论男人还是女人都应该给与对方一些空间，这样彼此就会很轻松。她不会完全依赖他，只要他的陪伴，只要他分享自己的生活。

一种流行的观念认为，赢得爱情的方法是付出爱情，现实情况常常并非如此。如果赢得爱情也有诀窍，这种诀窍便是"不依赖被爱"，这是一个女人必须具有的能力。一旦她意识到了，即使是爱情终结，她也照样能够快乐地生存，并重新获得爱情，因为她有了赢得爱情的魅力，并且能在男女的爱情关系中占据主动。

他和她的结合，是大一班全体同学一直以来最骄傲的成果，而没过多久他们分开了，则是所有人从未料想过的结局。他很爱她，这是个众人皆知的秘密。他俩是让大家羡慕和"嘲笑"的对象。大家常说："他跟她在一起，是在既当爹又当妈的基础上，才偶尔客串一下男朋友。"而他从不介意这些，享受着这样身兼三职的身份。

她也很爱他，这点，没人怀疑。她就像他的影子，总是跟在他身边，形影不离。她却说："我要让他在需要我的时候，随时都能找到我。"很多人曾经"嫉妒"地告诉他们："距离才能产生美！"而他们却异口同声地反驳："我们不一样，有了距离，美也就没了。"

后来他们还是因为累了而分手，他说："如果爱情是如此之累，那我宁肯放弃。"他回想他为了她改变的那些习惯，她不喜欢他抽烟，特别是公共场合。那他就不抽，只要她高兴。她还不喜欢他上网打游戏，说那样会玩物丧志，他也可以不打，因为她说得也对。她不让他做的事情，他从不坚持，因为，他觉得她也是为他好，他该尊重她。也许她已经习惯了这样，左右他的生活，她觉得只有这样，才能充分说明她在他心目中的地位。

如今在他消瘦的面庞上怎么也找不到当初他幸福的表情。记得上一次为了庆祝他进入了一家日资公司工作，他请全班吃了一顿饭。有人曾经和他开玩笑："听说日本公司都很苛刻啊，到时候没时间照顾你的'宝贝'怎么办？"他望着她，两人幸福地笑了笑，他说："她永远都是第一，工作第二。"

可是自从他去了那家日本公司，就像上满了弦，周而复始地工作。而她，毕业就去了国家机关，工作压力都很大。说实话，一个女孩子找到这样的工作真是幸福，虽然月薪只是他的一半，但是，朝九晚五的生活，一年至少10天的探亲假，都是那些"外企打工族"根本无法想象的。很多人羡慕他们的生活，说他俩一个挣钱，一个顾家，简直是绝配。

在日资企业，他们的工作时间不是法定的八小时，而是根据自己的工作完成情况而定，因此，加班简直是家常便饭。一开始，她还只是埋怨他没时间陪她，但是后来，埋怨逐渐升级为了猜疑。一次，他加班回家已经深夜一点了。一进门，他就看到她坐在床上，他问她为什么没睡，她阴阳怪气地说想等他回家闻闻身上有没有香水味。他只当她在开玩笑，脱衣服去洗澡，可洗完之后却发现她正在床上翻他的口袋。他很生气，却什么都没说。

那一晚，他们都无法入睡。他在想，她为什么会不信任他？她也许在想，他为什么会如此介意她的猜疑。第二天醒来，她已经去上班了，枕边是她给他留下的一封信。她说，她已经很久都感觉不到他对她的那种呵护了，更别提什么"身兼三职"。他有点内疚，但却无奈。生活逼迫他不得不奋斗，不得不透支生命般的过活。他不可能再像校园里那些无忧无虑的学生，浪漫而不食人间烟火。他能做的，只是趁着年轻多挣些资本，让她能过上更好的生活。

她开始不停地在加班时间给他单位打电话，有时一天能打上七八个。后来，同事在给他传电话时都会开玩笑似地加上一句："你老婆又查岗了。"有一次，他实在忍无可忍，语气很硬地告诉她："我在单位，你可以放心了吧？"

这是他第一次向她发火，以前，他甚至没有大声和她说过话。她很生气，他也很自责。他向她道歉，她向他提出一个条件：以后你的手机要随时让她检查，不许删除电话记录。他答应了，他想，如果这样能缓解她的猜疑，能巩固他们的感情，他愿意这么做。

他有时就很怀念大学时的她，那时她都会气语轩昂地教育其他室友要如何对待感情，最经典的一句就是：要充分地相信男友，才是相信自己。如此聪明的一个她，怎么也会"沦落"到今天查他手机的地步？事与愿违。这个荒唐的协议，从生效的第一天起，就开始了一步步地"扼杀"了他们的感情。

她会因为一个她不认识的电话而对他追问再三，也会因为一些玩笑短信而逼他解释。慢慢的，他累了，不再响应她无聊的发问。她也累了，懒得和他争吵，追问那些没有答案的答案。他们都觉得，在一起不开心，不如分开冷静一下。

如今他们没有了当初形影不离的开心，随之而来的却是她怀疑的目光和争吵后他们疲惫的表情。以前他一直以为，只要有爱，没有什么不可以。他依然爱她却选择离开她，他想，也许爱情和人一样，需要空间，需要氧气，才能获得最起码的生存。

当爱转化成爱情时，它就是自私的，它只属于对方。所以相爱的人总喜欢把对方死死地拴在身边，即使给一些自由，也要随叫随到。有时对方偶然失约，就让你胡思乱想。他是不是不爱我了，是不是有了别人……猜测塞满你的脑子，让你抓着自己的头发直撞南墙。

其实，让思想拐个弯，你就会发现结果不是你想象的那样，或许他真的有事走不开，或许他真是突然之间不想来了。不来并不代表他不爱你，也不能证明他有了别的爱。

男人也需要关爱

当今社会每个人都承受着巨大的压力，有工作中的，也有生活上的；有物质上的，更有精神上的。尤其是男人，他们所承受的心理压力、生理压力、生活压力和精神压力是难以想象的。虽说男孩女孩都一样，可女孩假如书没有念好还可以嫁个好丈夫，而男孩如果没有很好的学历就很难获得发展机会或有好的前途。

一些女性，要求男人既要有钱、有势，又要高大威猛，又要有魅力还要温柔。有的甚至要求自己的另一半，要像官员一样的体面荣耀，但却不能因公务耽误家务；要像经理一样收入丰盈，但不能长期在外奔走。女人天生爱做梦，谁都想找一个自己心中十全十美的男人、都想有个安全而稳固的依靠、都想有个温柔而浪漫的爱人。但是，你可曾想到要为承受各种压力的男人们做些什么呢？

其实，男人更需要关爱，这是对男性现实处境的理解。有人曾说过：

"爱你等于爱自己，关怀你的另一半也等于关怀你自己。"关心一个男人，并不仅仅是让他丰衣足食，最重要的是关怀他的内心世界。要充分了解丈夫到底需要什么，他真正喜欢的是什么。投其所好，并不是一味地迁就，而是让丈夫真正地实现他的愿望和价值。

如果一个女人，一生中都没有读懂自己的丈夫，那就真正是一个悲哀的女人。

如果一个女人，你说出了丈夫想要说出的话，做出了丈夫想要做的事，丈夫想要的，你都让他得到了。这是丈夫的最大满足。

人与人之间的交往，主要是心与心的沟通，夫妻之间更是这样。心有灵犀，不光靠两个人之间的默契，更主要的是女人对男人内心世界的洞察。要做到先知先明，需要女人敏锐的观察、细心的体悟和适时的心灵碰撞，多给他一些理解。

阿雅有三个堂姐，每次逢年过节回家看到三个堂姐的日子越过越红火，三个堂姐夫的事业都芝麻开花节节高，就会觉得自己嫁了个最无能的老公。

她的大堂姐嫁到了省城，大姐夫是大学教师，不到四十岁就被评上了教授，教学的同时还搞了点副业，开了一个商务咨询公司，生意非常不错；二姐夫是公务员，已经坐到科长的位置；三姐夫是做生意的，她三堂姐三十岁生日的时候，就收到老公送的一辆红色宝马作为生日礼物。

阿雅回头再看自己的老公，不过是市里的一家区医院的一个普通牙科医生，整天给一帮老头老太太看牙、拔牙、镶牙，薪水也不高。

每次看着夫荣妻贵的几个堂姐活得那么滋润，阿雅就禁不住悲从中来。她们姐妹四个，她是最年轻、最漂亮的，学历也是最高的，但嫁的老公却是最没本事的，过的生活也是最差的。

这次过年回家，阿雅在饭桌上又禁不住长吁短叹，和几个姐姐说姐妹四个就数自己混得最惨。大堂姐劝她："你惨什么？看看你老公对你多好，会烧一手好菜，会做家务，脾气也很好！"

"一等男人是有本事好脾气；二等男人是有本事坏脾气，三等男人是没本事没脾气！我也就是找了个三等男人而已。"阿雅反驳，连带着数落自己的老公。

坐在她身旁的老公虽然没有说什么，但脸色立刻变了。二堂姐赶紧打圆场："妹妹你真会开玩笑，妹夫是当今少有的好男人呢，工作敬业又顾家，对亲朋还挺讲义气。"

阿雅自觉失言，尴尬着不知道说什么。大家也赶紧把话题扯到别的上面去了，这场风波就这样过去了。

但这件事情并没有就此过去，阿雅发现，老公自从上次被她当众数落后，脾气越来越不好了，心思也越来越重。平时他俩都是谁回家早谁做饭，现在她老公即使很早回家也不再下厨，也不帮忙打扫卫生，就连三岁的儿子吵着要爸爸陪着玩，他也无动于衷。

一次，儿子拽着爸爸要"骑大马"，不料他却让儿子自己玩去，儿子不依，一直吵他，他就把儿子推到一边，自己去书房了。

阿雅听见儿子的哭声从厨房出来，哄好了儿子，她推开书房的门，发现老公躺在长沙发上发愣。

"你本事没有，脾气倒挺大的啊！"阿雅一见他这样就气不打一处来。

"我就是没本事，就是脾气大，怎么着？看不上我？看不上我你走啊！"她老公也不示弱立即从沙发上跳起来，气势汹汹地说。

阿雅一下子傻眼了，都说女人善变，可男人怎么也说变就变还变得这么快呢？这还是自己那个好脾气的老公吗？

阿雅想老公可能是最近工作压力大，所以脾气不太好，自己忍忍，等过段时间就好了。没想到，一个月后的一天，阿雅出去办事时碰到老公的一个女同事，两人寒暄了几句，那个女孩子对她说："姐姐，你可要好好劝劝你老公啊，我感觉他最近心理有问题，前一阵子老是和领导顶，脾气特别大。上周我们区医院被兼并了，要裁员，因为他和我们领导关系搞得很僵，结果就被精简下去了。你多开导开导他啊！"

对方说完就叹着气走了，阿雅却愣在原地，老公下岗了竟然没告诉她！

晚上，阿雅尽量心平气和地问老公下岗的事情，没想到老公吊儿郎当地跷着二郎腿："是的，下岗了，怎么着？是不是不想过了？不想过了就早讲，我早就有这个心理准备！"

毕竟是多年的夫妻，阿雅一眼就看出老公满不在乎的神情是强装出来的，她心里一阵发疼，"你现在怎么变得与我这么离心呢？下岗这么大的事情也不和我说说！"

她老公冷笑道："和你说什么？以前有工作的时候，你都时常讽刺挖苦我，现在下岗了，不是更会受到你的鄙视？反正我现在就是这个样子了，你爱怎么着就怎么着！"

老公的自暴自弃让阿雅心里一阵阵难过，她开始反思老公为什么会变成现在这样。想来想去，她终于想明白了，老公变成现在这样很大部分的责任都在自己。老公对工作认真负责、对家庭有责任心、对老人孝顺，如果从过日子的角度来说，还有什么挑剔的呢？可是之前她看着几个堂姐夫一个比一个有本事，虚荣心发作，总是拿自己的老公和几个堂姐夫比，比来比去就把自己老公的自信心比下去了。

阿雅看着整天窝在家里，一天比一天颓废的老公，决定要帮老公走出人生的低谷。

阿雅把孩子送到父母家，又在下班后和周末的时间四处寻找合适的地段租房子，她要给老公开一个牙科诊所，让老公重新振作起来。

经过两个星期的奔波，阿雅终于找到了合适的门面房并租了下来，又经过两个星期的装修和布置，牙科诊所初步完工。虽然花了十多万元，但阿雅并不心疼，只要能让老公恢复昔日的精神，她觉得花再多钱也是值得的。

那天，阿雅笑眯眯地对老公说："亲爱的，我带你出去散散心吧。"尽管不情愿，她老公还是勉强和她一起坐上了出租车。到了阿雅装修好的牙科诊所后，看着上上下下两层的漂亮诊室，阿雅的老公特别惊讶，直问是怎么回事。

阿雅对老公说："这是我送你的礼物，既是赔罪又是祝福！对不起，是我以前对你要求太高了，以前都是我的错，以后我们好好过日子，好吗？"

还未等阿雅说完，她老公就把她紧紧地抱在了怀里。

阿雅老公带着自己的证件和行医资质证明，很快就把营业执照办了下来。然后，牙科诊所就正式开张了！

由于有了自己的诊所，阿雅的老公精神一下子好了起来，整天春风满面踌躇满志的。他技术好，服务周到而热情，生意很快火了起来。仅仅一年的时间，他的牙科诊所就在另一个小区开了家分店。

"老婆，这是今年的收入，都给你。"又到年底，阿雅的老公将一张存折交给阿雅。

"老公，你真是太棒了！"看着老公递过来的三十万元的存折，阿雅毫不犹豫地拿出十多万元给老公买了辆车。

阿雅终于明白了"男人靠捧，女人靠哄"的道理，于是不管是在家里还是在外面，都极力夸奖老公很能干，白手起家创出了一番事业。老公在她的夸奖声中，干劲儿更足了！

男人也有男人的苦衷和难处，特别是男人除了在家庭中担当重要责任外，在外扮演着诸多角色，承担着政治社会责任，甚至更多的人际烦恼乃至诸多组织风险，势必比女人多了几份责任和义务。

作为妻子，要学会理解自己的丈夫，当一个女人嫁给一个男人时，你一定要切记，自己不仅嫁给的是他这个单个的人，而且嫁给了这个男人身后的整个社会背景。你要主动把自己当做这个大家庭中重要的一员，认真地履行自己应有的责任，不必计较个人的得失。其实，同是一家人，谁得到都是一样的，而一旦失去，就是整个家庭的损失。

理解丈夫，多给他一些支持和爱护。其实，男人也是很脆弱的。他们有七情六欲，有丰富的情感。妻子不光要看到丈夫强壮的一面，最主要的是呵护他个性中的软弱。当丈夫在外面遭受挫折时，唯有家才能得到安慰的地方，作为妻子，你切勿嘲笑他的无能,更不能打横炮帮倒忙去添乱，在这个时候，他最需要你的抚慰，需要你的鼓励。

丈夫心力交瘁的时候，你要用自己热情唤起他的自信；你要用自己的柔情让他得到放松；你要用自己的激情，燃尽他的狼狈与灰心,当他遇到困难时，与他一起遮挡风雨，共渡难关，让他明白，即使整个世界都抛弃了他，他还有你。

男人的青春是从女人身上焕发的，没有女人给男人阳光般的温暖，男人就不会永远沐浴春晖，就永远不可能做到春风得意。

妻子是"贤内助"，这个"助"，不仅是在事业上助他一臂之力，更主要的是为他解决后顾之忧。替他在公婆面前多尽一份孝心；替他在孩子面前多尽一份责任；让他抛却所有的私心杂念，一心一意地扑在事业上，这才是做妻子对丈夫的真正帮助。

风雨同舟中，你能帮他掌舵划桨；艰难困苦中，你能与他一同分享。为丈夫排忧解难，是在他烦恼时，帮他释放心理负担；在成功时，让他在忘乎所以中做出清醒的判断；帮他找准自己的位置，关键时刻用你柔嫩的臂膀，给他力量。事业的成功，才是一个男人真正的成功。男人的成功，来自妻子持之以恒的支持和无私的奉献。"成功男人的背后，一定站着一个伟大的女人。"这是对一个女人的最高褒奖。

多给他一点空间。男人有男人的世界。他有自己的爱好、志趣等等，一个女人切莫让丈夫为自己而改变他的本色；更不能抹杀他的个性。给他一个自由的空间，让他有一方展翅飞翔的天空。要知道外面的世界再精彩，也只不过是一个个小小的驿站，身心疲惫的男人，他永远的归宿是温暖的家园。

守护自己的家，是为丈夫点燃一盏温柔的灯，为他永远敞开一扇门。用灯的光明为他引路，让他不至于迷失方向；敞开不关闭的门，让他的港湾充满温馨。既然说男人是女人头上的天空，那你就给他一双翅膀，让他飞翔。风筝飞得再高再远，你也不必担心，因为，线紧紧地攥在了你的手中。

多给他一点赞赏，虽然说"良药苦口，忠言逆耳"。但是由于虚荣、自尊是人的本性，所以，大多数人都喜欢听赞美的声音。用赞美的方式去委婉含蓄地评价，比义正言辞地批评更容易使人接受。因此，作为妻子，你要用放大镜正视丈夫的优点；要用缩小镜去窥探丈夫的缺点；用显微镜去透视丈夫的爱心。

"良言一句三冬暖，恶语伤人六月寒"。丈夫每一次获得的成功，你要用赞赏的语言为他鼓掌。即使他改掉的仅仅是一个小小的毛病，你也不妨夸大他的进步。让他在赞美声中走向成熟与保持隐建。因为情感上烦恼的男人是消沉的，什么进取的事都不想做，愿望和抱负都被蒸发，对自己及亲友很淡漠，会失去了任何信心。

真正的爱，是一种不言回报的付出。因为你在为丈夫付出一切的同时，已经实现了你自身的价值。

退一步反而走得更近，放开手抓得更紧

在爱情里有这样一类人，当她（他）爱上一个人的时候，这个人就是她（他）的天，她（他）的全部。她（他）会把自己所有的精力都放在自己心爱的人身上，她（他）会对他无微不至的关心，关心他（她）的饮食起居，

一切的一切。为了心爱的人，甚至不惜改变多年养成的习惯，放弃与普通异性的正常来往，放弃本应参加的社会活动，放弃自己的兴趣爱好，目的只为了讨好自己的爱人，为了更好地照顾心爱的他。就是这样，还是不放心，有时还会想：有一天，他（她）不爱我了怎么办？在现实生活中，这样的人不在少数，尤其是那些刚谈恋爱，或是刚结婚的人。

而对于另一类人来说，爱情只不过是他（她）生活的一部分，他们不会为了心爱的人去放弃他（她）的爱好，更不会为了心爱的人去放弃他的前程，一个人为他（她）牺牲的越多，他有时候越不知道珍惜，时间长了，他（她）会司空见惯，熟视无睹，你对他（她）越好，他（她）越觉得累。这是这类人的天性，也是人的天性。

冉是江的大学同学，家在郑州。大学第一年江便喜欢上她，但这份感情江一直藏在心里。冉是系里公认的美女，而江长相平平、学习平平、家世平平，没有一样能拿得出手。

江和冉的故事是在大学毕业后第二年开始的。尽管没能成为恋人，但他们的关系还不错，算是朋友吧。得知她和男友分手后，那段日子江经常打电话安慰她、开导她，有时还会约上她周末一起郊游。

那次几个同学一起出去玩，回到市区时已经很晚了，江不放心，便主动提出送冉回去。路上他们很随意地聊天。也不记得当时说到什么话题，竟然让他鼓足勇气将心底的秘密宣泄出来，他问她能不能给他一次机会。说完他就后悔了，很怕当时就被拒绝，于是他很没底气地赶在冉给我答案前抢话，他说不要立时就答复，希望她能认真考虑一下。

就在他越来越沮丧的时候，冉的电话打了过来，她说她愿意做他的女朋友。多年的暗恋终于守得云开见月明。

可能是太爱她，潜意识里江总有些自卑，所以和冉恋爱之后，他一直表现得患得患失。他宠爱她，全身心地呵护她。吃饭的时候，他清楚地记得她哪些爱吃哪些不吃；下雨的时候，他会冒雨给她送伞；她工作忙，他会在她的午饭时间跑到公司门口等她……

随着爱情的深入，他发现自己更加离不开冉。她和朋友聚会，他都会想办法要求参加，哪怕坐在那里一言不发；她的 QQ 头像被他换上了他们两个人的合影，她的好些私人物品上也都被贴上了他俩的大头贴，连水杯也是他特意定制的，上面印有他俩在一起的照片。他恨不得在她的身上贴上他的标签，向全世界宣布她是属于他的。

做这些时，他的心里都甜滋滋的，却忘了问一句她愿不愿意、喜不喜欢。其实也不是忘了，只是想当然地以为她会喜欢，但他错了，她非但不喜欢，而且很反感，她说这样霸道的爱让她感到窒息。

没错，他是管她管得比较多、比较紧，但那是因为他爱她，害怕失去她。每天他都会给她打两三个电话，问她在干些什么，有时电话没人接，他便会一直打，直到电话通了为止。她不开心了，他便会不停地追问到底是因为什么，有时她不想说，他就越发着急。他时时刻刻都想着她，也希望她每时每秒都念着他。可冉却说爱情不是生活的全部，即使是结了婚的夫妻也需要有独立的空间。

爱情观念上的不一致让他俩之间渐渐有了矛盾和争吵。有一次，得知冉给一个帮过她忙的男同事送礼物，气愤至极，他劈头盖脸就把冉一顿痛骂，而且骂得很难听。他记得当时冉是哭着跑开的。

事后他格外懊悔，意识到自己做得有些过分，更重要的是他离不开冉。他跑去向她道歉，告诉她他是因为太爱她太在乎她，一时被嫉妒冲昏了头脑才口不择言。最终冉原谅了他。他以为事情就这样过去了，却不知这件事已在冉心底产生了阴影。

恋爱一年后，冉向他正式提出分手。他当然不同意，想尽办法挽回，他把之前在QQ空间里写的日志都打印出来，精心装订好拿给她，内容全部都是他和她一路走来开心与不开心的回忆，以及对她的想念，还有认识到的错误。

冉很感动，泪水在眼眶里打转，但她依然不愿回头，她说那些美好的记忆她会记在心里，但是也请他放了她，说跟他在一起，她感觉压力很大，他的爱让她感到窒息。

分手的过程拖拖拉拉了两个多月，他彻底放弃了。但是他也明白了一个道理，他对冉的关心太过分了，不应该把她抓的那么紧，抓的越紧，她会离你越远。

给彼此更多的私人空间，才会更融洽地相处，距离产生美。有些时候，爱情是我们手心的气流，抓得越紧，它逃逸得越快。所以，我们要给爱情留白，只有空间适当，爱情才会健康成长；有些时候，爱情是我们心灵上的风景，只有处于确切的位置，才能读出它的韵味。我们要和爱情保持一定的距离，学会多角度、多层次地欣赏它，这样的爱情生命才会长久。

一个即将出嫁的女孩，向她母亲提出了一个问题："妈妈，婚后我该怎样把握爱情呢？"

"傻孩子，爱情怎么能把握呢？"母亲诧异道。

"那爱情为什么不能把握呢？"女孩疑惑地追问。

母亲听了女孩的问话，温和地笑了笑，然后慢慢地蹲下，从地上捧起一捧沙子，送到女孩儿的面前。女孩发现那捧沙子在母亲手里，圆圆满满的，没有一点流失，没有一点撒落。接着母亲用力将双手紧握，沙子立刻从母亲的指缝间泻落下来。当母亲再把手张开时，原来那捧沙子已所剩无几，其团团圆圆的形状，也早已被压得扁扁的，毫无美感可言。

女孩望着母亲手中的沙子，领悟地点点头。

爱情如同手中的一捧流沙，你握得越紧，流失得越多。爱情不能完全用理智把握，需要我们用心体会和感受，给对方一些自由的空间。

爱情是生活中美好的东西，但却往往因为我们对它提出过分的要求而被破坏了。

爱情无须刻意去把握，越是想抓牢自己的爱情，反而越容易失去自我，失去彼此之间应该保持的宽容和谅解，爱情也会应此而变成毫无美感的形式。

张晓晓是个不喜欢被男朋友捧在手心里的女生。她认为自己首先是张晓晓，是个具有独立人格的人，然后才是某人的女朋友。

她认为平平淡淡的多好，各自有各自的生活工作朋友，该关心的相互关心，也没必要刻意牺牲为谁好。她喜欢实实在在的，也不喜欢对方24小时想着她，她有自己的圈子，她也会不高兴也会高兴到爆，她想说的时候自然会说，她不想说的时候要相信她自己能处理好。

张晓晓特别不喜欢一些女生一谈恋爱就变成婴儿似的，什么都需要男朋友做。爱情中宠爱是是需要的，太过了就受宠若惊了。她有能力处理好自己的事。

对待感情，她情愿这么多感情一点点地累积，而不是一股脑把所有的爱意都甩出来，拍在她身上。很多人进入热恋期，谈了一两个月的恋爱，就直接烦了，然后匆匆分手。这样的人只追求效果，根本不关心内心什么声音，效果达到了，两三个月腻了就跟电影散场一样结束了。这样的爱情有什么意思？用力过度的爱情，只能匆匆结束。

有人说社会节奏太快，谈恋爱就像吃快餐，这是社会常态，但不是张晓晓的常态。对她来说，爱情是一道大餐。最深的感情从来不是一蹴而就，几天之内表达深爱不可能就是深爱。就像一场饕餮盛宴，必然是有红酒，餐前汤，主食，配菜，甜点，一道道慢慢上，一种种慢慢品尝，而不是一股脑半个小时扫光，抚着肚子大喊再也不吃了。她要把这道大餐细嚼慢咽，花很长的时间和很好的心情，边吃边琢磨，喝完最后一口汤还能回味一遍，心情大好想着以后还是要这样吃。

爱情如同食物，不嚼烂细咽无法体会每一种深情。

有人问她："你怎么不和你男朋友一起？"

每次她听到这样的问题就觉得很奇怪，为什么自己一闲下来就要和另一个人在一起。他只是她的男朋友，又不是她生活的全部；对他来说她也不能是他生活的全部。她想他了就找他，想一个人就在家宅着是件很奇怪的事情么？

张晓晓不粘人，她觉得总黏在一起并不是恋爱。她需要爱情，也需要自由和空间。

张晓晓这样的爱情观也得益于她的姐姐。

她姐姐和姐夫结婚之前一直没有住在一起，姐夫下班之后就把姐姐送回家就和朋友出去玩了，姐姐自己在家看电影做面膜。她总认为这才是恋爱，是生活。

她记得大学的时候有个室友谈恋爱，整天和男友形影不离，从来不跟室友吃饭。那个女生除了男友外，没有其他朋友。最后两人吵架分手，她觉得整个世界塌了一样。

这不是张晓晓想要的爱情和生活。

她认为用力过度就是不自信，不信任，怕来不及表达自己的情绪，怕没有时间耐心等待。但其实，少点刻意牺牲，像个正常人过生活，不要一恋爱像个白痴，这样的爱情才会长久。

如果你想保持爱情，保持一定的距离感是必要的。"距离产生美"绝对不是一句空话。让他来去自由，不要让他觉得爱成了一种负累。让他去寻、去找，他找不到再比你适合他的异性的时候他自然会回来。要是他真找到了比你更适合他的，那怕你拴住了他的人，他的心恐怕早已不在，你守的只是一具躯体，倒不如大大方方地让他走，给他自由，也给自己尊严。让他去流浪，去漂泊。他对路边的风景厌倦了、累了、乏了，他会想起有你的温馨，会想起你的拥抱能让他重新焕发对生活的兴致和希望。他要是回来了，就珍惜，真要是被路边的风景迷住了，就笑着祝他一路顺风。给他祝福，给自己安心。

信任对方是对自己魅力的肯定

"我爱他这么多，他不爱我"，是很多情侣分手后对双方的抱怨。试想，他既然接受了这份爱，答应做你的恋人，证明他是爱你的，珍惜你的，只是你对你们的爱情缺乏信任感，总是感觉对方不够在乎你，不把你们的爱情当回事，至少没像你那样珍重。你便开始猜疑、试探，自己的错误方式愈演愈烈，慢慢地把爱情推向了无底的深渊，最后导致分手的后果。分手不是我们想要的结果，但对爱情缺乏信任导致这种恶果的不可避免。所以，我们应该给我们恋人多加一点信任，多给他们一点自由。我们每个人不仅需要爱情，亦需要亲情、友情，还有社会关系。虽然爱情的激烈让我们长久怀念，刻苦铭心，然而，爱情只是我们生活的一部分，我们不能让它占据我们的全部，主宰我们的一生。给自己的恋人一点信任，一丝自由的空间，让他做自己想做的事，喜欢做的事。这并不是把爱情放开，而是得到。

如果我们对爱情缺乏信任感，我们的爱将不再是爱，是占有，爱得愈甚，占有欲愈强。时时刻刻地关注他的动态，不给他一点自己的空间，看似是爱他，不愿离开，其实更多是占有，是不信任，怕他去爱别人。殊不知，缺乏信任成为了导致爱情破裂催化剂，你越想留住他，却越难得到他。你只想让他活在你的世界里，不给一点点他自己的世界，爱情怎么可能走向完美。爱情里可以没有别样的浪漫，但爱情里不能缺少信任。

梅是属于标准型的宅女，除了上班，没有什么业余活动，下了班就回家做饭、看看电视、睡觉，一天就这么过的。平时梅也都是下班会在路口等钊下班，然后一起买菜做饭。这几天钊临时有点事，去了外地半个月。

今天梅下班之后跟一个女同事想去逛逛，前两天在网上联系到一个很久没联系的前同事，得知她现在在超市上班，所以就想顺便逛街的时候去那找她玩玩，梅的同事也买房了，顺便看看厨柜什么的，了解一下。由于两三年没联系了，就跟她们见了面就坐下来泡茶、聊天。中间钊发信息过来，问梅"下班没？在哪呢？"梅跟他说明了情况。没想到钊就开始怀疑梅，起初他只是冷淡地说了一句"哦，你们逛吧"。后来三点多钊打电话过来，梅也很自然地跟他说做了些什么，大概几点回去。6点左右，刚出商场门钊的电话再次打来，上来便问："在哪了？"梅跟他说："逛完了衣服，打算回家去。"

"今天心情不错啊！"钊说。当时梅觉得有点莫名其妙，明明很累的样子，也没表现出哪开心了呀，后来他们没说两句，他又冒出一句："看你很开心的样子。他今天又给你买了一条蓝裙子？"（他指的是梅的同事，曾在她生日的时候送他一条蓝色的裙子）梅明白了钊是在怀疑她，然后很认真地解释说："我电话里不早都说清楚了吗？我是跟那个女同事去逛的。要不让她给你通电话。""你早做好了准备是么？我还有听的必要吗？"钊仍然怀疑她。梅一听这话当时有些失控，临近崩溃边沿，这不是第一次的怀疑，是第 N 次了。只是简单的跟女同事逛一次街，却被他想象得那么复杂，何况她跟他每天都有联系，即使没有电话，绝对也会上网发信息，应该说她每时每刻大概在做什么，他是最清楚的。他又说他当时听到男孩子的声音。可是在公共场所听到男孩子的声音很正常，比如说客户啊，这么简单的事情为什么都想不明白呢？谁说商场里就不可以有男人的声音了？

梅想起上次，有一回晚上 10 点多左右钊给她打电话，而当时她在跟她嫂子通话。梅没及时挂掉嫂子的电话，她觉得钊每天都通好几个电话，肯定也没有什么急事的，应该就是睡觉前的一个问候之类的吧，所以当时她就想跟嫂子通完电话后再打给他。可等她通完后发现十几个他的未接，梅赶紧打过去，结果怎么解释他都不相信她是给她嫂子打电话，硬要说是在跟哪个异性通话。当时梅就叫他打电话给她嫂子证实，结果他说你肯定提前和你嫂子打好招呼了，打也没用。

还有一次是因为"五一"要回老家，上班抽不出时间来买火车票，由于是高峰期怕买不到票，梅就 MSN 叫汽车站附近的朋友帮忙买了张火车票，下班后梅去朋友那儿取票，把钱给了他之后就直接坐车回来了，钊还在加班就随便找了一个小饭店吃了点饭，晚上他回来后认为梅和那个朋友一起吃的饭，还要求看梅的通话记录。当时梅委屈得哭了，她觉得无法和男朋友在一起生活了，因为他她已经失去了很多朋友，异性朋友也少之又少，没想到有事和朋友联系一下还是怀疑她。而且是，完全没有理由的怀疑。梅也顾不了那么多了，只想和他分手。这种双方没有信任的感情她受不了了，也不想再继续下去了。

可是钊不想分手，他说自己有多爱多爱梅，只想让梅属于自己。但是梅心意已决还是离开了他。

爱就要信任，爱就要给对方空间，不要总是不相信对方，比方说你打对方的手机不通的时候，你不要认为对方又在搞你的什么了，你发信息对方没回信息的时候，你不要认为是对方故意不理你，假如说你在等待对方开车而久等不来的时候，不要认为对方又去搞什么其它去了，你要理解对方，不要总是朝坏的方面去想，如果你的眼睛总是大大的睁着，如果你总是拿着照妖镜照的太久，上帝都能挑出毛病，睁只眼闭只眼吧，一个和睦的家庭夫妻中至少一个是傻子。俗语说得好：该是你的就是你的，不该是你的拴在裤腰带上也不行，终归会跑。给对方空间就等于给自己自由，给予别人信任就等于自信和豁达，豁达之人是幸福的。

女人出门旅游去了，留下了男人一个人在家。女人不在家，男人喝着啤酒，不停地换着电视频道。这时，女孩的电话打来了，她说："我闲着没事，到你家坐坐吧！"男人说："这……不行，我正要出去。"女孩其实已经在男人的楼下了。女孩是男人的部下，女孩很多次对他表示了好感，男人都巧妙地拒绝了。

女孩手里提着很多东西，还有一瓶红酒，站在了男人的家门口。男人说："那我下厨吧！"女孩说："不用。"便在厨房里忙碌起来。

在另一间房子里，他开始打电话约熟悉的朋友来家里吃饭，可是朋友们都不在。

过一会，女孩已经在喊他了，他到厨房猛地愣了，女孩端给他的是一盘热腾腾的饺子，他最爱吃饺子了，可是，平时他和女人都太忙，没有时间包饺子，两盘饺子、几碟小菜、一瓶红酒，女孩的脸上柔柔的笑，搅动了他的心。

说不清为什么，他在女孩不注意的时候，关掉了手机，拉上了阳台的窗帘，他能听到自己心跳的声音。一瓶红酒喝完了，女孩说头晕，就软绵绵地倒在了男人怀里。

男人承认女孩是美丽的，他紧紧地把她抱在怀里，也就在那一刻，他才感觉到女孩的身体是那样的弱小。他的心猛地一颤。女孩在他的床上睡去了，他轻轻地带上了门。

这时，客厅的电话响了，是女人和孩子打来的。男人仍然喝着啤酒，不停地换着频道，他分明听到了女孩轻微的呼吸，但是，他努力地让自己的心冷静、再冷静。

女孩醒来的时候已经是第二天早上，男人一夜未眠，男人为女孩准备了早餐。吃饭的时候，女孩问："你不喜欢我吗？"男人说："喜欢。""那你不寂寞吗？"女孩追问。"有点！""可是……怕我纠缠你？"女孩扁着嘴失望地问道。

男人认真地说："生活是一种责任，就像这碗稀饭和煎蛋，尽管老吃觉得没有什么味道，可是你每天还得做、还得吃，有时甚至觉得它难吃，可是不吃心里空荡荡的。"女孩沉默了。

送走了女孩，男人觉得从未有过的轻松。爱是一种诚信，是需要付出代价的，如果不爱，或无法承受，那么就别轻易地将自己的心打开。诱惑和寂寞，本就不是出轨的理由。

我们要学会放手和信任。爱就像是手中的沙子，你越是抓得紧，它越是漏得快，学会放手顺其自然，学会宽容与信任也就学会了如何去爱。怀疑和猜测不叫在乎，更不是爱，是自私和不尊重，是狭隘，是心态脆弱，是没有自信的表现。

婚姻和友情都是建立在平等基础之上的，相互尊重与信任是维持平衡的法码，不信任和信任都具有传染性，就看你如何去对待。有的人快乐而单纯，对什么事情都看积极的一面，对什么人都以诚相待信任有加，所以这种人的日子过得单纯而幸福。

爱的最好证明就是信任，爱他就要信任他，不要捕风捉影，不要疑神疑鬼，如果你的信任换来的却是他自由放纵，放荡不羁，那么就勇敢地放手，让其变成一个脱缰的野马，成全他，也成全自己的幸福……不懂得珍惜的人又如何能懂得真爱？放弃就是成全，成全自己追求幸福的权利。

信任是婚姻的基石，特别是在现如今这个充满诱惑的社会，婚姻更要靠信任来维持和平。

如今是改革开放的年代，异性交往无处不在，如若不能以一颗平常心来对待，那岂不是就如同枕着炸弹睡觉？爱，彼此需要相互信任，这是爱的基石，爱忌讳无中生有，相互猜疑，甚至闻风就是雨，这是爱的一个大忌。

别冷却了爱情的温度

冷战，顾名思义就是双方视彼此为敌人，表面上互不理睬，内心却时时在暗战。在婚姻里，冷战和吵闹都是伤害婚姻的大敌。如果最终和解收兵，那可以视为考验彼此感情的过程。如果把握不好，也许真有感情的夫妻会误失对方，最终留为遗憾。

两个人谈恋爱，逐渐步入到平凡而正规的婚姻当中，必不可免地会有些磨擦。当磨擦出现时就会发生争吵，有的可能还会出现动手。发生磨擦是避免不了的，问题是发生了磨擦之后，两个人都要冷静，要互相理解。

两个人一起过日子，不是为了打架而在一起的，都是为了有个照应，有一个安安稳稳的家，才走到一起的。所以出现问题时，一定都要先思考一下自己错在哪里？然后在考虑怎么样能达到好的目的去做才好。

通常大多的女人在生气后，都是要让男人先来道歉。男人知道这是女人的通病，那么男人就要大度一些，为了今后的生活更和睦、更美好。男人做出大度的选择，是为了自己也是为了家庭。女人在没有原则性的问题下你也见好就收吧。

有的男人还是老一代的思想，吵架过后不道歉、也不说话，进入了冷战。现在的女人也都工作，生活独立自然不会像过去那样，丈夫说什么就是什么。现在的女人是要男人来哄的，男人就哄一哄你的女人好了。

她从前有个很爱她的丈夫，可现在她离婚了。他们婚姻的解体就是由冷战开始的。

当初谈恋爱时，她的丈夫对她可好了，他会画像还为她画过像。那时他是教师，她在工厂当工人，婚后两人的生活也是很甜蜜的。孩子出生了，由奶奶照看。他离开了学校去了公司当上了小头头，她在单位也做了会计，按理说是蛮不错的生活了。

然尔却因为一点小事就吵架，男人喜欢看书不做家物，女人闲男人什么都不管而吵架。男人为此从不道歉，也不说好话。女人说：油瓶子倒了，他都不去扶。终于一次吵架时，女人刚灌好了开水瓶，冲着男人就摔了过去，还好没有烫到。男人起来收拾了散落碎片的残局，女人气得一声不响了，从此以后两人进入了冷战。

这一战就是三年，三年里谁也不理谁，睡觉你睡你的我睡我的，还在一张床上也不离婚。有人问：那你们就不说话，他也不道歉吗?得到的答案是：是的，从不道歉，其实他要是说一句话也就没事了。难以置信三年不说一句话，要是他们中不管谁道一下歉，不管谁的错，都不会有太大问题。两人冷战起来，事情就陷入了僵局，也就抹不开面子先道歉。

女人一直在等待着男人来道歉，可男人没有来道歉，女人就搬了出来。那时女人提出来离婚，男人没有同意也没有道歉，两人一直是有名无实的夫妻。最终两人还是离婚了。

所以当出现小的磨擦和问题，两人就要沟通，男人要大度，女人要温柔。绝对不能冷战，冷战是婚姻幸福的最大敌人。

他们认识足足 8 年多才走到一起，真的很不容易。但是真的没想到会终结在这个叫 JWT 的游戏上。

他是做 IT 的，所以，她很早就跟他接触电脑。他开网吧那会，她天天在网吧里玩游戏，成了这里让人羡慕的"红警高手"。

后来家里有了电脑，都上了网，一个叫 JWT 的游戏悄悄地开始流行。不知不觉中，脏话开始不断地出现在她嘴中，黄色的笑话在她看来，不再像以前会脸红，反而会讲出几个逗大家乐。

后来有一个劲舞的游戏会在设置中可以找"老公"、"老婆"，她在虚拟的网上也找了一个"老公"。他觉得反正那也是假的，就没有太在意。

不久后，事情发生了微妙的变化，结婚前的几个月，有时他会晚上 10 点左右给她打电话催她早点下线，可手机总是占线，1 小时的占线。他就等大概一个小时左右再打过去。

她和他解释说她妈把家里的电话包月了，有最低消费，随便打。

不知不觉他们结婚了，日子过得飞快。可是结完婚的她总是把手机带在身上，就连睡觉都装在睡衣口袋，从不往桌子上放。

结婚前是彩铃，结婚后换成了震动。

结婚前是占线，结婚后是拿着电话占厕所。

他开始问："你好像有个老公哦。"

她说："是啊。我们玩劲舞的都有，我姐姐也有，玩儿那，没事。"

"哦。没事就好。"他也没再过多地问。

结婚后不久他们家里弄了两台电脑，这样谁都可以上网。他又是做 IT 的，在他们的爱巢里设置的很全范的电脑设备，从餐厅的壁挂电视到能连接到所有房间的音响，尤其是小房间的 2 台液晶电脑，让他的朋友很是羡慕。可郁闷渐渐充满他体内。

她玩游戏越来越疯狂，开始是 11 点，后来，1 点，到后来的 4 点……越来越晚。终于，有一天他从朦胧中醒来仍然听到键盘的声音。

"还不睡！几点了！"他有些不高兴。

"知道。马上！"她头都没抬地说。

"那我等你。赶快关电脑。"

"你先睡，我马上。"

半个小时过去了。他坐在她旁边看她聊啊聊，蹦啊蹦……

他终于忍无可忍了，积压在心里的怒火迸发出来，他拿起网钳剪断了网线。

她也愤怒了，疯了似地破口大骂："你剪，剪了我就去网吧！"

他说："你这样没日没夜地玩游戏，以后谁都别上网。"

他独自在屋里生闷气，她却开了电视打掩护，穿好衣服冲出家门。

他们便冷战起来，没多久她终于妥协，她答应每天 11 点半准时睡觉，他让她每个星期六在家玩一天，那天可以玩到很晚。

后来他才知道，她网络里那个"老公"是个学生，也是周六可以玩一天。从那以后的每天下班到家开电脑成了她第一件做的事情。不但如此，她的电话比以前更勤了，短信也不断，她网上的"老公"每天要给她 2 个电话，上午一个，晚上一个。有时候还在被窝里，电话已经响起，"宝贝，该起床了……"清晰的一个男声传入他的耳朵。

他听到之后拿起桌子上的一个杯子朝地上扔去："到底我是你的老公，还是他是？"

她见他发了很大的脾气，也有些生气，不高兴地喊："我 26 岁了，嫁人了。他 20 岁，是个学生。我能当他是真的老公么？你一个大男的连这点醋都吃！"

后来他们就开始进入了冷战，她有了更频繁的电话，更频繁的短信。有时他们去父母那边吃饭，她都要急着赶快回家。每次只要家里一停电或者掉线，不到一分钟，她的电话保准响。

终于，他心理承受到了底线。

他提出了一个要求：让她离开他。

得到的答案却是：不会的，多大点事呀，有什么好吃醋的。

"不是吃醋，你要么离开他，要么离开我，你看吧。"他说。

"好啊，大不了离婚。"她不屑一顾地说。

他深爱的老婆成了这个样子，他们从那以后冷战已经两周了。她仍然当做没事一样，疯狂的游戏，疯狂的聊天。

他不知道她是在向他示威么？你越管我，我就越做给你看。其实他还是爱她的，只要她好好地主动找他谈一谈，承认一下错误，他们还可以当做什么事也没发生一样。但是这么长的冷战，冰冻了他的心，他决定和她离婚。

冷战会使双方对彼此的不满叠加，使双方的感情降温，冷到一个很低的点就再也不可能燃烧了。争吵不怕，就怕连吵的必要都没有了，你不理我，我不理你，最后的结果就只剩散了。

婚姻是一个互相适应磨合的过程，常有说七年之痒，就说明经营婚姻绝非易事。需要双方用心、用爱、用理解、用包容才能走到最后。

婚姻中冷战中的男女，其实并不想结束婚姻。男人暂且不说，女人的心理其实可以从讨厌反感对方——思考反省彼此——希望对方挽留等三个过程来划分。

做男人要做大男人，做女人就做小女人，其实可以理解为男人要让着女人。冷战中更是如此。

冷战的开始有时其实很滑稽：或许某天，女人只是因天气的变化影响自己的情绪，无缘无故地对男人发脾气，而男人正好因工作的不顺而心烦，如此一闹也许便是战争的开始。于是，女人开始怪男人不再体贴，她那一会儿多想在男人怀里撒个娇，索个吻，一个动作即可。于是开始伤心，开始怀疑嫁错了人，开始怀疑男人的爱不再纯粹。而男人则多希望女人能理解自己的身心疲惫，他或许会大声吼道："结婚前你是多么的温柔、善解人意，现在怎么变得如此蛮横无理？"潜台词可以理解为：恋爱时可以风花雪月，结了婚就是老老实实过日子……女人伤心了，男人烦躁了，于是，女人开始在心里怨恨，并以各种微妙的心理去反应：仇视、出走、分床等等。这个阶段，女人不会接受男人的任何和解信号。她巴不得男人自己去得到点什么小惩罚，然后内心偷偷地得意。反之，如果男人在这个阶段真的没有任何示好的举动，女人也会更愤恨对方。"哼，你居然真的不理我？嫁给你真是瞎了眼了……"

女人，有时就是那么不可理喻，但其实内心很简单：她也许就是想要你多一点的关心和浪漫，如此而已！如果男人懂了，其实女人是很好收服的。如果男人不懂，你只能累人累己，以后的日子也许更难过。

有的夫妻的冷战也许很快就结束，而有的夫妻也许会打持久战。打持久战的女人，她一定是自尊心特别强、对爱的要求特别高、理解特别深的女人。她不会只因为一句好话就投降，而会前前后后把爱情和婚姻重新梳理一遍。所以，这时女人就进入了一个思考反省期。

但智慧的女人根本不会让冷战出现在生活中。

韩晓卿一直被公认为单位里最幸福的女人，结婚十年，没和老公红过一次脸，老公体贴温柔，女儿乖巧懂事，婆媳相处融洽。同事娜娜即将披上嫁衣，向她讨教婚姻中爱情保鲜的秘笈，韩晓卿只送给了她两个字：糊涂。

这是韩晓卿这么多年婚姻生活的总结。在她还没嫁给老公时，公公就已经去世了，而婆婆一直住在乡下女儿家。不过逢年过节，婆婆就会来她家住上十天半月。每次她婆婆来，她会给婆婆一些零用钱，买些衣物。临走时，还会给他们母子留出单独相处的时间。她老公总是趁此机会给他母亲一些私房钱，她心里清楚，却装做不知道。并不是她给婆婆的钱少，而是她老公想表达自己特殊的心意。在大多数家庭中，婆媳或翁婿关系再亲近，总也比不上血缘关系，爱一个人，就要给他多爱自己父母的机会，这一点，韩晓卿很清楚。

韩晓卿的老公不抽烟不喝酒不赌博，唯一的爱好就是上网。这本来很正常，现在的人都喜欢上网，但有段时间，她发现老公一有空闲就上 QQ 聊天，很晚才下线。她心有疑窦，却不好说什么。一次，有人在楼下叫他，他没来得及关 QQ，就出去了。她悄悄打开了聊天记录，和她聊天的那个女人很迷恋他，他们的有些对话让人脸热心跳，甚至他们还约好了见面的时间、地点。可在最后一页的对话中，那个女人在埋怨她老公爽约，发誓再不理他。她老公解释说，思虑再三，感觉双方还是应以彼此家庭为重，让美好的感觉止步于虚拟。韩晓卿悄然离开了书房，装做什么都不知道。韩晓卿认为，既然老公已经知道悬崖勒马，她若追问，也许结果会适得其反。后来，她老公上网的时间果然慢慢缩减，最后淡出了 QQ 聊天。

很多人喜欢忘记幸福，铭记伤害，这样做的后果只能是让自己更痛苦。在婚姻中，伤害忘得越快越好，幸福铭记得越深越好，这样我们才会快乐。学着糊涂，遗忘伤痕，豁达宽容，爱才有长久的生命力。

智慧的女人一定不会大吵大闹，因为这样的女人更懂得人情世故，她会先确认一下自己要的是什么？把握了这个原则后她会理性地去思考：他哪里好哪里不好？我哪里不对哪里对？他是否真的爱我？但如果确认对方依然是爱自己的，女人就会放下所有的不满。因为，她终于知道，这也许是婚姻的过程，幸福其实只是相对的。

确认了还要继续走下去后，从某时开始，女人会期待着男人来示好、挽留自己。她也许甚至会去主动做一些家务小事，以引起男人的注意。但男人如果依然没有任何举动，甚至有意离女人更远的话，女人会更伤心，甚至绝望。这时她会更深刻地感受到，自己是爱男人的，是离不开他的，而笨蛋的男人也许还不知道。

某晚，女人开始不动声色地睡回自己的卧室，偷偷看看被自己折磨得可怜的男人，心疼之极。于是，侧身依在男人怀里，男人看着女人那双委屈的眼睛，紧紧地把她抱在怀里。女人哭着说："你再不管我，我就去找别的男人。"男人愕然地看着女人，然后像宝贝一样把女人抱得更紧了，原来他们都如此地怕失去对方……于是，一场战事结束。

无论如何，经营婚姻都不容易，如果你们依旧深爱着对方，不要吵架也不要冷战，可以选择一个时间一个合适的地方，双方静下来，好好谈谈心，就会发现，彼此在彼此心里还是那么美好。

如果爱，就用心珍惜、用心爱，不要让你的爱轻易被伤害。

第三章 多少爱输给了现实

世界很大，两个人相遇是缘分，相爱更是命运的恩赐。但并不是所有人都能遇到对的人，纵使遇到了，又有多少人能共结连理，一辈子不弃不离？爱情抵得过时间的考验，抵得过生死的威胁，却抵不过现实的残忍。在现实面前，爱情不是输给了距离，就是输给了房子。在一个不需要爱也可以结婚的年代，有多少人嫁给了房子、嫁给了存款，又有多少人找到了有权有势的岳父大人呢？"爱情"在人们心中究竟还有多重的分量可以和现实抗衡，升华成所被祝福的爱呢？

要面包还是要爱情

在电影《致我们终将逝去的青春》中，女主角郑微在富家公子许开阳和贫穷的高材生林孝正之间，选择了林孝正；而郑微的室友黎维娟却放弃了爱情，最终选择了一个离异带着孩子的有钱男人。

这样的事情不止会出现在影视剧中，就在我们的日常生活中，也有很多人会面临在爱情和面包之间做选择。每个人的成长环境不一样，每个人的性格不一样，导致每个人的需求也不一样。有人终生都不知"赚钱"为何物，所以他一生都在追逐"完美浪漫"的爱情；有的人生来就吃不饱饭，所以对她来说，摆脱贫穷或许就成了人生的终极奋斗目标；还有的人一生都在寻求"安全感"，所以，一个"父亲版"的老公或许就是她的怦然心动……

有人选择了面包，放弃了爱情，认为没有足够物质基础支撑的爱情是不会幸福的。但有时候，我们想要的爱情，不是得不到，而是我们没有选择坚持下去。爱情的路上，总会遇到一些磕磕绊绊和考验，只要我们能挺过去，未来的现实就会变成我们现在的梦想了。

刘雅倩和郎越像所有俗套的大学情侣一样，因为同在一个学院，又在同一个社团，一来二去就好上了。两人之间的爱情没有其他情侣看起来那么强烈，在刘雅倩看来，只能算是一段不好不坏的爱情。

等到大四实习时，很多情侣已经开始陆续分手了，而他们的爱情在别人看来，毕业前肯定也会无疾而终的，甚至刘雅倩自己也这么认为，只是两人谁都没有说分手的话。她想，也许等到实习了，毕业了，两个人自然而然就不再联系，不用说分手就分手了。

一次，他俩去一家比较偏僻的涮肉店吃涮羊肉。吃着吃着，郎越突然问刘雅倩："你实习是去北京吗？"刘雅倩点头，郎越又问："那你毕业后会留在北京吗？"

刘雅倩点头，她也是没有选择，她家在农村，回去自然是找不到好工作的，她只能选择北漂，起码，北京离老家近一点。

他"哦"的一声，然后说："那我们一直在一起吧！"郎越说这话的时候眼里闪烁着一种很奇妙的光芒。那种光芒让刘雅倩一下子就陷进去了，于是她说："好。"

刘雅倩已经找好了实习单位，但郎越还没找好。为了省钱，两人将在学校时的行李带到了北京。到北京已经是深夜，早已没了地铁和公交，他们只好打车去提前租好的住处。

刘雅倩想去找家宾馆住，第二天再去租的房子，但郎越说太贵，然后就去叫出租车了。郎越从一上车就开始跟司机讨价还价，就像一个正宗的京城地痞。那个司机被问得烦了，最后来来去去那句话，"打表看价，爱坐不坐。"于是郎越妥协了。

出租车在昌平县城的一个民巷旁边停了下来，郎越从口袋里拿出一张纸条，那上面写着单元楼、几号、什么床位。他琢磨了半天，才指着靠近自己的那一栋楼房说："我住那一栋，503室8号床。你住我对面那栋，211室4号床。"

为了省钱，郎越给两人租的是床位。刘雅倩觉得委屈，但想想刚毕业又没有挣到钱，就忍了。

第二天一早，郎越来接她去上班，告诉她坐哪一班公交车。将她送到单位后，他叮嘱她："你还在试用期，要小心点儿。"然后，去找单位面试了。

日子就这样一天天过去，他们的工作都稍有起色，也终于从床位的宿舍离搬到了单间的公寓，但还是在昌平县城。

对于郎越的抠门，她已经忍了很久了，以他们现在的经济能力，在离单位稍微近点的地方租房子是完全有能力的。

"市区房子太贵，反正也习惯了每天这样坐公交上下班。"刘雅倩安慰自己。

可是，总有无法忍受的一天。

那天是郎越升职的当天，下班后，郎越请了他们部门的一帮同事吃饭，也叫上了刘雅倩。席间郎越被人不断敬酒，于是觥筹交错间他的脸就微微地红了起来。他的酒量一向很好，刘雅倩是知道的，所以即便喝了很多酒，临走前他也没醉，只是坐在那儿默默地打着酒嗝儿。刘雅倩代他送走了全部同事，然后回过头来让服务员倒了杯热茶给郎越缓过神来。

结账的时候郎越问经理不拿发票能打几折，结果经理踌躇了半天说是能打个九五折。郎越抢过账单看着，最后说："要发票吧。"

到公交车站的时候才发现那趟直通昌平县城的公交车已经过点了，回去要倒两次车。天已经很晚了，刘雅倩本来想打车回去的，但想到郎越的抠门，还是没说，两人上了公交车。

要倒第二趟车时，郎越突然拉住她说："咱们别坐了，走回去吧。反正到了这站，回昌平县城也不远，还要慢慢等车。"

这时候他的酒已经醒了一大半，那双眸子在黑夜里清晰可见。刘雅倩说："你图的是什么？就那几块钱？"

"走回去吧。乖，听话。"他安静地看着我，不做声。

刘雅倩彻底蒙了。她看着郎越，像是不认识他，然后激动地说："你刚请人吃饭的时候不挺热情的吗？不挺阔绰的吗？"

"那八百多块钱是工作需要。你懂什么叫办公室政治吗？还有，你想住自己的房子吧？你想能在北京安身立业吧？这些都需要钱。钱从哪儿来？都是从身边一分一毫攒下来的。你懂吧？"郎越看着刘雅倩，语调不高不低地说。

"不带你这样讲道理的！这是什么歪理！买房子就差这几块钱吗？"刘雅倩更生气了。

这时，一束车灯从很远的地方打过来。他们等的车到了，身旁的人依次上车。她从他身旁走开两步，然后一字一顿地说："你要走自己走，我不要委屈自己。"

然后她上车，从口袋里摸出三枚硬币，投进投币箱，撞得箱底乒乒直响。

汽车发动，远远驶离了车站。刘雅倩看着郎越穿着那套几千块钱的黑色西服，在北京的夜风里站着，看着这辆公交车离开了。他的身影孤单而寂寞，在视线里模糊成一个黑点，然后再也不见了。

刘雅倩突然觉得特别心酸。

那么晚了，路上竟然堵车了，好像是路上出了一起交通事故。等回到昌平县城的时候，郎越在站台等她。他真的走回来了。她下车，他拿着从屋里取的披肩迎上来，盖在她的肩膀上。

她突然就哭了。

尽管郎越那么抠门，刘雅倩还是没办法因为这个和他分手，她选择了继续忍耐，为了能买得起房，为了能在北京安身立命。

后来两人略有了些积蓄，开始看房。

"你觉得刚刚那个楼盘怎么样？"郎越问她。

"挺好的呀。"刘雅倩回答，"像这种楼盘已经很少了。虽然没有花园，楼距也小什么的，但好在附近有地铁站，在北五环能有这种楼盘已经很不错了。你说呢？"

"一平方米两万三。"他喃喃自语。

然后，他的手机响起来，"喂，你好，我是郎越。"他用充满北京腔调的国语说道。

刘雅倩一愣，他已经一阵风地往路旁一辆空的出租车跑去了。她正想叫住他，他打开出租车的门，啪地合上，然后出租车扬长而去，只留下她一个人在路边还没回过神来。

晚饭做好了，刘雅倩等郎越回来吃饭。等到饭都凉了，郎越还没回家，她觉得很伤心，郎越已经好多天没有回来吃饭了。

快10点的时候，郎越终于推开了家里的门，他把那套穿了两年的西服往沙发上一扔，然后问："还有饭吗？"

刘雅倩呆了会儿，然后才说："就等你呢。"

他把盖在饭菜上的罩子打开。两菜一汤，简单得不能再简单了。

刘雅倩曾经调侃说他们吃的低碳、环保，又健康，可是，他们已经这样吃了一年多了。

刘雅倩默默地一口一口夹着饭，对面的郎越神色疲惫，像是一个多年的旅人。屋里只开了一盏灯。郎越说不能浪费电，每一度电都是以后他们家的土地。

她感觉眼眶一阵发酸，然后突然趴在桌子上哭了起来。也不知道哭了多久，她太累了，像是要把这一辈子的委屈都哭出来。哭到后来，她的声音渐渐小了。然后她抬眼，看见郎越看着她，那双磐石一样漆黑的瞳孔看不出情绪。

"郎越，"她抬起头，"我们分手吧。"

他一愣，然后说："别闹了，倩倩。"

"我没有闹。"她很认真地看着他的眼睛，然后说，"我是说真的。我觉得我们俩真的不适合。不，应该是我不适合你。你知道吗？我已经受够这种生活了。我在北京生活不是要像现在一样，每天为了那套破房子拼死拼活地省钱！有时是几百块，有时是几十块，有时甚至是几块几毛钱！你说说看，我们多久没有一起看电影了？我们多久没有去咖啡厅了？我们的同学聚会有去吗？这是生活吗？你说这是生活吗？这不是生活！郎越，你说这值得吗？你说这值得吗？我们分手吧！我们分手吧！"

郎越看着她，他的神情让她心疼。可是她受够了这种生活。

他问她："那你想要什么？"

她摇摇头，"我不知道。我不知道！反正不是现在这样！"

"倩倩。"郎越走到她身后，抱紧她，"别闹，别闹。我们的日子很快就会好起来的，乖，再坚持坚持。"

在郎越的怀抱中，刘雅倩又一次选择了妥协。

其实郎越的家境不错，但临毕业时，他的父亲让他回老家，因为老家已经给他安排好了一份不错的工作。可是，郎越拒绝了。

他父亲对他说："你不回来，可以。我不会给你一分钱。"

果真，郎越再没跟家里要过一分钱。以前花钱大手大脚的他变得十分抠门。而这一切，都是为了能和刘雅倩在一起。

终于，他们终于攒够了房子的首付，他们也终于举办了婚礼，尽管结婚证在一年前就领了。可是那时，他们没钱办婚礼。

刘雅倩怀孕了，郎越的父母知道后很高兴，也终于原谅了儿子当年的叛逆。一家人终于开开心心地在一起了。

每当休息的时候，郎越总喜欢将手放在刘雅倩越来越大的肚子上，他的手很有力、很温暖，像是父亲的手。他的目光里面溢满了一种光芒，那种曾经令刘雅倩无比沉醉的光芒。

"倩倩，我终于能给你和孩子安稳的生活了，虽然不是什么大富大贵，但起码，衣食无忧。"刘雅倩入产房前，郎越抓住她的手说。

"这就足够了，这不就是曾经我们梦寐以求的生活吗？"刘雅倩安静地笑，眼里再也没了委屈。

如果你因为面包而放弃了爱情，那么你以后或许会过上衣食无忧的生活，但内心里却一定不会感到幸福；而如果你坚持选择爱情，那么即使生活很艰难，可是，挺过去，就能看到明媚的阳光，听到花开的声音。

距离并不美

距离产生美，在很长时间里，这句话无懈可击。随着岁月的流逝，身边依然可以听到很多人说"距离产生美"。然而距离产生美是否是正确的？无论是怎么样的感情，适当的距离会产生美是对的，所谓距离美、朦胧美。在适当的距离，适当的空间与时间，会让人产生一定的美感，而美的距离到底是在哪个程度上呢？是否有一个标准的度数，是否有一定的长度可以量出？

人与人之间彼此双方都需要一点神秘或个人的一点空间，如彼此连一点点个人空间都没有的话，那时间久了也会生厌，所以这时就需要营造一个距离。对于短暂的距离应该是说可以产生美，因为彼此分开以后有一种迫切渴望重逢的雀跃，所以也就有"小别胜新婚"的说法。但是这种距离如果分开的时间比较长，就很难产生那种美了。

在情感上，距离有时并不能产生美，反而远离了美。分居两地的恋人，有着一个固定的距离，如果再加上无止境的时间，长久的时间与空间上的距离，有时有可能造成彼此感情上的距离与陌生，或者移情别恋。不是生活在同一环境中，变化的概率很大，因为人的情感是善变的，是需要不断通过交流来加深和补充的。分开时间久了，是否还能找到共同的语言，不在同一个空间里，你的苦衷对方是否了解，有时需要一个深情的眼神，一个温暖的拥抱，却不可能一直用几句言语来代替。渐渐的距离的美于是变成了记忆里的美。然后再由时间将记忆慢慢淡化。

距离产生美有时听上去很浪漫，但是真正能做到的，从古至今有哪个爱情是由距离产生的？分离的日子如果是在一个短暂的时间里，那的确是一种美。如果说距离一定会产生美的话，那么，牛郎织女它们的距离是一种美还是一种折磨？如果一定要说这是一种美的话，那也无可厚非，是啊，每年漫长的等待只为那一天，这是一种伟大的美，不是么？最起码还是个有希望的等待。如果说距离产生在无止境的时间里，是一个迷茫的无底洞也会是一种美，我只能无言以对了。

距离产生的美与时间也是息息相关。距离能产生美，在一定情形下，是有时间距离和空间距离之分的。反而从距离中产生的是距离而非美。时间长了，它可以冲淡一切，它会将很多东西都淡化，将很多的事情从根本上腐蚀，这时所谓的距离美是否还存在呢？不是一直都有人说时间加上空间可以淡化一切么？所以说距离产生美也要受到一定限制才能体现出它的美。

异地爱情

异地爱情就是男女双方相隔在两个不同城市的恋爱，随着时代的发展，越来越多的人因为求学和深造、工作等各种原因而不得不"背井离乡"。因此很多相爱的恋人分离，相望于两地成了顾名思义的异地恋。一般异地恋是比较稳重，有着深厚的感情。因为维持异地恋需要忍受更多，当然也会收获更多。异地恋，首先需要的是勇气，一种敢于挑战现实的勇气，一种能够承担任何风险的勇气，一种能够坦然面对失败的勇气。一定要明白，现实是一股强大而又无形的力量，无法预计将要发生的情况，但可以拿出勇气来与这股力量抗衡，也可以拿出勇气来接受失败的结果。异地恋需要双方的共同努力，经历现实的考验才能修成正果永远在一起。

她和他是在网上遇到的，他们的奇遇要说算是挺有缘分的。那是她第一次去熬通宵；他那天晚上也在通宵，她刚刚开始对网络什么都不懂，那天他无意中加了她，然后他和她开视频，就从那时候开始她们的生活开始有了交集。因为他们是老乡，所以身在异地的她和他聊天很开心，那天晚上唯一一点不好的是，她没有看到他，他那边的视频是坏的。开始她只是单纯地把他当做好朋友，因为她在高中的时候暗恋一个男生3年，只是那个男生一直把她当做好哥们，所以她们之间是没得结果的。她和他也没想过，她觉得只是谈得来，只是无聊的慰藉。

之后的日子里，他每天给她打电话，她没事的时候就和他聊聊，但每次他们都能聊一两个小时，他们聊过去的快乐经历，现在的烦恼，未来的打算，她把她所有的事情都和他说，她心里装不了心事，所以她是无话不说。但她有一件事骗了他，因为那时候她还忘不了她的暗恋，没别的心思想谈恋爱，所以她和他说，她是有男朋友的，只是她的男朋友还在上高中复读，她现在在等他，她也不会忘了他的，会在大学一直等他的。那时候，他只是笑笑，说："我会等你的，你会爱上我的。"她一直觉得他是在痴人说梦，所以没有放在心上，还是每天和他侃她们的琐事，她觉得和他说话很开心，可以什么话都说，可以和他分担快乐忧愁，他是一个很棒的聆听者，他会静静地听着，给她一些见解。她也以为他们就会一直这样下去，不会再有别的交集。

日子就这样过了一两个月，她要去上大学了，她换号码，没有和他说，他也要出去工作了，他们就失去了联系。在军训的一个月里，她已经忘了他的存在，她以为他们就会这样失去音讯。

可是在正式上课前，她去上网，发现空间有很多他给她的留言。她发现，他这一个月都在焦急地寻找她，而她似乎忘了他的存在。她看到他的留言觉得心里不好受，就给他回了一个电话。他听到她的声音，没有一丝的不悦，很兴奋，很开心。之后的日子，他还是照样每天晚上给她打电话，她每天把在学校的所见所闻所想说给他听，他跟着她一起开心着，悲伤着。那件事让她慢慢改变对他的感觉，她是很在乎友情的，那时候因为被一个她在乎的女生欺骗，被她利用，她很伤心，她找不到诉说的对象，那时候她就想到了他。在半夜一点多，她和他说了一两个小时，可是到最后他才和她说他在外面被蚊子叮了一两个小时，他说早点睡吧，不要想那么多，不要为那些不在乎自己的人伤心，那是对自己不负责。之后，她的心情开朗了很多，但对于他，她觉得很抱歉，他为了不打扰别人在楼道里被叮了那么长时间。

一直以来，没有一个人像他这样对她这么好，陪着她，包容她的缺点。之后的一两个月里，她答应他试着做他的女朋友，他很开心，说要来找她，但是她以为他开玩笑，没想到过了一个月他真的来了。她害怕看到他，所以她带她玩的好的哥们一起去接他，但是他看到她很开心，她觉得他就像她的哥哥一样，很自然，很随和，当时她所有的朋友都以为他就是她的男朋友。他对她非常的体贴，很多人都很羡慕她，认为她们会一辈子在一起。可是过了一个星期他就要回去了，他要上班，他们不得已必须要分开。他走的时候她真的很舍不得他，不想让他走，但是现实就是这样，他们必须分开。

　　他们的感情没有因为距离的原因而不好，而且他们更加珍惜对方，在一起不容易，他们都很在乎对方，不想对方为了对方感到有任何不安，他们的感情越来越好，他们所有的朋友都很羡慕她们。

　　可是时间长了，现实中的诱惑太多，他们都有一些变了，她觉得有点累了，受不了每天思念他，每天晚上和他通完电话，她都会控制不住地流眼泪。她不想这样的，但是她控制不住，她便开始害怕，开始担心，她怕他遇到更好的就会抛弃她，她开始无理取闹，开始闹脾气，开始的时候他很包容她，觉得那是在乎他的表现，时间一久他就受不了，他忍受不了她的无理取闹，觉得她不能理解他，他压力很大，而她总除了抱怨就是抱怨，让他简直透不过气来。

　　他们都变了，变得不能理解对方了，距离让美变得不再是美了，什么都变了。其实一开始他们都没认识到，距离真的不等于美，距离拉开了他们的感情，让对方变得不再重要，维持一段感情很难，维持一段异地的感情更更难。

　　异地恋是很痛苦的。爱情中异地的恋人，首先要认识到对方是不是一辈子的伴侣。然而你为了他，可以抛弃这里的一切。如果没有认识到他在你心里的地位，那你一定要慎重，这样是不是值得。距离不一定等于美，美是在一定的距离下才显现的，不是所以的距离都是美，可爱的人儿，要慎重，异地的恋情不是那么好维持的。

如何维护异地恋

　　只有经历过异地恋还能够一起走下去的情侣，才知道当中的不容易，而倍感珍惜。维持异地恋的方法有很多，最重要还是要去做。

一、随时联系对方

异地恋最大的痛苦是不能够随时陪在对方身边，如果对方有不开心的事情，想要第一时间给个拥抱却无能为力，这是最无奈的。那么你们随时随地的交流就变得非常重要了，有什么事第一个想到对方，其实通过电话传递的温暖也是甜蜜的。

二、多去发掘异地恋的美

所谓小别胜新婚，当你们经历过一段时间不见面，再重逢时是否会觉得感情更加深了呢？一定是这样的，如果天天腻在一起，慢慢地你们会发现问题很多，会占据你们太多的个人时间。更重要的是，你们之间的距离让你保持你的个性，这东西会在情侣每天的卿卿我我中丧失掉。

三、为共同的目标互勉

除了每天的交流之外，最重要是要给对方满满的鼓励与正能量。你们为了同一个目标在努力奋斗着，任何一方的任性或是放弃都会让之前辛苦经营那么久的成果浪费掉。因此，多想想你们过去的努力，将来一定会感谢当初两人的坚持的。

四、放弃想要控制对方的念头

虽然说要尽量每天都交流，但并不是去猜忌对方，去监督对方的生活。异地恋最基本就是要信任对方，如果无时无刻不在怀疑中度过，一个电话过去便是质问与大小姐脾气，那么只会让大家觉得累。因此多说些加油打气的话来取代你的不放心吧。

爱情不在服务区

很多女人对于男人因工作忙而忽略了爱情，都深有体会。男人都喜欢自己的事业如日中天，希望给自己女人最好的生活，不让她在外奔波，样样东西都给他最好的。男人要养家糊口，让孩子上最好的学，让老人能享受最好养老。所以男人把爱情放在了次要的一方面。但女人她最想要的，不是你能给她多好的生活，而是你对她的关心和在乎，她跟了你就不在乎你有没有钱而是你在乎不在乎她，把她放在你心里最重要的位置。一点安慰，一些关心，女人就会非常知足。而不是你为了挣钱，疏远她，让你们的爱情产生距离，到最后有了永远也破除不了的障碍。

祈远是一个工作狂，从早到晚都是工作。就连他和小琦每天聊天的话题都是工作。

事业心重，难免就会忽略身边的人，不例外的祈远也冷落了小琦。每一次小琦给他拨电话，都只听到："我很忙，有什么事情待会儿说。"然后是嘟嘟嘟嘟。气得小琦偶尔闹脾气想分手，但她又舍不得离开他，就想问问他还在不在乎自己。没想到每次都换来祈远唠唠叨叨的那些话："我这么做还不是为了大家的未来可以更好嘛，你要理解我，别闹咯，乖。"

其实，在小琦的心里很明白祈远是在为大家操劳着。他的压力和辛苦，她不是没有感受到。只是，人类脆弱的时候负面的思绪总会将人拉上偏离的轨道。让两个人之间产生距离。

心底的自卑，让小琦有些讨厌自己。虽然很明白，却因为怀疑而怀疑。最后，小琦选择转移自己的情感，把心思更多用在工作上。小琦这样的选择果真让两个人的矛盾减少了，但却让彼此越走越远。

好胜和赌气，让小琦冷落了自己的心。

事业有成的小琦，总是在接到祈远的来电的时候，赌气地说："没空，很忙。改次再说。"然后直接挂线。原本以为自己会有一些些快感，因为报了一箭之仇。可心底却酸溜溜的，有些难过和愧疚。但碍于面子和赌气的心情，小琦为了冷落了祈远，选择漠视自己真正的感受。

能看到小琦有这么出色的成绩，其实祈远感到安心。虽然这丫头赌气，冷落了彼此的爱情。可他觉得这丫头长大了，独立了。当初顾虑的都不需要了，至少真的那一天来临，没有了他小琦还能好好地活下去。虽然对于她的冷漠感到失落和难过。至少这丫头独立和坚强了

最后小琦没有和祈远说分手，而是主动找他说出了自己一直以来的感受，祈远也说出了自己的心情，两人和好如初，还比之前更珍惜多方更体谅对方。他们身上虽然开始有成见、误会、距离最后还是在相互的努力中用体谅、谅解、接纳、爱来解决。

人们拥有的怀疑和自卑总是让自己鄙视自己，硬生生扭曲别人的好意，执著地往牛角里钻。但是男人嘛，活着就得为生活打算，要去拼搏。男人精神负担重，为了家庭的基本生活，或者说为了家庭的幸福，往往会奔命于事业中，而忘记周围所有亲人的存在。男人总是为自己找借口，美言之："我

爱岗敬业。"其实是男人忙昏了头。倘若渴望婚姻幸福，那么一定要记住：工作再忙也不要忘了留点时间给老婆。

一、好男人不是工作狂

男人应追求事业成功，但不能是工作狂。男人尤其不要忽视这一点，千万别以为赚钱回家妻儿就幸福了。

男人要明白赚钱是为了什么，绝不是为了赚钱而赚钱，其终极目的，除了为社会作贡献，说实在一点就是为了让自己和家人生活过得更好些，享受高品质的生活。如果只知赚钱不会生活，赚再多的钱又有何意义？不会生活，不懂男女情趣和浪漫，这样的男人最多是赚钱机器，可敬而不可爱，他的女人不会真正过得幸福。

一个男人不管他内心是多么细腻，但终究还是粗心的。原本总以为只要好好工作，多赚点钱让妻子和孩子改善生活质量，让她们丰衣足食就是男人最大的职责。但是女人们并不是这样想的，她们希望有点滴的幸福，希望有一个男人可以认真地和自己交流、听听自己对生活的唠叨和憧憬……

或许对她们来说，能和心爱的男人在一起比男人赚好多的钱更有意义。但在现实生活中，没有几个男人能了解女人的这种心情。男人心里会想：我整天累死累活地忙着，还不都是为了你和这个家，可回来你还要让我听那些没完没了的唠叨，嫌我不关心你，我到底怎么做你才满意？

于是，便有了男人和女人之间的误会，稍不注意，就有可能形成婚姻的危机。其实，女人并不是无理取闹，男人应该理解妻子的心理需求。她们的要求并不高，只希望男人能在工作和忙碌之余，抽出一丁点时间陪陪她。陪她聊聊天，适度分担些家务，遇到孩子的教育问题能给出一点建议，仅此而已。好男人不应该只为工作挣钱活着，留出一点时间给心爱的女人，这样的生活才是真实的。

二、男人要把哪些时间留给女人

上班、加班、参加公司活动……男人的工作时间并不仅仅是 8 小时而已，那些有自己的事业的男人更是生活、工作不分家。可能连做梦的时间都在想着工作上的事情。

挣钱是为了让自己的家庭更幸福，但如果因为工作而忽视了心爱的女人，就本末倒置了。其实，只要善于挤时间，即使再忙，男人也会有时间陪陪老婆。男人至少应该在以下三个时间段给女人留点时间。

1.晚饭前后半小时

很多男人，特别是一些事业有成的男人，习惯了每天下班回家后坐在沙发上看电视，等着妻子把饭菜弄好。其实，这个时间是可以加以充分利用的。

你可以帮妻子打打杂，这种一起做家务的过程就是最好的夫妻情感交流方式。试想，忙碌了一天的你能借此机会活动下筋骨，同时还可以和妻子进行感情交流，让她有一种幸福小女人的感觉，何乐而不为呢？

当然，对于那些笨手笨脚和"生活不能自理"的男人，就别给女人添乱了。不过，你可以只站在边上陪她聊聊天，或者她让你做什么你再做。

不过是半个小时左右的时间，你就能和妻子谈谈心，聊聊一天的趣事，两人的感情也在这半个小时的闲聊中慢慢加深了。

2.周末的一天

每到周末的时候，女人总会要求男人陪她去外面逛逛，或者是一起回娘家。但每次，男人都会将周六推至周日，周日推至下周。

但仔细想想，你真的就没有时间吗？难不成你每个周末都有加不完的班？难道你可以陪朋友在饭桌前或茶座上一坐就是大半天，却不能陪自己的老婆回次娘家或者是上菜场买一次菜？显然，这不是有没有时间的问题，根本原因还是男人的思想懒怠了，怕麻烦、怕束缚，自己不愿意，却把整个家庭的琐碎全都交给了家中的女人。你可以在周五之前把工作的事情安排好，或者推掉一些不必要的应酬，把周末的时间留给老婆，陪老婆逛逛街、回娘家，或者只是陪她买菜，做一顿饭。这样，两个人的感情就不会淡漠了。

3.睡前十分钟

男人还应该记住，无论怎么忙，都要在睡前留点时间给妻子，哪怕只是十分钟，哪怕只是和她好好聊聊天，让她告诉你一天的生活情况都行。让她感觉到你的存在，感觉到你是在和她一起经营着婚姻和这个家。千万不要一倒在床上就呼呼大睡。

也许这些改变对于工作了一天的男人来说，会有点难度，但关键还在于开始行动。只要你迈出第一步，并且试图把它养成一种习惯，纳入了自己的正常生活，你就进步了。这就是你对她的宠爱，也是你对婚姻作出的贡献。

当真心喜欢一个人的时候，就要珍惜和他在一起的每一刻，因为没有人知道下回分离，什么时候有机会相逢。

让距离产生吸引力

距离虽然并不美，但适当的距离却能让爱情产生吸引力。而吸引力作为爱情的润滑剂，则能让爱情持续保鲜。

我们常说"小别胜新婚"，意思就是夫妻相处久了，生活会变得无聊乏味，而短期的分别不仅不会冲淡两人的关系，还会使夫妻更加和睦，感情更加浓郁。这其中的奥妙，就在于短期的分别拉大了两人的距离，而距离会让彼此变得神秘，神秘就会产生吸引力。

马欣欣的母亲生病了，她作为家里的独女，回娘家照顾母亲是不可推卸的责任。刚开始，她老公陪她住在娘家，但没过几天就不适应了，她的父母也觉得有很多事情不方便，于是，她和老公只好暂时分居了。

虽然两人不能每天都厮守在一起，但马欣欣仿佛回到了谈恋爱时的感觉，她上下班老公都会接送她，两人每天通电话，诉说心事，好的坏的，快乐的不开心的，有时还会去约会，去看电影……

一个月过去了，母亲的病情虽有缓解，但还需要人照顾，马欣欣只好继续住在娘家。老公常会问她："老婆什么时候和我回家啊？"每当这时，她只能抱歉地对老公笑笑，而老公也非常理解，不会就此抱怨。

两个半月后，马欣欣的母亲终于不再需要别人的照顾，下班后，她的老公高兴地带她去吃了西餐，一是庆祝她的母亲痊愈，二是庆祝两人终于可以恢复"同居"了。

马欣欣记得，虽然她和老公的感情一直不错，但时间久了，自然不像刚在一起时那样互相体贴。而她和老公恢复"同居"后，两人像是新婚的小夫妻一样，相拥而眠。直到第二天早上醒来，她发现老公还是抱着她的。这种依偎在老公怀中的温暖感觉，她已经好久没有感受过了。

两人起床上班时，路上一边走一边像小情侣那样打情骂俏，惹得路人纷纷侧目。

"老公，我发现我们分居了三个月感情更好了呢，这就是小别胜新婚吧！看来以后我们要经常分居呀！"

"不行不行，坚决不行……"

小别胜新婚，只要感情经得起时间和空间的考验，短暂的分别真的会给爱情增添不少吸引力！

让爱情保鲜的秘诀就是保持神秘。当一个人在我们你身边不顾形象、不计安危地甜美入梦时，已不可能维护所谓的神秘，我们可以近距离地观察到对方的头皮屑，闻到对方口中的腐败气味，对方美好而清新的形象就像单身的标签一样滞留在了遥远的过去。而女人，也不再像恋爱时那样细心打扮自己，每天以蓬头垢面的黄脸婆形象示人，很多男性的外遇由此祸胎暗结。尽管知道外边的人或许未必及得上枕边人的十分之一，但人家藏在月亮背面永远不为人所知，这就充满了吸引力。

所以，若想让爱情保鲜，若想获得爱人永久的爱，就要学会与对方保持距离。

每个女人都应该有一间自己的屋子，这房间成全的不仅是女性自身，还有婚姻。在另一个房间内的女人，比一个天天在他身边的女人，更有吸引力。

"从明天开始，你睡客房，我睡卧室，或者你睡卧室我睡客房。而且，从明天开始自己解决早餐，我不会再早起给你准备早餐了。"田真真对着埋头玩电脑游戏的老公说。

"为什么？"尽管他们夫妻二人最近总是争吵，但她老公觉得还不至于闹到分房而睡的地步。

"没有为什么，我就是想自己一个人睡了。是你睡客房，还是我睡？"田真真的语气不容置疑。

出于大男子主义的心理，田真真的老公搬到了客房去睡。他以为老婆只是耍耍小脾气，过几天就会好的，更不会真的不给自己准备早餐。没想到第二天早上起床，以前摆满美味早餐的餐桌上空空荡荡，什么都没有。

他只好匆匆洗漱完，去外面吃早餐。正当他从客厅的卫生间出来时，看到平时不爱打扮的老婆化着精致的妆容，穿着他从来没见过的衣服出门了。

下班回到家，他发现以前总会准备好晚餐等他回来的老婆还没到家，他只好煮了包泡面解决晚餐问题。等到九点，老婆还没回来，他本想打电话问问是怎么回事，但一想到老婆没给他准备早晚餐，便打消了这个念头。他虽然在房内玩游戏，但时刻听着外面的动静，等到十点左右，田真真才回来。

"你去哪了？怎么这么晚才回来，也不和我说一声。"他有些生气。

"去和同事吃饭了，噢，忘了告诉你，以后的晚餐你也自己解决，我明天晚上要和闺蜜去看电影，以后也不知道晚上几点才能回来。"田真真换好鞋，说完这些话就直接回卧室了，丝毫没有理会老公略带抱怨的眼神。

接连几天，田真真都打扮得漂漂亮亮地去上班，晚上十点之前从没回到过家，她老公一度觉得她有外遇了，但又觉得不像，他很清楚自己老婆的为人。

见老婆每天早出晚归，他索性自己也找朋友同事每天玩到很晚才回去，但以前哪怕自己是和同事吃饭晚回去都会计较的老婆，竟然什么都没说。刚开始他还觉得这种恢复到单身一样的生活很惬意，但没多久，他就开始怀念老婆做的饭菜，直到这时，他才知道老婆平时为他付出了多少。

有了悔意的他开始笨手笨脚地为老婆准备早餐，然后敲门叫老婆起床吃饭。田真真看到餐桌上煎糊了的鸡蛋时，真想马上下厨重新做两份，但她忍住了。她此时这么做就等于前功尽弃，她这些日子的做法就是为了拉开和老公之间的距离，让老公明白自己为他做了多少，并借此机会好好对自己，做一个完整的自己，重新吸引住老公的目光，让他心甘情愿地重新"追回"她。

见老婆对自己做的早餐不满意，他在旁边不停地数落自己，并保证以后要好好学习厨艺，每天都为老婆准备丰富可口的饭菜。田真真不说话，吃完早餐就上班去了。

见老婆越来越漂亮，田真真的老公开始担心起来，他害怕有人来跟自己抢田真真。

"老婆，你今天下班了有事吗？没事的话，我下班了去接你，我们去看电影吧？"他打电话给老婆，语气变得非常温柔。

"对不起啊，我今晚已经有约会了。"而实际上，田真真不过是在单位加班做文案罢了。

被拒绝的他不但没生气，反而开始像谈恋爱时那样每天打好几通电话给老婆，不断地约她，终于得到了老婆的答应。

"老婆，我今晚是不是可以不用睡客房了？分房而睡的这些日子，我发现你越来越有魅力了，我好怕有人会把你抢走。"看完电影回家的路上，田真真的老公牵着她的手问道。

"不行，我还想自己一个人住一段时间。"田真真虽然嘴上拒绝了老公的请求，但她知道，她今晚不会再让老公睡客房了。

"看来咨询师给我出的主意真的管用啊，只有和老公保持了距离，自己有了神秘感，才能对他产生吸引力，才能让我们的爱情又像恋爱时那样甜美。"田真真在心里感叹道。

不管是分房睡、分床睡还是分被睡，我们想要达到的目的都是使爱情中的双方保持距离，进而才能产生吸引力，即使只是分被而眠，至少造成了一个事实——枕边人必须伸一伸手才能够得着你。这伸与不伸，即使只是两厘米的距离，也是质的区别：不花代价、不费力气得来的东西，谁会珍惜？

距离并不美，但只要恰当利用，距离就能产生吸引力，而有了吸引力的润滑，爱情就会长久保鲜，让你永远有怦然心动的感觉。

别让爱荒芜太久

在爱情里，没有回应的等待，让人感到很累。有时坚持比放弃更需要勇气，很多人都知道民国才子金岳霖为了民国才女林徽因终身未娶，金岳霖对林徽因的那种柏拉图式的恋爱高尚而纯洁。但是这样的爱，没几个人能做到。人是有感受的，在爱迟迟得不到回应的时候，曾经所有的炽烈，最终，还是会被耗尽。

他很清楚地知道她不适合自己，可是更确定的是他不会主动说分手。他只是耗着等着，直到有一天女生自己受不了忽冷忽热、若即若离的态度或是等到年华老去不得不下决定时，自己选择离开。

半年后，他居然可以跟一个只认识三个月的女生步入礼堂，这对她来说如同晴天霹雳，才明白他不是不想结婚，不是真的不婚主义者，说穿了只是他不想跟她结婚！

八年的爱情长跑比不上三个月的感情。

现在也已经结婚半年。当他听到刘若英的《后来》，居然会无法克制地流眼泪，想起的是他交往八年的前任女友。

为什么会难过，因为现在的妻子身上有着前任女友的影子。他才明白其实他喜欢的就是这种类型的女孩。可是人往往很矛盾，喜欢她的倔强与有性格，却受不了她的娇纵；喜欢她的落落大方，却受不了她的朋友一堆；你爱她的小家碧玉，就不要怪她不够大方；你爱她的活泼大方，就不要批评她像花蝴蝶一样。

恋爱谈得愈长，结婚的可能性就愈低，所以有时候恋爱的长度与结婚的可能性成反比。

喜新厌旧是人性，日子久了，会结婚不是为了爱情，而是责任感的驱使。婚后的他才慢慢发现，当时的那一段感情其实不是不爱，只是时间太久了太长了，把爱情给磨掉了，再遇到另一个女孩点燃了爱情的火苗，星星之火足以燎原，把枯竭已久的爱情给予生命，所以仓促地决定结婚。

等到真的结婚后，爱情降了温，才慢慢地发现其实妻子的身上有着许多前任女友的影子，他比较爱的人其实还是前任女友，可是他娶的却不是她。

学生时代的爱情很单纯，走出社会以后总想等工作稳定以后再结婚，工作稳定以后又想有一点积蓄买车子、买房子以后再结婚，等着等着，等到爱情被时光给消磨，等到第三者介入点燃了对方心中激情的火苗，干柴烈火不可收拾以后，曾经在年少一起织梦的理想全都抵挡不了新鲜感的激情，所以琵琶别抱，到最后步入礼堂的都不是在一起同甘共苦、共同经历过寒、暑假的那个人。

所以女孩，如果对方真的是你想结婚的对象，不要想着有房子有车子有金子，有了一切再结婚。现实是，等他有了一切，他的身价暴涨是有价值的单身贵族，他必须要面临的是更多的诱惑，你长久以来的等待与年轻时许下的山盟海誓都难以抵挡诱惑排山倒海的到来。

就像现在，若不嫁他，非得等到他有车子有房子还有存款时再结婚，那时新娘有极高的可能不是你。

有能力的男人就像酒愈久愈香醇，青春是女人的天敌。

如果你是他，等到你三十五岁，什么都有，是个有上千万身价的黄金单身汉，你并不需要一个很有能力而年过三十的女人来帮衬自己，你宁可选个如花似玉、年轻貌美的女生，一个真正有能力的男人不会在乎一个女人是否能在他的财富上加乘。

遇上对的人，莫等待莫蹉跎，也许没有房子没有车子，只要他认真上进。

所以男人，如果对方真的是你想好好疼爱的女人，别让她等太久，有她一起陪你奋斗应该是很美好的一件事，除非你心中有其他的想法，否则别让爱情等太久，把真爱磨掉了。错过了那个一直等待你的人，你再也找不回了。

有个年轻貌美的少女，出身豪门、多才多艺，她家的门槛都快被媒婆踩断了，她仍不想出嫁，因为她始终都在盼望如意郎君的出现。

有一天，她去庙会散心，在万头攒动的人群中，瞥见一名年轻男子，心中确知就是她苦苦等待的人，然而，场面杂沓拥挤，她无论如何都无法靠近那人，最后眼睁睁地看着心上人消失在人群中。之后，少女四处寻找此人，但这名年轻男子却像是人间蒸发，再也没有出现。落寞的她，只有每日晨昏礼佛祈祷，希望再见那个男人。她的至诚，感动了佛心，于是现身遂其所愿。

佛祖问她："你想再看到那个男人吗？"

"是的，哪怕见一眼也行！"

"若要你放弃现有的一切，包括爱你的家人和幸福的生活呢？"

"我愿放弃。"少女为爱执著。

"你必须修炼五百年，才能见她一面，你不会后悔吧？"

"我不后悔。"斩钉截铁。

于是女孩变成一块大石头，躺在荒郊野外，四百九十九年的风吹日晒，女孩都不以为苦，难受的却是这四百多年都没看到一个人，看不见一点点希望，才让她面临崩溃。最后一年，一个采石队来了，相中了她，把她凿成一块条石，运进城里。原来城里正在建造石桥，于是，女孩变成了石桥的护栏。就在石桥建成的第一天，女孩就看见了那个等了五百年的男人！他行色匆匆，很快地走过石桥，当然，男人不会发觉有一块石头正目不转睛地望着他。这男人又一次消失了。

佛祖声音再次出现："满意了吗？"

"不！为什么我是桥的护栏？如果我被铺在桥的正中，就能碰到他、摸

076

他一下了!"

"想摸他一下? 那你还得修炼五百年!"

"我愿意!"

"很苦喔,你不后悔?"

"不后悔!"

这次女孩变成了一棵大树,立在一条人来人往的官道上,每天都有很多人经过,女孩每天观望,但这更难受,因为无数次希望却换来无数次的希望破灭。若非前五百年的修炼,女孩早就崩溃了! 日子一天天过去,女孩的心逐渐平静了,她知道,不到最后一天,他是不会出现的。又是一个五百年啊,最后一天,女孩知道他会来的,但她的心中竟然不再激动。他终于来了! 还是穿着她最喜欢的白色长衫,脸还是那么俊美,女孩痴痴地望著他。这一次,他没有匆匆走过,因为,天太热了。他注意到路边有棵大树。他来到树下,靠着树根,闭上双眼睡着了。女孩摸到他了,而他就紧靠在她的身边! 但是,她无法向他倾诉这千年的相思。只有尽力把树荫聚拢,为他遮挡毒辣的阳光。男人只小睡片刻,因为他还有事要办,他拍拍长衫上的灰尘,动身前一刻,他回头看了看,又轻轻抚摸一下树干, 然后,头也不回地走了!

当那人逐渐消失的那一刻,佛祖又出现了。

"你是不是还想做他的妻子? 那你还得修炼。"

女孩平静地打断了佛祖的话:"我是很想,但是不必了。"

"哦?"

"这样已经很好了,爱他,并不一定要做他的妻子。"

"哦!"

"他现在的妻子也曾像我这样受苦吗?"女孩若有所思。

佛祖微微点头。

女孩微微一笑:"我也能做到的,但是不必了。"

就这一刻,女孩似乎发现佛祖微微地吁了一口气,

女孩有些诧异:"佛祖也有心事?"

"这样就好,有个男孩可以少等你一千年了,为了看你一眼,他已经修炼两千年了。"佛祖脸上绽放着笑容。

在每个人心目中，都会有一个对爱情的幻想，都在默默地等待着一份真情。当我们专注幻想时，很可能自己也成为别人的幻想。幻想的太多，我们可能就会忘记爱情的本来面目，把幸福幻想得奢侈，幻想得遥不可及。其实转身就能遇到爱。

留心身边真正爱自己的人，你懂得爱人之苦就不要让爱你的人再受同样的苦，生命是有期限的，爱情同样也有，别让真爱荒芜太久，到最后荒草不生后再后悔沿途的景色苍凉。

有时你习惯的正是你忽略的

真正关心你的人，往往会被你忽略，因为在你眼里他们爱你，关心你，已经成为了你生命中的一种习惯，你早以忘记了感恩。真正关心你的人，是只记得付出，不计较收获的，哪怕你对他们发火，哪怕你伤害了他们，哪怕你告诉过他你真的真的很对不起他，他们还是会说你若安好，便是晴天。他们只奢求你学会坚强、学会微笑，只希望你的一生都充满阳光，甚至不惜用一生的泪水换你此生永远的阳光。很多时候你你习惯的正是你忽略的，你所忽略的，正是最爱你们的。

假如有一天这些人都离开了你，你现在或许会说那还不都一样吗，但倘若真的有那一天，他们真的不再包容你的任性，不再站在原地等你，不再做你的避风港，其实你还是会不习惯的。所以，在你能爱的时候好好爱，在你还拥有这些爱的时候，学会珍惜。

这也是成长的一个阶段。毕竟新事物给予人的东西都是比较新鲜和感动的，因为人们习惯了身边的人了，故而对她们的这种关爱当做是一种义务、一种本分。拥有时不觉得出奇，一旦没有了就会觉得少了些什么，有的甚至觉得别人欠了你什么。

A不喜欢吃鸡蛋，每次发了鸡蛋都给B吃。刚开始B很感谢，久而久之便习惯了。习惯了，便理所当然了。于是，直到有一天，A将鸡蛋给了C，B就不爽了。他忘记了这个鸡蛋本来就是A的，A想给谁都可以。为此，他们大吵一架，从此绝交。

有一年，很热的夏天，一队人出去漂流。女孩的拖鞋在玩水的时候，把拖鞋掉下去了，沉底了。到岸边的时候，全是晒得很烫的鹅卵石，他们要走很长的一段路。于是，女孩儿就向别人寻求帮忙，可是谁都只有一双拖鞋。女孩心里很不爽，因为她习惯了向别人求助，而只要撒娇就会得到满意的答复。可是这次却没有。她忽然觉得这些人都不好，都见死不救。后来，有一个男孩将自己的拖鞋给了她。然后自己赤脚在那晒得滚烫的鹅卵石上走了很久的路。还自嘲说是铁板烧。女孩表示感谢。男孩说："你要记住，没有谁是必须要帮你的。帮你是出于交情，不帮你是应该。"女孩记住了男孩的话，自此以后学会了对施以援手的人铭记在心，并给以更大的回报。

很多时候，我们总是希望得到别人的好。一开始，感激不尽。可是久了，便是习惯了。习惯了一个人对你的好，便认为是理所应当的。有一天不对你好了，你便觉得怨怼。其实，不是别人不好了，而是我们的要求变多了。习惯了得到，便忘记了感恩。

爱就是一种习惯

有人常说："其实我真的不喜欢某人，只是生活中早已习惯了他，好像不能没有他。"殊不知爱情本身就是一种习惯，不是不爱，而是爱在其中，迷在其中。

爱情的最初都是盲目的，有时候连我们自己都不清楚是否爱对方，对方究竟哪里吸引了自己。但有一点可以肯定，如果你喜欢和某人在一起，每天都想见到他，一日不见有如隔三秋的感觉，至少可以证明你是喜欢他的。当然第一印象很重要，一般来说，绝大部分人喜欢以貌取人。如果对方长得比较帅、漂亮，符合自己的审美观点，就有了下一步的计划。如果第一次见面就讨厌对方，那基本没戏唱。但有一种人要除外，譬如有些人喜欢穷追不舍，想出各种办法取悦对方。但只要是真心的，迟早你的意中人会被你的真心所打动。人是有感情的动物，热情的温度会传到别人心里，就会被你的真情所融化。很多时候，爱就是一份坚持，正所谓守得云开见日出。

一对恋人在最初的时候，并不完全了解对方的喜好，亦不知对方的品性，只是在彼此面前乐于表现自己的优点。而把缺点隐藏得比较好，一方面在朦胧的爱的意识里，本身就看不到对方的缺点。无论对方做什么，都顺从得如同一只小绵羊。因为在彼此的眼里对方都是美的，这就是所谓的爱的完美篇。随着时间推移，两个人对彼此有了初步的了解。多少给对方的感觉与最初有所不同，这时候有人就开始指责对方的不是了。譬如：你这人怎么就那么笨呢？你这人怎么脾气那么火爆？你这人说话怎么这么粗鲁呢？诸如此类的话多如牛毛。其实这些不好的习惯不是一两天养成的。只是最初的我们缺少观察与了解，人无完人，可这个阶段的我们开始有了反抗的意识。心里多少有些不满，可也不愿意就此放弃。于是在心里想着，走着看吧，再给彼此一个机会。

慢慢地，彼此有了透彻的了解。生活里的一些小摩擦，小矛盾，也就慢慢解开了。磨合期一过，彼此也就慢慢接受了事实。这个时候你肯定会想"他就是那样的人，我没必要与他计较"。这么一来，你心里肯定会平和许多。再后来，你们开始关注对方，想方设法帮助对方改正缺点。此时对方多少有一点不接受你的提议，有点固执己见。或许和你吵一架，冷战十天半月。心里总会嘀咕这人凭什么要我为他改变，可时间一长，又想通了。知道对方是为自己好，尽量接受对方的提议。我们试想一个人如果不爱你，他会管你吗？我们的精力有限，我们没必要花费在一个与自己毫不相干的人身上。事实上我们在乎的人就是我们爱的人，因为只有爱一个人的时候才会处处为他着想。我们不能盲目的去责怪对方，任何时候我们要分情况行事，所谓具体问题具体分析。

爱情其实也是个很奇妙的东西，一个最初你不爱的人往往随时间的改变成了你最爱的人。你不知这期间究竟是什么改变了你对他的看法，但肯定少不了他的付出。一个愿意为爱付出的人，肯定上天是眷顾他的，因为付出定有所回报。于是，你慢慢发现身边的人也很不错，对你又好，虽然不是你心目中的白马王子，但至少他在真心待你。爱情是可以通过时间来见证的，一个人对你好一时，这不算好，一个人对你好一世，那才叫好。

女人问男人："你说，爱的最高境界是什么？"男人想了想，说："是生与死吧。你想啊，一个人可以为另一个人去死，舍去生命中最重要的一切，还不是爱的最高境界吗？"

女人点了点头，又摇了摇头。开始时她也是这么认为的，因为许多的爱情最壮烈的时候总是会和生与死联系在一起的。那些流传千古的爱情无一不是生生死死，总之悲情者居多。可是，更多的俗人之间的爱情却只有平常的爱与恨，只有平常的悲伤与快乐。

"那你说是什么？"男人问。女人笑了："是习惯，当你习惯了一个人生活中的习惯，你就真的爱上他了。爱情是一个人对另一个人习惯的认同，爱到最高境界就是认同了他的习惯。"

喝粥时，她喜欢有咸鸭蛋，但只吃粉粉的，香香的蛋黄，剩下咸咸的，涩涩的蛋白不吃，桌上经常看到一瓣瓣没有蛋黄的咸鸭蛋。他不舍得扔掉，就把蛋白当菜吃了。

她不吃葱，就是闻到葱的香味也想吐。而他从小就喜欢一手拿个馒头，一手攥一棵大葱，吃一口馒头，咬一口大葱，那滋味辣辣甜甜的，特别地爽。可是，自从和她结婚以后，厨房里就没有了北方大葱和南方小葱的踪影。有一天，朋友送给他一捆山东大葱，白白嫩嫩的葱头，馋得他的口水直涌。他将大葱悄悄地放进厨房，准备给自己做一盘凉拌葱花过过瘾。可是，第二天，那一捆大葱不见了。他问她："大葱呢？"她说："送给了邻居。"他笑着说："没当垃圾扔掉就好了。"

有一次，他和她外出旅游。每餐饭她都叮嘱服务员，不要在菜里放葱。他在旁边说："那怎么能行呢，饭桌上还有其他团友要吃。"他叫服务员下一碗不放葱的面条。谁知，面条端上来后，碗里还是有葱。可能师傅做菜习惯了，顺手就放了葱。他用筷子一点一点将葱花拣到自己碗里吃了。

她喜欢吃泡菜，每餐饭都离不开。于是，他买了一个泡菜坛子，向一位湖南朋友请教后学会了做泡菜。他三天两头从菜场买回豆角、黄瓜、萝卜，洗干净晾干，然后放进泡菜坛里。家里一年四季，都有泡菜吃。他和她去外地时，他总要装一瓶泡菜给她下饭。

她还有个吃西瓜皮的习惯。一般人，吃过瓜瓤之后，都将西瓜皮丢了。可每次吃完西瓜，她都让他将西瓜的青皮削掉，切成小条，用盐腌几个小时，然后拿出来和辣椒一起清炒。她说，这样的西瓜皮吃起来特别脆，特别可口。

她不吃鸡，却喜欢吃鸭。结婚30多年了，家里的餐桌上，很少见到鸡肉，他也就跟着不吃鸡了。

她最不情愿干的一件家务是洗碗，一摸到油腻的盘子，黏糊糊的碗，就觉得不舒服。她不洗碗，他就洗，要不下顿饭就没有干净碗用了。他不管下班多么晚，回到家总能看到水池里有一堆碗筷。最离奇的一件事，是一次他出差一个星期回来后，竟看到水池里一摞没洗的碗里长毛了。

开始，他对她的习惯看不惯，埋怨、发牢骚、争吵，都没用。一个人要改变另一个人的习惯不容易。

有人说："爱情是一个人对另一个人习惯的认同。一个女人习惯一个男人的鼾声，从不适应到习惯再到没有他的鼾声就睡不着觉，这就是爱；一个男人习惯了一个女人的任性、撒娇，甚至无理取闹、无事生非，这就是爱。爱情的哲学有时候就这么简单，就在生活的点滴里。"他常说："谁让我和她上了同一条船呢？上了一条船，就不能讲任何条件。"

夫妻之间习惯对方的习惯，就会减少婚姻中无数因鸡毛蒜皮或繁冗琐事滋生的烦恼，带给你意想不到的快乐。这是爱的最高境界。

爱情与生活息息相关，我们谈恋爱不是儿戏，真正意义上的爱情是找一个人过日子。过日子与谈恋爱有着本质的区别，如果光谈恋爱不结婚，那么这样的爱是没有结果的，我们不必太认真。因为到最后往往都是爱得最深的那个人受伤，因为太爱，所以会疼。爱一个人久了，自然就习惯了他的一切。假如有一天对方向你提出分手，你肯定有种痛不欲生的感觉。你觉得离开他不能活，你想尽一切办法去挽留，可别人已经死心了，你这火再烈也点燃不了他的心。不管你爱得多一点，还是爱得少一点，至少彼此是习惯了对方的，只是程度不同罢了。假若他不爱了，并不代表他就不习惯你了，而是那种习惯在爱离去的时候已经慢慢褪色了。

爱情本身就是一种习惯，我们习惯了一个人，可千万不要轻易去换掉你的爱人。因为爱情不是工作，工作丢了，还能找回来。可爱情丢了，再也找不回来了。即便找回来了，那不是原来的爱，爱你的那个人也不是原来的那个人。相比之下，失去一个人与丢掉一份工作孰重孰轻想必人人都知晓。

假如有一天你习惯了一个人，他也习惯了你，请你不要丢掉这个习惯，因为爱原本就是一种习惯。

坚守爱，梦想就能变成现实

有人说，在对的时间，遇见对的人，是一种幸福；在对的时间，遇见错的人，是一种悲伤；在错的时间，遇见对的人，是一声叹息；在错的时间，遇见错的人，是一种无奈。因为怀了这样的情愫，多少人错过了自己的爱情；因为不敢相信爱情能开花结果，多少人轻易放弃了自己的爱情。

当年的她和他是大学同学。

大学的前三年里，两人并无太多交集。大四了，两人不知道为什么就彼此产生了感情，但谁也没捅破，也没有像其他恋人那样牵手拥抱，只是简单地彼此喜欢着。

还有一个月就毕业了，外出实习的大家都回到学校做毕业前的最后准备。一天晚上，班长通知大家去教学楼阶梯教室开会，等开完会，发现外面已经下起了大雨，而两个人都没带伞。一时没法回宿舍的两人便去了教学楼的阳台上聊天，有那么一分钟没人说话，他忽然就从背后紧紧抱住她，她的心狂跳却不知道该怎么办，甚至没有转身去回应他。就这么抱着站了几分钟，她甩开他的手冒雨跑回了宿舍。

那时候，两人都觉得这段感情没有未来，于是选择了逃避，在学校里恋爱了4年的恋人们都纷纷分手，何况他们这种来不及见光的情感，更何况，他们谁都没有勇气放弃家中已经给他们安排好的工作。

在错的时间，遇见对的人，是一声叹息。

于是，毕业，两人各回自己的家乡，各奔天涯。

十几年前的中国，电话和网络并不像如今这样发达，两人刚回家乡时，将学校里没能表达的心意，全都一笔一划地写在了信里。可是，这样经常通信的日子并没有持续多久，信越来越少，因为现实的问题越来越多，每个人都被家里催婚，而他们深知，一南一北相隔几千公里的两个人此生再没可能走到一起。

不过是一声叹息罢了。

她已不记得她收到他的最后一封信是什么时候，也不记得自己写给他的最后一封信里都写了什么，两人的联系自然而然就断了。之后的十年里，两人不曾谋面，各自恋爱结婚生子。虽然每每想到他时，她仍心跳不已，但已不再联系。

　　这十年里的同学聚会，不是她没去，就是他没去，两人从毕业后就再也没见过彼此。毕业十年的同学聚会，在班长的强烈要求下，大家终于聚齐了。这一次的聚会实属不易，大家聊天、喝酒、K歌、跳舞，两人始终没有时间单独聊天，除了初见时他的一句："你瘦了。"那天晚上大家兴致高昂，K歌到凌晨，回到酒店房间刚躺下，她收到他的短信："睡不着，想见你。"

　　两个十年未见的人，在凌晨3点的酒店大厅里叙说这十年的经历。各自回房的时候，她忽然心里一阵酸楚，眼泪快要落下来，于是不由自主地走向他，主动拥抱了他一下。她看到了他眼里的慌乱，大概是没有想到会是如此，然后就这么抱着，谁都不说话，她的眼泪哗啦哗啦地往下掉，他低头，在她的额头轻轻一吻。之后，两人各自回房，第二天各自回到自己的城市，互不打扰。

　　两年后的夏天，她去他所在的城市出差，他一定要请她吃饭。吃完饭，送她回酒店的路上，他忽然停下来，摸了摸她的头发，说："我想过很多次和你一起生活会是什么样，可是我们错过了，这是我一直难以平复的遗憾。"

　　多少人的爱情，就这样在自认为的时间、地点不对的情况下，凋落了。若干年后回想起来，却发现，曾经以为的那些爱情的阻碍，只要当初勇敢一点、努力一点，完全可以清除，可是那时的自己，却没有为爱情清除障碍的勇气。

　　在北京某高校某级的毕业二十年聚会上，已经成了大牌主持人、金牌编导的同学们兴高采烈地谈论着，打听着彼此的状况，诉说着自己这些年的奋斗历程。

　　酒足饭饱，当年的班长提议去酒吧，突然有人问了句："怎么没见×××和×××？"

大家一听这话，也突然想起来，当年班里最优秀的他和她，怎么这些年一点消息也没有？

当年，班里最优秀的他和她相恋了，让追他的女生和追她的男生羡慕嫉妒，可看到郎才女貌的两人，也让人不由得心生祝福。

毕业时，身为北京人的她非常幸运地被分配留校工作，而家在外地的他，由于种种原因没得到留京指标。为了和他在一起，她毅然放弃了留校机会，与他一同赴某大城市电视台应聘。

招聘考试时他俩合作的节目做得非常出色，但最后只录用了他。理由是，电视台女性已经太多，需要男性。为了和她在一起，他毫不犹豫地扭头就走。

他和她一起去找工作，但大城市电视台的工作并不好找，有的只要他，有的只要她，但他们两个是一定不会分开的。

最后，他俩双双留在了他老家所在地的电视台，是新成立的一家电视台。

两人的才华不容置疑，而且他们很刻苦，不久他就成为副台长人选，但与此同时，市长的女儿爱上了他。那位女播音员爱起来毫不掩饰，弄得小城里人尽皆知。

他与她愤而离去，去了哪里，没人知道。自此，就完全没了音信。

他和她曾经是班里最有前途的人，而只是为了爱情，为了能和彼此在一起，竟然双方都放弃了那么多，值得吗？

所有人都替他们惋惜，如果当初，她留校，他去了某大城市的电视台，那么二十年后的今天，他们也该都是行界翘楚了吧！

可是，他们选择了爱情。

"上半年我出差去某山区采风的时候，买了一份当地的报纸，看到一条新闻，报道的是这个地区举行中学生普通话演讲比赛，前三名竟被交通闭塞的贫困山区学生包揽了，那篇报道有这三名学生和他们老师的照片，我看着有点像他们俩，可是也不敢确认，毕竟都二十年了呀！大家变化都太大了。"班长重新坐回座位，和大家说道。

"我本来想打听到那所学校去看看的，但因为时间紧，就没去成。没准，还真是他们俩。"班长长吁短叹道。

"那个地区离我那边不远，有机会的话我去看看。"一个男人说道。

聚会结束了，大家又回到了各自的生活，不过对于他和她的事情，大家还是很关心。

一个月后，那个男人带回来了消息，那两位山区的老师，确实是他和她。

他们的日子过得艰苦却快乐，每天的饭菜都很简单，有时候只有腌萝卜和馒头，再喝点热水。但他们并不觉得苦，反而很乐观，觉得这种生活也很好。

他们很感谢大家对他们的关心，但不需要资助他们，如果大家有心，可以寄一些旧衣物或者文具课外书来，山里的孩子很缺这些；如果再有能力，希望能帮忙报道一下这里的情况，引起相关部门重视，给这个山区修一条通往外界的公路。

听完他们的故事，其他人都沉默了。这些年，多少人为了在大城市能站稳脚跟，放弃了爱情，放弃了人性中很多美好的东西，仅仅只是为了自己，从未有人能有他们那样的胸怀。

原来，二十年后，最成功的还是他们，不管是爱情，还是事业，还是胸怀。

只有坚持到底，才能得到自己最想得到的，爱情亦是如此。爱就爱到底，爱坚持到最后你会发现，你不仅得到了梦想中的爱情，还得到了其他更多收获。

有情饮水饱

小敏要离婚了。

朋友不解，问她为什么，当初可是她要死要活非要结婚的。

"当初我生病的时候，他无微不至地照顾我，我被感动了，觉得这辈子能嫁一个对我好的男人也就知足了，也不在乎他家庭条件不好，没什么钱。所以，尽管我家人反对，我还是义无反顾地嫁给了他，我觉得只要努力，钱总会有的。可是结婚这么多年，他虽然一直在外面跑，却没挣到钱，我当初真是瞎了眼，嫁了这么个没本事的男人。"小敏对朋友哭诉。

"可是你老公对你多好呀！你不知道我们有多羡慕你！我们这群姐妹里面，谁的老公比你老公体贴、会疼人？我们得学会知足啊！"朋友劝她。

"体贴有什么用，没钱什么都没有，我上次看上件衣服，不就几千块钱嘛，他怎么都不愿意给我买。"说到这件事，小敏更加气愤。

"我身边的女性朋友，哪个都比我吃的好穿的好，可是我哪里比她们差了……"小敏继续抱怨。

不知什么时候开始，在找男朋友时，女人的问题变成了"有房吗？""有车吗？""有多少存款？""用不用赡养父母？""结婚后要不要和父母一起住？"……这些问题现实得让男人头上直冒冷汗，难道现在的女人都不要爱情吗？她们只是想和房子、车子、存款谈恋爱吗？

爱情和婚姻里，物质真的比精神重要？

小敏埋怨老公挣钱少，不能给她买名牌，却不知道她拥有的是多少有钱的女人想得到的。也许，只有等到她失去了，才能懂得当初拥有的东西是多么珍贵。

李琳和梁斌像许多大学生一样，刚认识不久就恋爱了。四年中，两个人的甜蜜曾经美煞了他们那一圈朋友。毕业时，大家对于他们以后是否会结婚，都觉得会是一个毫无悬念的问题。

可是，就在毕业后不久，李琳却告诉她大学时最好的朋友，她和梁斌分手了。原因是，他们毕业后打算结婚时，才感觉到了生活的残酷。毕业后的日子里，他们打算买房等，可是却发现如果靠他们两的工资的话，不知道要奋斗到何年何月。他们一年的工资所得，连一平米的房子都买不到，而梁斌的家远在云南的山区，一分钱的忙也帮不上，李琳的家境也一般，没有多大的能力帮助她。绝望之下，她向现实妥协了，并答应她妈妈，回家相亲。

后来，通过相亲，李琳找到了一个大她7岁的男人。李琳说，那个男人对他还算好，很体贴，也很温柔，更重要的是，有房有车。虽然不是在大城市，但能在三线城市找到这样的男人也可以让她少奋斗十年，过上衣食无忧的生活。

但她的心里，却空落落的，仿佛缺失了生命里最重要的那样东西。

物质生活固然重要，但若没有了爱情，锦衣玉食又有什么意义呢？越来越多的人口口声声将爱挂在嘴边，认为这样才算爱情，完全不屑于父辈那一代包办式的婚姻，但遇到现实问题时，却又很少有人能像父辈那样不管贫贱与否，对爱人不离不弃。

那一年，她病了，他用板车拉着她去镇上找诊所看病。说了一箩筐的好话，掏出口袋里所有的硬币，郎中终于给她打了针，再塞给她两服黄竹纸包着的中药。

他拉着板车往回走，她依旧坐在板车上。穿过一条小街，向右拐，再穿过一条街，好香好香的气味儿飘过来，飘过来。他狠狠咽了口唾沫，迟疑几秒，止了步，回头："你想吃油条不？"

板车上的她本来也在偷偷咽唾沫，忽儿听到他的问话，愣了愣，摇头："不吃，不想吃。"她摁摁布包里那几个煮熟的红薯："这有红薯呢，我要是饿了，会吃红薯的。"她清楚，他的兜里连一个碎角子都没了，哪来钱去买油条。

他静静地看着她，就像一下子，一下子看到她的心底里去了。她不好意思了，低头。该死的，那好香好香的气味儿又扑过来了，她情不自禁地又吞了吞唾沫。

将板车轻轻拉到街边，泊稳，他大踏步朝街角那个炸油条的小摊走去。她的目光追着他那肩宽背阔的身影，看着他站在摊主前戳戳点点。她脸红了，羞愧地闭上眼。天啊，我们不是乞丐呀，他怎么好意思向人家乞讨！再睁开眼，她便看到他笑吟吟举着一根油条朝她跑过来。

她生气，扭头："我不吃。我不是乞丐，我不吃乞讨来的东西。"

他大声说："谁说这油条是乞讨来的，我是拿烟丝换的。"

她诧异："拿烟丝换的？那你想抽烟时咋办？"他抽烟好多年了，人家说"人是铁，饭是钢"，他却说"人是铁，烟是钢"。在他眼里，烟比饭重要。累了，他点支烟一吸，就来劲了；饿了，他点支烟一吸，就饱了。他抽的烟都是自家种植的旱烟，晒干后，烟叶切成丝装进小塑料袋再掖在兜里，想吸时，拿小纸片滚成"喇叭筒"。

他笑："一天半天不抽烟，死不了的。再不济，烟瘾来了忍不了的话，就捡几片路边的干树叶搓碎了滚成喇叭筒，不也照样能抽能应应急……"他将油条递给她："快吃，趁热，香香软软的。"

她说："我们分着吃，你一半，我一半。"他摇头又摇头："不，我不爱吃油腻的东西，你快吃。"

她咬了一口，眼睛就雾蒙蒙了，想擦擦，没擦。他还在高兴着，问："香不香，甜不甜？"她脱口而出："苦，好苦。"

他差点蹦起来："苦？怎么会是苦的，我要师傅给炸一根最甜最香的哦。"她抬起头，皱眉头："不信，你自己尝尝。"她用劲掐下大半截，狠狠塞进他的口里。他嚼了一下，再嚼一下，咦，奇了怪了，不苦，好甜好香，还暖和和的呀。

看他一脸摸不着头脑的疑惑样子，突然地，她扑哧一声笑出声来了。他，顷刻间，就明白怎么回事了。她只是"骗"他分享那一根油条呀，骗他吃下一根油条的大半截呀……

"有情饮水饱"不只是对爱情的浪漫幻想，只要我们能坚持下去，就算再贫穷的日子也能过得开心。很多女孩子把结婚当做改变命运的一个契机，把结婚当做开始安稳的标志，或者改变状态的节点，如果是怀着这样的心态结婚，还是不要结婚的好。志趣相投的恋人爱情才会美满幸福，因为他们看中的是精神的共鸣，而不是物质的享受。即使物质生活贫乏，他们也能苦中作乐，让自己的生活充满阳光。

第四章 爱情需要岁月来沉淀

时间，有时是解药。当觉得世界都崩塌的时候，时间，让所有痛苦变淡，让一切伤口愈合。但是，时间又是一味毒药，让人痛不欲生，每一分钟，每一秒钟，都过得及其漫长。毒药和解药一直是相生相克的，也可以完全统一。当我们失去一段付出很多的恋情时，总希望自己什么都不要去想，因为想到的都是曾经的种种美好的回忆，在这个时候，这些昔日美好的回忆会变成利爪，撕裂着我们的心，痛苦不堪。这时总希望时间可以过得快一点，那样就可以解脱了。而那种解脱，何尝不是寻求解药？

七年之痒

"七年之痒"是个舶来词，意思是说许多事情发展到第七年就会不以人的意志出现一些问题，婚姻当然也不例外。结婚久了，新鲜感丧失。从充满浪漫的恋爱到实实在在的婚姻，在平淡的朝夕相处中，彼此太熟悉了，恋爱时掩饰的缺点或双方在理念上的不同此时都已经充分地暴露出来。于是，情感的"疲惫"或厌倦使婚姻进入了"瓶颈"，就要经历一次危机的考验。这个考验是感情中的转折点，一旦成功，感情便能朝向良性健康的方向发展；反之，则可能二人分道扬镳、分崩离析，最终可能导致感情解体、劳燕分飞。当然假若婚姻真的出现问题，不一定为七年，或长或短，可能只要一年、两年，甚至结婚不久就可能痒起来了。

很多人刚开始结婚的时候无法想象相爱的彼此在多少年以后会变得厌倦了对方，其实这个很正常，两人结婚数年后，对对方的了解已经达到了一个相当高的水平，对方的优点和缺点都会暴露无疑，此时就会对自己的配偶产生厌倦之感。寻求新鲜的东西是人的本性，在婚姻中也不例外。为了改变自己索然乏味的生活，婚姻中的一方就会寻求婚姻之外的片刻欢愉来为自己添加新的元素。

在青春年少时，一个小伙子或者小姑娘在谈恋爱结婚时，以为自己找的对象就是自己最理想的白马王子，但是随着自己学识、阅历的提高会使圈子的扩大，就会发现某一个异性是自己更理想的对象，会对这个人产生相见恨晚的感觉，如果对方也向自己抛来橄榄枝的话，那婚外情就随之产生了。

人的感情世界既是广博的，同时也是一个外人很难介入的。但是人的精神层次和追求是不断拓展的，不管一个人的潜力有多大，学识有多丰富，见识有多广博，但这些绝对不会满足自己配偶的日益增长的精神追求的需要。曾经的倾慕甚至崇拜的对象，在数年之后，在自己认识的某些人的映衬之下就会显得黯然失色，别人看似璀璨的光芒就会夺取他或她的眼球。

李丽和丈夫结婚 8 年，如今小孩 7 岁。现在她和他丈夫的感情还是很不错，在外人眼里以为他们一直恩爱如初，其实不然，就在前两年，他们因为一件事情，几乎将家庭拆散。

和很多离异家庭的故事一样，丈夫出了轨，有了婚外情。第三者是一个离异女子，和丈夫偷情后缠着丈夫，要他离婚，和她结婚。"这个时候说不生气不伤心，是假话。但毕竟他是孩子的爸爸，一起生活多年的丈夫。口头上，我说要离婚。但心里，已经原谅了他。"

为了减压，李丽到网上发泄，结果引来了上万网友围观，并给她出主意。她发现，以前自己太强势了，家里大事小事都由她说了算。她开始改变。

最后，李丽将他的心，从小三那里抓了回来。那以后李丽明白，谁也不能保证婚姻的明天怎样，重要的是把今天的日子过好。

婚姻就是一座围城，爱情是坟墓的领路人，进入了围城，就等于进入了坟墓。每一个在围城的人都在翘首以盼着新生，遗恨着走入坟墓的当初。观望着的人摩拳擦掌，跃跃欲试着婚姻的美好，岂知，处理得当，坟墓既是埋葬亦是重生。婚姻并不可怕，可怕的是你对待婚姻的态度。如果你以为进入了婚姻就一切保险了，那就大错特错了。

他们的爱情走过了七年的路程，这七年，他们相敬如宾，对待对方都坦诚布公。就像当初他给她的承诺一样，一生都会不离不弃，呵护她，爱护她。婚前，像所有的浪漫童话故事里一样，他对她展开强烈的攻势，每天都在她下班的地方等她，手里有她最喜欢的百合。

爱情来得容易，维系却那么难。

那个时候，她年轻漂亮，身材也算不错，公司里有许多的男同事暗恋她，想追求她，但是由于他天天都会在她公司楼下等她，别人都误以为他就是她的男朋友，以至于别人都不再敢靠近。那个时候她天真地想，既然他条件也不错，又在机关工作，收入稳定，样貌也算英俊，还有一辆车，房子是他父母几年前为他买的，他父母都是部队大院出来的，属于老干部，都有国家的津贴，房子他父母就有两套。那个时候，她想既然这个男人对我也不错，她也只好"委曲求全"答应了他的求婚。

她的心里一直渴望有一个能跟与自己心灵相通的人过一辈子，但她丈夫是粗枝大叶的人，别看他婚前时常又买花又送戒指的，后来听说这完全是他妹妹的主意。婚前婚后简直判若两人。

婚后的日子很平淡。在油盐酱醋茶的生活里，他们小心翼翼地经营着这个家。虽然没有了往日的温情，她亦不是当初的少女，但他们依旧爱着对方。她照顾公婆，无微不至，甚至将所有的时间都用来做家务上，她希望自己做一个称职的贤妻良母。他们有一个很乖巧的女儿，现在已经上幼儿园了。如今照顾女儿健康成长成了她唯一的精神寄托。

也许，她从未获得过过真正的爱情。相濡以沫的爱情也许很多人都不能拥有。一个女人可以没有事业，没有爱情，但必须有一个可以停靠的家庭。她知道，这七年，自从结婚后，她放弃了薪水不错的工作，做起了全职太太，一心一意地料理好这个家，只想丈夫能免除后顾之忧专心工作。即使她做了黄脸婆，她也心甘。

这几年，他们彼此间的话愈来愈少，甚至沟通都成了障碍。她听不懂最近他们公司上市如何如何，也无法给他工作上任何的建议。他回到家后，她便忙碌着负责做饭，照顾孩子，伺候公婆。然后上床休息。一天到晚，都感觉到很累，比在她以前上班时还要累。甚至他们的夫妻生活也愈来愈少，他在家除了上上网就是陪孩子写写作业，他们的生活越来越枯燥乏味。

听她的姐妹说，她丈夫这样的举动八成有外遇了，但她不相信。丈夫是一个很老实的人，怎么会做这些沾花惹草的事。但从丈夫的举动与他们之间很少的夫妻生活上来看，这不得不让她产生了怀疑。丈夫最近都早出晚归，而且在电脑前面一坐就好几个小时，说是聊天，她在他身后无意间看到一些很是暧昧的聊天内容，却被他发现关掉了。这更加引起她的怀疑：难道他真的有了外遇？

她开始变得愈来愈神经质，当他去洗手间的时候，她打开他的网聊记录，那些暧昧与挑逗的情话俨然是一对热恋的男女在打情骂俏。他的手机通讯录通话最多的就是一个叫晴雨的女人，还有他们两个一起拍的照片，当然她比她年轻漂亮。她一度想去找那个狐狸精质问，问她为什么会勾引她老公，但她怕老公知道后，台阶不好下。她不想让他难以做人，更不想破坏他的声誉。毕竟他们的孩子还小。她愈来愈搞不懂，她辛辛苦苦地为了这个家，为了他，她放弃了事业，相夫教子，换来的却是老公的出轨？她该怎么办？她该怎样挽救她的婚姻？她并不想失去她的丈夫，更不想失去这个家！

婚姻不是一种束缚，相反应该是一种保护。结婚前，他把你看做女神，是因为你独立、端庄、美丽。结婚后，他把你当做糟糠，置之不理，是因为你将自己比了下去。你所有的时间都放在了家庭，而他年富力强，正是男人的花样年华。他的事业小有成就，必定会吸引外界的狂蜂浪蝶。而你依然停留在原地踏步不前。你们之间的距离愈来愈大，以至于彼此的思维与看待事物的观点都很难达到一致。

一个女人最忌讳的便是不修边幅。现在忙于家务，无暇顾及自己的外表，殊不知，男人最在意的是女人的外表。一个男人最在意的是女人给足自己面子。女为悦己者容。男人最看不惯的便是婚后与婚前女人的巨大落差。女人注重保养和化妆，也是对男人的尊重。别让自己整天围绕在烟熏火燎之中，每天几分钟便可以唤回自信和美丽。

解析婚姻七年之痒

有些男人产生出轨的念头，大约在婚后三年、七年、十年的时候，或主动、或被动，所谓"三年之痛"、"七年之痒"还是很有道理的，如果婚后十年出不了轨，基本上男人就没有所谓出轨的可能了，因为出轨的大好时机已经过去，出轨的念头也只能被平淡的婚姻所埋葬。为什么已婚男人容易出轨呢？原因无非就是以下十条。

一、只因为太寂寞

大多数离婚的夫妻都是因为分居两地，没有正常的性生活，因为工作，为了挣钱，为了养家糊口，男人再难也要迎难而上，奋不顾身。

二、缺乏理解关怀

大多数男人，因为社会角色的原因，所以有时候更不愿意把自己的痛苦和压力说出来，而是经常埋在心里，这个时候，男人更需要理解和关怀。而女人也有自己的家庭，家里也是有一大堆的事情，有个疏忽是难免的。而日常生活的一些琐事太多，总是顾此失彼，天天面对电脑、电视、电话，生活彻底变成了单调的华丽。

其实享受高质量的生活可以，但最好不要沦为高质量生活的奴隶，建议小两口经常地关一关手机，过一下不插电的生活，出去玩一玩，重新回到恋爱的年代。

三、性生活不和谐

孔子说过："食色性也。"意思就是说性生活和吃饭同样重要。中国有句老话：人是铁，饭是钢，一顿不吃饿的慌。如果夫妻双方长时间的性生活不和谐，那么婚姻生活也是不够美满和幸福的。有时候男人们自以为是，总喜欢把责任推给女人。怪老婆不懂得推陈出新，也怪老婆不好好地尽做女人的本分，错都在女人。这当然是大男子主义。不和谐的性生活男女双方都有责任。男人不能只解决问题和享受，而不去发掘情趣和乐趣。

四、工作应酬需要

工作离不开饭局，工作应酬必不可少的吃吃喝喝，灯红酒绿，有时候也要做一些违心的事情，当然也有自己的朋友圈，为了工作，为了得到对方的信任，不得已做一些事。

所以男人是很奇怪的动物，有时候真的是没有办法的办法，睁只眼闭只眼吧，因为计较的太多反而会伤害了自己。

五、工作压力太大

现代社会孳生了许多的"现代病"，工作压力大，生活节奏紧张。男人很容易把自己的工作情绪带回到家里去，结果到上床睡觉的时候还在想着工作的事，自然提不起精神，更别说能睡好觉了。而现代女性大都也不再是家庭主妇，因是有着自己的事业，自尊心、自信心也被工作逼到了极致。她们也常常硬着头皮工作，回到家里也是疲惫不堪。而在这个时候，男女双方最容易产生矛盾，情绪也会比平常暴躁。性生活，有时候成了减压的良药，许多女人却未能很好地利用。

六、妻子太能干了

现代社会之所以进步，就是给了女人更多的机会，女人们也越来越能干，涌现出一批又一批的杰出代表，女强人的出现，打乱了原本中国式女主内男主外的传统，而变成了大女人小男人的结果，能干的女人让男人成了附属品，于是男人只好在别的女人那里找回做男人的感觉。

所以作为女强人，如果真的不想让自己的男人出轨，那么最好是把女强人放在外面使，还是在家里坐个小女人。上得厅堂，下得厨房的女人才能真正留住男人的心，男人的自信心是需要培养的，自尊心也是需要尊重的。

七、思想观念差别

男女有别，尤其是思想观念特别明显，男人和女人的经济观、世界观和人生观，在婚后往往随着岁月的流逝，逐渐地拉开距离，男人的思想观念会发生翻天覆地的变化，而女人则往往原地踏步，匍匐不前，于是，很多问题就来了。

距离可以有，但绝对不能拉得太开，否则，就会随着时间的推移而让夫妻的感情有了隔阂和代沟，所以思想原地踏步的女人们一定要努力与时俱进才行。

八、外部力量影响

近朱者赤，近墨者黑，跟着同事出去，你不合群那以后的工作就没法办，跟朋友在一起，怎么也不能留下"妻管严"的美名，所以有时候也迫不得已。所以女人们要学会相信，宁可相信他没有移情别恋，也千万不能产生怀疑，因为怀疑的多了，反而会激发男人外出学坏的心。

九、家庭经济纠纷

一般情况下，男人挣的钱，大多都是女人管着。女人心里想着，这挣的钱本来就是照顾家的，当然掌握家中的经济大权，就能掌握住男人的命脉，没有钱，看你怎么出去鬼混。而男人也要为自己的权利智斗一番，动不动也会留点私房钱，不过最好藏的隐蔽一点，被抓到可就不好了。

这个问题很烦人，钱多了出事，可要是没钱，会出更大的事，够郁闷的。女人看钱看的紧不要紧，不过千万要注意个度，把握不好了，钱是留住了，可是男人的心跑得更远了。

十、怀念青春往昔

别以为男人真的爱身边的年轻女子，喜欢这样那样的傻丫头片子？其实男人只不过是想寻找青春的影子和美好的记忆，男人有时候很单纯，往往需要的只是一种感觉，跟着感觉走，一不小心也会迷失了自己。

不过不要着急，有一天，等男人发现自己已经很不行的时候，自己学会夹着尾巴做人。

有的人认为七年之痒除了精神上的，还有生理上的——人体的细胞每三个月死亡和更新一次，而每7年则全部更新。细胞是有记忆力的，遇到开心或者难过的事情，它们会默默记下，成为细胞的记忆，如果同样的情绪再次出现，细胞会接收到而持续下去，人体的细胞其实一直处于新陈代谢当中，一般它们要7年的时间完成这一过程。也就是说，此时的你和7年前或者7年后的你其实都是截然不同的两个人。如果反应不再出现的话，那么7年后，没有一个细胞会记得，那么，就有可能细胞中对当初的爱已经完全失去，所以才有七年之痒。人对婚姻或者爱情的忠诚也有先天的因素。人体会分泌一种叫多巴胺的东西，这种东西让我们产生爱情，同时还可以分泌吸收一种叫叶加压素的东西，它令我们忠诚。但是有人光分泌接受多巴胺而拒绝接受叶加压素，所以他会见一个爱一个地花心。这是不是也是婚姻中的"七年之痒"原因呢？

避免策略

很自然地，心理学家们就提出了避免"七年之痒"的一些策略：

婚前预防

据权威部门统计，出现问题的婚姻中，当初草率结合的比例很大。在恋爱的时候保持较为清醒的头脑，如果可能的话多听听周围朋友的意见，如果能够得到婚姻专家的指导就会使婚姻增加理性的成分。澄清自己的一些想法和理念，用理性的目光看待未来的婚姻生活。

奉献理念

不要挑剔对方，不要希冀重新塑造对方。而应常常自问："我能够给对方带来什么——无忧的物质生活？充实的精神食粮？安全感、幸福感？"日常生活中发自内心地为对方做些什么，哪怕是最小的事情，一个拥抱，一个笑容，一个亲吻，让对方体会到温情。

留下空间

许多婚姻在束缚与反束缚中走向灭亡，于是许多人提出要给对方留有空间。其实应该先给自己留有空间，在婚外保持正常的朋友圈子，不要将婚姻作为自己唯一的精神寄托。在交往中不断提升自己的人生智慧，不断调整自己，适应婚姻。

调整期待

过高的期待会与现实形成反差，造成双方的压力。配偶不一定是你结识的异性中最好、最优秀的，但可能是最适合你的，这就足够了。

婚姻不是简单的七年之痒，其实许多婚姻，婚龄达到一定阶段都会出现问题。尤其是在目前彰显个性的时代，谁都不愿再委屈自己，离婚呈现新的特点：婚龄越来越短，离婚率越来越高。其实，每个人就像一本书，再好的书，读第一遍时的激动、新鲜和悬念在以后读时都会淡化，自己要不断注入新的内容，使人常读常新。用自己的智慧去营造爱的氛围，将婚姻进行到底。

婚姻的危险期，借用一个无从考证的期限，描述感情世界"热恋—婚姻—无趣—疲惫—逃离"的心态轨迹。婚姻是一种进入，进入意味着获得，体味着失去。当有情人牵手婚礼殿堂，面对的应是——从此有了家，有了固定的另一半，彼此能否共同迎接逐渐趋于平淡甚至是日复一日的生活呢？又有多少人能熬过七年之痒。能不能靠着创意让七年之内不那么平淡，而顺利通过七年之痒的极限？这倒是个好问题。

因为寂寞才多情

人的内心情感世界是广阔无边的。其中，寂寞时的心，会变得很复杂此时就会牵引起了多情。多情是很可怕的。多情，一定会很让人劳神。这样，也是过于多余的费心。多情，一定会没有完美的结局。多情的人，算是自讨苦吃的人，揽下了的就是受了罪，却也会是得不到同情。

心累的时候，安静的气氛布满了寂寞的空气。每一次呼吸，就慢慢让人会有多思，慢慢陷入多情的陷阱。在两个人相爱里，多情的人一定会爱得很被动。多情的人，爱得深也痛得深。如果说，爱会是一种伤痛，那么多情的人一定会是遍体鳞伤。

你若寂寞了，小心不要陷入困境。人可以有情，但是不希望多情，不要把你美好的情感打乱。应该正视寂寞时的情绪。不要因寂寞让多情给迷惑你自己。不要因为寂寞而恋爱，否则你爱的不是那个人，而是那种摆脱寂寞的感觉。这不仅是对对方的一种无形的伤害，也是对自己不负责任的行为。假设你很爱他并且表达了对他真挚的爱，而他只是因为你爱他或者因为寂寞才跟你在一起，这样的话，你的心情会怎样？都是寂寞的伴侣，还是有种被欺骗的伤痛？

所以，千万不可因为寂寞而恋爱，这是对爱的亵渎。不可因一时的不理智而错尝爱的感觉。最重要的不要对不起自己。不要玩弄自己的感情，要学会自重。时间是个魔鬼，天长日久，如果你是个多情的人，即使不爱对方，到时候也会产生感情，到最后你怎么办？

一个人，在一个繁华的都市前行，熟悉的街景，陌生的人群，感觉自己被孤立，悲喜无人听。没有亲人的虚寒问暖，没有知心朋友诉说衷肠。没有相爱的人互相依靠，冷暖自知，六月寒。即便是如此，依然不能随随便便找个人来恋爱。哪怕这时有追求者，也不能因为寂寞而暧昧不清，一定要干脆地拒绝。也许会有人说你残酷，喜欢或不喜欢说得太过绝对、直接，不给别人一点时间和机会。没为自己留条后路，活该寂寞孤独。

其实那是一种很正确的方式，表现得善良有时更残忍，为了不制造更深的伤害，只能选择尽早拒绝。残忍有时候反而是因为善良，因为不忍心看对方太过认真，把过深的感情和太多的时间投注在一个因为寂寞的人身上。两个人在一起久了，即使没有爱，也会有感情的。不想两个人之间没有爱存在，却因为不忍而放不开。到了最后，彼此不得不努力想把对方改变成自己所喜欢的模样。僵持着试图找个能让彼此妥协的方案。可那不是彼此真实的样子，两个人在一起像在演戏，努力做到对方喜欢的样子，却有越来越多的不满沉积在心底。暴发后，又一场不得已的闹剧，无可避免地互相怨恨收局。

爱并不只是风花雪月，甜言蜜语，更多的应该是责任坦诚。专注是对爱人，对自己,对爱情的最基本尊重。成年人都不再是少不经事的孩子，必须对自己的感情承担必要的责任。要爱就爱得认真，爱越来越伤人，是因为人们越来越不重视责任。

不要因为寂寞而恋爱

一份关于"大学生恋爱问题"的调查数据显示：希望毕业后结婚的仅占到 0.3%，而在校期间因种种原因导致分手的比例竟高达 81.7%。虽然分手率如此之高，可支持大学生不应该谈恋爱的仅占 0.2%，比大学生恋爱成功的 0.3% 还要低 0.1%。

调查数据还显示：大学生特别是毕业生在面临毕业、就业等诸多方面压力时，一两个月间的分手率竟暴增至 13.6%，这表明"大学恋情"的脆弱性，就像温室里的牡丹，放到现实环境中不堪一击。

那是学校组织的一个参观旅游，到一个远离城市的孤岛上锻炼生存能力。在人群中，她一眼就看到了他那张帅气的脸，四六分的发型，特别英俊，最动人的是他的眼睛。和他对视的几秒钟，她的魂就没有了，毫无疑问，她爱上了他。后来知道他是旅游系的，她想将来他做了导游，女顾客肯定对他服服帖帖。

回到学校，她顾不得女孩子的羞涩，开始给他写情书、发短信，疯狂地追求他。俗话说，男追女，隔座山；女追男，隔层纱。但她追他追得可真是千辛万苦。他开始对她的相貌不太满意，她没有灰心，花钱做了发型，买了高档的衣服，将自己打扮得很精神。然后一日三餐，她全部给他买好，送到他的宿舍。他爱吃五香花生米，学校食堂里没有，她就到饭店里买。终于追到了他，他同意做她的男朋友。当时，她开心死了，拉他上街，给他买衬衣。在家里，她什么都不做，可是在他面前，她什么都愿意做，只要他开心。她爱他已经爱到了骨头里。他是她的初恋，是她最爱的人，为他做事再辛苦她也愿意。

到了大二下半学期，学校放假后，她随他去了他的家乡———湖北省的一个偏僻的乡村。到了他家，她才发现，他还有如此贫寒的家。虽然吃惊，但她没有介意。因为她爱的是他。她们早已山盟海誓，一辈子不分开。他们相约在海南结婚生子，然后再把父母亲接来住。

她的父母知道了他们的事情，出面干涉。母亲的眼泪父亲的咒骂都没使她退却，也许是叛逆心理作祟吧，他们越反对她就越想跟他在一起。

她是真的真的非常非常爱他，想跟他一生一世的。尽管他家贫，但既然爱了，这一切都不重要了。也许看了太多的言情故事吧，所以那时候她对爱情充满了幻想。

毕业了。他找到了一份导游的工作。他们租了房子，她因为荒废太多的时光，工作一直没有着落，不好意思再向家里要钱。房租、生活费暂时由他付。随着他出差机会的增多，对她的态度越来越冷淡。女人的直觉告诉她，他有了别的女人。只是不好意思开口说分手而已，他想对她"冷处理"，让她自己离开他。曾经以为最美的爱情，就像梦幻般要从她生命旋律中逝去了。果然，她猜得没错，那个女人给她打电话，让她离开她。她当时真的想自杀……但是，她还是爱他，希望他回心转意。跟着他，多苦她都愿意，毕竟她付出的太多了。

突然有一天，他提出了跟她分手。她问他为什么？他说："你很好，但是我对你没有爱的感觉。"他终于找到了他真正爱的人。

她虽然早已经知道了他的事，但听他亲口提出分手，她彻底崩溃了，想到这些日子以来自己的付出最后换来一句"你很好，就是对你没有爱的感觉！"

她问："那你为什么和我在一起？"

他说："也许是因为寂寞吧。对不起。不求你原谅，但是你要明白，如果我再不和你分手的话，对你的伤害就会更大。"

她的哀求还是没有留住他的心。感情是什么？爱是什么？几年的感情因为他寂寞就开始了，又因为他找到了真爱所以说没有就没有了。这段恋爱，真的像经年的瓷器，碰到坚硬的现实，除了破碎就是破碎，一点含糊都没有。

大学里的恋人分分合合，司空见惯。谁和谁在一起，谁又和谁分开，谁追了谁，谁甩了谁，再也不会引起众人的惊异。

大学的爱情好像走进一家速食店，本应慢火微焙的感情被程序化标准化地加工一下就端上桌了。做得快，吃得快，散得也快。

于是，无论本身就是因为耐不住寂寞，还是相互倾心，大学的爱情，到底是在追求相伴一生的爱侣还是因爱之名做着一次又一次的排列组合？也许是太过于悲观，也许是周遭的朋友幸福的总是那么少，大学的爱情只是一种短暂的冲动和寂寞的填充物。

一个人久了，总想有人能带来些关心、感动；一个人久了，便爱上了恋爱时美好的感觉。于是，为了远离寂寞，很多人恋爱了。甜蜜、微笑，一切如此美好。可当那些幸福的感觉消失了，当重重问题出现了，这段感情，就这样结束了。

所以，不要为了寂寞去恋爱，爱情是真善美的象征。寂寞的人是脆弱的，看着那些恋爱中的人，自然是心生羡慕。但恋爱不是打牌，重新洗牌要付出巨大代价。感情的事基本上没有谁对谁错，他（她）要离开你，总是你有什么地方不能令他满足，回头想想过去在一起的日子，总是美好的。这样只会让自己或别人很受伤，想想就会心痛。但是只有遇到了真正的情感上的依靠，这样的爱才是健康长久的。

当爱情变为了亲情

在这个世界上，爱你的人和你爱的人肯定不止一个，但你最终选择的却一定是那个你坚信会一辈子带给你亲情和温暖而不是浪漫和心动的人。

爱情不可能一辈子的，所谓的变成亲情是因为"爱"无法继续维持了，于是它开始变质。曾几何时，那种刻骨的相思已被早晚面对所抹平，那些动人的情话已被家常话或沉默所替代，还有那浪漫的创意早被琐事驱赶得没有踪影。生活的压力使我们把发泄的对象变成了自己深爱的人，朝夕相处又使我们彼此忽略了对方的感受。

虽然平淡风化了激情，但爱人却名副其实地变成了我们的亲人。经过岁月的沉淀，我们彼此的存在已变成了一种习惯，融入了共同的生活不可分割。虽说现在的世界离开了谁都一样地生活，但活得质量不同，活得感觉不同，活的味道也不同。亲人是爱人的一种升级，亲情也是爱情的升华，这就是相濡以沫。激情是人人渴望的，但无法长久；爱情是人人向往的，但要学会呵护；亲情却是平凡而厚重的，只需要我们去感受。我们常常会抱怨没有激情，恰恰是我们忽略了爱情，当爱情变成亲情的时候，或许也是我们成熟的时候吧。执手或许已不再有感觉，但断手肯定会有切肤之痛的，这就是因为我们的爱情已变成了亲情。

那么爱情在什么时候变成了亲情？爱情变亲情的期限是多少？

科学家早在 20 年前就发现，人在谈恋爱时，脑中会分泌一种特殊的化学物质，分泌得越多，爱意越浓。但在大量分泌 3 年后，这种物质就慢慢枯竭了。

如果爱意只能维持 3 年，为什么有些人却能拥达 10 年，50 年，甚至永远的关系？

时间的试炼是残酷的，当爱情消失了，有的人会因为习惯、责任，以及一点点对爱情不死心的向往，靠着许多的方式，继续留在关系里，他们最珍惜的，也许早已不是爱情，而是像亲情般无法割舍的陪伴。

生活没有浪漫也许会平淡枯燥，但若没有了彼此相依的温情，将是无法想象的。用偶尔的浪漫时不时点缀一下平静的生活固然是最美好的爱情模式，但那只是人们永远的追求。

爱对方，不仅爱他的现在，而且爱他的将来。在爱中，不妨开始把对方作为我们的爱人。爱情如酒，过饮伤身，但如果我们长久的品味它，斟酌它，会越来越芳香。

不是所有的爱情都能演变成亲情，不是所有相爱的人都可以相守一生，能够变成亲情的爱情是种幸运。

不知不觉中，他与妻子从相遇、相识到相知、相爱，已经有了将近十五个年头，婚后也过了八年多，走过了人们所说的"七年之痒"。爱情，在柴米油盐酱醋茶中慢慢变换着，婚姻中没有了太多的激情，久而久之，日子平淡如水的过了一天又一天。而在平淡的生活中，妻子对爱的执着变成了"戒备"。

可能，妻子还幻想着热恋，回忆着当初，希望继续沉浸在爱情的甜言蜜语之中。其实，这时的爱情已然用亲情的方式延续着。爱情的新鲜度只维持在一生中极少的一段时间内，当爱情淡化成了亲情，爱情就会失去当初的浓厚和炽热，亲情则变得了更加柔软和稳定，弥补了爱情的缺陷。

当初的热恋中，起初的婚姻里，他们体会不到爱情变成亲情的滋味，难舍难分，甜言甜语，手牵着手一起浪漫地散步，深夜里快乐地聊着未来，聊过之后常常才发现已是一夜没睡。那时，他们有太多的热情，太多的话要说，太多的激情要表达。

走进婚姻的深处之后，随着时间的流失，生活带来的身心疲惫和无形压力，越来越多的生活琐事、人情世故、世俗纷争和人生苍茫，渐渐增加的沉重负荷，渐渐磨平了年少时的棱角，失去了温存和激情的勇气，甚至是没有时间回味当初的热烈，直至孩子的出世，意味着更多的付出和更大的责任，使爱情在此时此刻显得特别苍白。这时爱情已然变成了亲情，一切归于平淡，就像结婚时贴在窗上的大红喜帖，日子长了，阳光和雨露涤尽了当初的喜庆颜色，剩下淡白无味的字迹，不再有浪漫的散步，不再有彻夜不眠的笑谈，不再为火红耀眼的玫瑰而驻足，不再为共进晚餐而耗尽一整天的心思。但是，经过彼此之间的互相适应和融合，彼此分别介入了对方的生活，便成了彼此密不可分的整体。

对爱浓烈渴望地淡去，他们少了很多温馨的赞许和深情的承诺，只有更加细致的生活直白。也许在人生道路上会碰到另一道心动的风景，但却舍不下你我共同组建的家，舍不下感情联系的纽带——孩子，此时离不开的不是爱情，而是相濡与沫、无法割舍的亲情，于是理智使大多数人选择了家庭而放弃了沿途的风景。外面世界的精彩和无奈，有时会让人找不到家的方向和位置，有时也会让人一不小心踏进水坑和陷阱，但是只有回到了家，窝在被子里，一切才可以真正有了平淡和真实。婚姻中亲情的存在，彼此相爱的心才会显得尤其的宁静，这种爱是在相互尊重、相互信任、相互体贴、相互关切、相互扶持、相互照顾中一点一滴表现出来的。依赖着对方，惦念着对方，呵护着对方，不再是当初的那种有着强烈冲动的思念和依恋，而你我的背影却成了彼此心中的最熟悉的一道风景，更亲切，更欣慰，更牵挂，更珍贵。

爱情与亲情是婚姻中的两种情感，每个人有每个人的感受，每个婚姻有每个婚姻的故事，但大多的婚姻，亲情比爱情多一些，于是也多了些宽容，多了些平和。所以，当爱情变成了亲情，幸福其实不曾远离过，只是我们自己迷茫了自己，才会面临许多的困境和孤独。

能够步入婚姻殿堂的两个人，是在经过彼此深入了解后才走到一起的。结婚后夫妻天天生活在一起，每天重复着锅碗瓢盆油盐酱醋的生活，久而久之双方都会乏味，彼此之间的爱情也会因为这些因素而褪色。

那么在这种时候，夫妻之间的激情也会进入休眠状态，爱情的激情已经淡化，随着时间的推移，爱情也会因此而转化为亲情了。

当爱情变成亲情后是真的很可怕吗？其实，不管是爱情还是亲情，只要还有情，那就是幸福的。有了亲情后，爱情才能长久。当爱情变成亲情，亲情也就像是一份责任，彼此之间的那些习惯，那些依赖，相信会使爱情永远的。

都说婚姻是爱情的坟墓，对于那些在婚姻里焦头烂额的人来说，这句名言成了他们推卸责任的最佳托辞而已。在这些人中，有相当一部分人曾经也为了爱而义无反顾地踏进婚姻里。

然而，太多的人却不懂得如何去经营自己的婚姻，甚至忽视了婚姻里的爱情也同样有高潮的时刻，也有冷静的时候，爱情也需要休息，没有永远都处于激情中的爱情。当婚姻进入这种休眠状态的时候，也就是爱情到了该休息调节的时候了。在这种情况下，夫妻之间不妨多一点的沟通，而不是选择逃避的方式来面对，双方可以心平气和地把自己的想法和意见讲出来，还记得要自我反省，只有这样才不会使彼此之间的矛盾加深。

爱情不是单方面的付出，只有付出而没有收获的爱情迟早会令你身心疲惫，只收获而不给予的爱情也不会长久。当你的婚姻处于亚状态的时候，如果你真的有做到及时去修复爱情，那么相信你的婚姻也不会真的成为爱情的坟墓，而会因此变成天堂的。

良药与毒药的一念之差

没有一种悲伤是不能被时间减轻的。如果时间不可以令你忘记那些不该记住的人，我们失去的岁月又有什么意义？

当觉得世界都崩塌的时候，时间让所有痛苦变淡，让一切伤口愈合。但是，时间又让人痛不欲生，每分每秒都变得极其漫长。当我们失去一段恋情时，总希望自己什么都不要去想，因为想到的都是曾经的美好回忆。这个时候，昔日美好回忆会变成利爪，撕裂着我们的心，让我们痛苦不堪。

时间是解药

每个人曾经深深地爱着一个人，但时间改变了彼此。你只记得曾经爱过，却不记得爱的感觉。时间是锋利的刀子，划去了经历过的苦，也割掉了记忆中的甜。

当时间真的过去了很久很久，突然有一天，你发现自己可以平静地面对曾经那个让你刻骨铭心的人，可以心平气和地听他说他和他的恋人如何如何，甚至可以开解他。或者不再一一告诫身边的朋友，你们谁也别再和我提谁谁谁，虽然不和他联系，但是心已经没有波澜，没有了感觉，他在你心里只是一个出现过的人而已。到了那个时候，也许你已经服下了解药了。

其实爱情没什么对和错的，爱谁不是错的话，那么不爱谁又有什么错呢？谁都不愿意违背着自己的心去生活。爱情需要认真，但不是较真，那不是谁输谁赢的较量，不用心计和手段，而是双方愿意和对方过一辈子，甘苦与共。

选择一个适合你的人生活，选择了他之后，问问自己是否后悔吗？如果答案是否定的，那就是合适了。有人问了，那要是选择错了呢？所以要注意了，选择前要慎重，选择后要珍惜，如果认为当初欠缺思考，你可以重新做你的选择，没有人可以左右谁，自己要为自己的选择负责，问别人为什么，其实最终的答案都是自己做出来的。

他是她初恋男友，他高中时候是个混混，她是班花加学习第一，由于她家里不太和睦，所以她给人很高傲很冷漠的感觉，但是和他在一起后她变了很多，对他却千依百顺，哪怕吵架都是她哭着回头说是自己任性求他别生气。他们在一起的时光很是开心，在学习上，她不顾成绩下降来辅导他学习。为了和她能般配，他也很努力学习，成绩也提升很快，高考他考的不错，但也没考上分数线。而她因为他影响了自己的成绩，没考上理想的大学。他们都落榜了，他们开始重新复读。复读一年是最难忘的一年，他们相互支持、鼓励，度过了最煎熬的时期。成绩下来后，他们都考上了理想的学校，可惜的是，并不在一个城市里。他们觉得只要有爱，距离就不是问题。

后来，她去了上海，他来了重庆。分别的时候，她哭着说，舍不得离开他，一定要常给她打电话。他来大学后，开始还经常给她打电话，后来朋友越来越多，他渐渐地忽略她，对她关心越来越少，很多时候她打电话来他都说自己没空，其实他在玩电脑。她经常自己哭，朋友说她过得很累很辛苦。可是他却越来越力不从心，不知道该怎么安慰。这时候，家里希望他出国，他有些犹豫不决，有点舍不得她。她告诉他不要为了她放弃出国。国庆假期，他去上海找她，没想到的是，她提出了分手。理由是，他对她太不关心，伤她太深，她死心了。他没意识到自己哪做错了，通过她的闺蜜他了解到，她是一个极度缺乏安全感的人，他对她的冷落让她对他绝望了。

他知道后去找她，要求复合，但是她没有同意。他也有些烦了，也就赌气回去了。但他满脑子都是她的影子，再回重庆的火车上，他旁边坐着一个不错的美女，经过聊天知道对方和自己是一个学校，她说自己晕车，想借他的肩膀靠靠。他对旁边的美女一点感觉都没，反倒心里全是她的影子。下车了，那美女问他要了电话，还经常约他吃饭，他都拒绝了，因为他对她一点感觉都没。他开始想念她，不知道她过的怎么样。虽然没联系她，但是每次上网他总是不自觉去看她的资料，他看到她的资料上写着：患得患失，离不开的却离开1个多月了。看完，他心里有了很大的波动，特别想过去找她。他也后悔之前不该对她满不在乎。他起初分手的时候还没什么，没想到现在脑子里会全是她，什么都干不下去，心还好痛好痛。他也知道她对自己也是彻底的死心了，所以也不可能有复合的机会了。他决定出国去，让时间来抚平他的伤口，让他们的这段感情慢慢地随着时间淡去。

没有珍惜，然后错过，最后后悔，当自己的心疼了才知道，最割舍不下的是什么！这是很多人会犯的错误。有些人，随着时间的推移会变得让你不再珍惜，有些感情也会在时间的考验下化为乌有。明知道可能要反悔，明知道还有感情这两字存在，当初就不该那么不知珍惜。没办法，生活还要继续，时间是医治心伤最好的解药，或许这解药吃下去，会需要很长时间才会消化。可能是几天，可能是几个月，可能是几年，可能是几十年。但是这药的药效一旦发作，却是永恒的医治。那种不是麻木，而是完全可以坦然面对的治疗，是那种明明很心痛，却再往后可以笑着面对的治疗。

时间一种慢性毒药

时间是毒药。很多人在时间里中毒至深，渐渐忘了身边发生的一切，一直都是没心没肺、行尸走肉地过着自己的生活，时间久了，也习惯了这种慢性的毒性。有些人很久没联系了，也就不再联系了，有些事不再想了，不去想了，也就这样遗忘了。

时间真是一种毒药啊！而解药呢，必须是遗忘做引子，加上糊涂、装傻装愣等多种配方。岁月不饶人，侵入骨髓的毒药是否让人淡忘了青春时的冲动和羞涩？时间是穿肠药，吃了，有情人亦会变无情，会忘心之悲切，弃情之伤怀，过眼云烟，皆可抛弃！

时间是毒药，让身边的人变得虚情假意；让承诺变的比纸还单薄；让你和她的故事变的那么长，那么长，最终难以遗忘。

他们相处七年，在她学前班时他们就相识了，但还是抵不过那么一句好聚好散。一切都是一场梦，都是一个醒来让人痛不欲生的童话，都是一个可怕的谎话。

他说过她有两只牙齿就像小白兔，很可爱。那时的她坐在他的前面，于是他们就这样认识了。他会在她被人欺负的时候，挺身而出；在她饿肚子时，硬拉着她去他家；在她因匆忙把衣服穿错来学校时，他会牺牲他那宝贵的时间，陪她去换回来；在我爬杨桃树爬不上去时，他会使劲他的力气拉她上去；在她和他吵架，不小心弄伤了他时，他只是对她微笑……

他为她付出了太多，在她的心里早就把他当成她最亲的人！她觉得很愧疚，在她的记忆里，她没有为他做过什么，反而是伤害他。

他们曾经说过快乐的事一起分享，痛苦的事要共同承担，不管别人的眼光怎样，都要相濡以沫，不离不弃，一辈子不分开。

后来，他们长大了，各自奔前程，失去了联系。时间把他们的感情彻底地扼杀了。她试过输入他的名字在空间找他，也许是上帝可怜她，让她找到了他的QQ。她迫不及待地加上了他，进了他的空间。在看了他的照片后，她既高兴又失望。他终究还是变了，让她觉得很陌生。他那花花绿绿的头发，那刺眼的纹身，那光着膀子抽烟的神情，让她不敢相认。

她又看了他的说说，他说他现在很冷血。她急忙问他，为什么会感到冷血，每个人都可以变得温暖的。他说时间让他变了，冷血是他唯一能够拥有的东西。她说他和以前不一样了。他说也许是吧。她问他，还记得当初的承诺么？他说："什么承诺？那时太小了，说的话怎么能当真。"时间已经改变了彼此的生活，也注定彼此再也不会有交集。

他无法明白她的内心深处，他知道她已经把他忘得一干二净了。他们永远也回不到以前，时间把他们的感情冲淡了，让他们成为了一不是一个世界的人。

爱情，归根到底，就是首先你是愿意的，其次就是得到了爱情要珍惜，失去了爱情就祝福它。相信有更好的在等着你，乐观的人更接近幸福。那么时间对于你来说就会从毒药变成解药。

"轰轰烈烈"不如"岁月静好"

每个人的一生，难免会有几次刻骨铭心的故事，可惜结局总是随着岁月的逝去风流云散。即便不是轰轰烈烈的生死相许，也会是"山无棱，天地合，乃敢与君绝"的决绝，只是爱情过后，谁还会记得谁！当你抱着另一个女子，许下山盟海誓的诺言后，是否会记得那个痴情的女子，曾为你伤心欲绝；当你躺在另一个男子的怀里，倾诉着柔情似水时，是否会想起那个深情的男子，曾为你站立一夜。

有些爱情，注定只能一晃而过，没有什么是可以永恒，只有岁月。

"曾经沧海难为水，除去巫山不是云。取次花丛懒回顾，半缘修道半缘君。"元稹的诗虽然在每一句都表达了对爱情的忠贞不渝，表示除了亡妻之外，再无使自己动情的女子了，可是却在写诗之后就纳了妾，倒是有些言行不一了。东坡先生写给王弗的名词《江城子》，"十年生死两茫茫，不思量、自难忘……"，词写得何等漂亮，不过他的小妾朝云更漂亮，几年后还娶了王弗的堂妹做续弦。朱自清也有《悼亡妇》的名篇，纸短情长，何等情切，在新婚百日内痛悼亡妇，颇有点"将缣来比素，新人不如故"的味道，可惜最后却来了句因为今年新妇不舒服，所以没有去坟前悼念。

看来，所谓的痴情、缠绵，只是一时的兴起而已，也当不得真。所以就不要太过相信那些惊天动地的爱情了，轰轰烈烈不如平静地相守，生死不渝的爱情只存在于"许仙白蛇、牛郎织女、孟姜女与万喜良、梁山伯与祝英台"的传说里，现实中，多有的是背叛和离弃。

或许每个人心目中都有一个梦，男人心里的白雪公主，女人心里的白马王子。她们美丽、善良、高贵、优雅，英俊、潇洒、忠诚、体贴。梦却始终会醒，这世上又有多少梦想成真呢。

我们对于感情的要求都太高了，奢侈得想拥有所有最美好的幸福，于是注定在追寻的路上跌跌撞撞，然后在青春散去之后，不得不妥协地降低标准，失望的始终是自己。为此在忙忙碌碌的生活里，我们不知道错过了多少快乐，擦肩而过了多少幸福。

有人说："爱情最好经历三次，一次一见钟情，一次刻骨铭心，一次牵手一生。牵手一生是爱情最后的归宿，可以让我们不再孤独。"只是谁的爱情又能这样的完美，多多少少都难免会有一些遗憾，爱情没有那么容易，轰轰烈烈总不如平静，或许幸福的定位只不过是在寒冷的夜里能有个人不断地在自己杯子里斟满热水吧！

他们相爱四年，她开始觉得这样的关系是否可以结束了。她问他："我们可以结婚了吗？"他说可以了。她问他："你会爱我一辈子吗？"他说："是的，我会爱你的一辈子。""那么如果时光可以倒流的话，我们还会像从前一样的相爱吗？"他说："是的，从第一眼的相识，我就认定你是我此生最美的新娘。"那时候她的心无比的甜蜜。

一个月之后他们结婚了。

婚后的生活依然如恋爱时一样，平淡没怎么起伏，每天都是这样的平凡。她总问他："这样的生活你不烦吗？"他总是回答："我不懂得怎么叫做烦，每天看到你的就觉得幸福无比。如果你觉得烦的话，那么我们就生个孩子吧。"

她在他的哄骗下，在一年之后，生下了一个健康的女孩。他幸福地四处炫耀，他对她更好了，只是生活还是这样的平淡没有起伏。这个时候她又问他："我们之间的爱情算是美好的爱情吗？"他的回答："是的，我们的爱情是美好的，因为这个世界上，你再也找不到像我这样爱你的人了。请你一定要相信我，不管世界的上事怎么变，不管将来你老得变成什么样的'妖怪'，我都不会改我对你的爱。"

因为他这样的话，她放弃成为女强人的想法，而成为了真正的家庭主妇，孩子四岁的时候，她的样子依然十分年轻漂亮。因为他从来都会努力地把家务做完，并且也努力去购买好的保养品，让她美丽如初。有一段时间，她问他："你为什么不会有七年之痒？"他笑着说："别说七年之痒了，七天之痒我都有了，但是爱一个人的心怎么轻易去改变呢，再说了，我是用真心去爱你的。我不想因为一些东西而且改变这些美好的东西。"她因为这样的话，又在一年之后为他生下了一个儿子，那时候他幸福地亲了又亲她的脸。

婚后二十年，孩子们都长大了，都在学校里很少回家，所以家里往往只有她。那时候她觉得特别的孤单。因为长年的家庭主妇生活，让她的朋友特别的少，而且也五十岁的人，再去外面和人谈天说地，她也学不来。有一天，他拿了一些平时上班用的东西回到家里，她笑着问他："以后你不用上班了？"他说："不用了，以后我就在家陪你了。孩子们都上了学，而且她们读书的费用都存有，并且以后我们的生活费用了都有保障，我现在要偿还对你爱情债了，亲爱的，我们去旅行吧。不管那里，只要有我和你就足够了。"那时候她感谢他对她的平凡的爱情，因为平凡。

　　人生就像列车，车上总有形形色色的人穿梭往来。你也可能会在车上遇到很多你以为有缘分的人，但是车也会有停下来的时候，总会有人从人生列车上下去，但总会有那么一个人不管他是不是和你一同上的车，但是他会陪你平静地看着窗外的风景，一直待到陪你一同下车。

　　女孩终于鼓起勇气对男孩说："我们分手吧。"
　　男孩问："为什么？"
　　女孩说："倦了，没什么意思，就不需要理由了。"
　　一个晚上男孩只抽烟不说话，女孩的心也越来越凉，连挽留都不会表达的情人，能给我什么样的快乐？
　　过了许久，男孩终忍不住说："怎么做你才能留下来？"女孩慢慢地说："回答一个问题，如果你能答到我心里就答案，我就留下来。比如我非常喜欢悬崖上的一朵花，而你去摘的结果是百分之百的死亡，你会不会摘给我？"
　　男孩想了想说："明天早晨告诉你答案好吗？"
　　女孩的心顿时灰了下来。早晨醒来，男孩已经不在。
　　只有一张写满字的纸压在温热的牛奶杯下。第一行，就让女孩的心凉透了。
　　"亲爱的，我不会去摘。但请容许我陈述不去摘的理由。
　　你只会用电脑打字，却总把程序弄得一塌糊涂，然后对着键盘哭。我要留着手指给你整理程序。
　　你出门总是忘记带钥匙，我要留着双脚跑回来给你开门。

酷爱旅游的你,在自己的城市里都常常迷路。我要留着眼睛给你带路。

每月(好朋友)光临时,你总是全身冰凉,还肚子疼,我要留着掌心温暖你的小腹。

你不爱出门,我担心你会患上自闭症。我要留着嘴巴驱赶你的寂寞。

你总是盯着电脑,眼睛给糟蹋得已不是太好了。我要好好活着,等你老了,给你修剪指甲,帮你拔掉让你懊恼的白发。拉着你的手,在海边享受美好的阳光和柔软的沙滩。告诉你一朵花的颜色。像你青春的脸。

所以,在我不能确定有人比我更爱你以前,我不想去摘那朵花。"

女孩泪滴在纸上,形成晶莹的花朵。抹净眼泪,女孩继续往下看:

"亲爱的,如果你已经看完了,答案还让你满意的话,请你开门吧,我正站在门外,手里提着你最喜欢吃的鲜奶面包……"

女孩拉开门,看见他的脸,紧张得像个孩子,只会把拧着面包的手在她眼前晃。

女孩冲过去抱着他,不停地哭。

爱情不是轰轰烈烈的誓言,而是平平淡淡的陪伴。在每个人的心中都有一份真正的爱情,每个人都会想找到属于自己的一份爱,并且用一辈子去经营去维护好这份爱。大家都说爱情的感觉是甜美,大多数人在感受着爱情,享受着爱情,他们会去拥有爱情,他们会去品味爱情,可是终究有些人也许永远都没有机会享受爱情的甜美。爱情究竟是什么?对他来说只是一个梦,也是他心中的渴望,他也会梦想拥有爱,追求爱。

他是一位残疾人,喜欢一个健康的女孩,他好喜欢她。她也好喜欢他,两人在一起时有说有笑,感觉很好、很开心。她经常也会鼓励他,给他支持。他们试着想着他们的未来。平时他们聊得很开心。他觉得和她一起聊天,真的什么都忘记了,连自己是残疾人都不记得啦!她将来肯定是个优秀的才女,而他却是个一无所有的残疾人。每次想到这些后,他会很难过,不知道这个爱情梦想对他来说是否能实现。

一直以来他经常在担心一些事,因为他知道不少像他们这样的例子,两人之间感情很好,可就是逃避不了很多人的反对与阻碍。他可以想象当有一天她家人知道他们的关系之后,知道他是一个残疾人之后,她家人肯定非常不开心，反对她和他在一起。到那时他心里肯定会很酸、很不好受。他好怕这种事出现，他又那么爱她，万一那天她承受不住压力，跟他说句"我们分手吧，我们不可能的"，到时他肯定会生不如死、对人生也会彻底的绝望的。

他真不明白，为什么人们会把残疾人看得一无事处，有一种歧视的看法，为什么残疾人就不能像正常人那样追求自己的爱情，他们会觉得这样很反感。他们残疾人也是有思想，有一颗需要安抚的心，也一样会去努力争取，同样有理想与梦想想要去实现，同样的又为什么残疾人会把正常人留下这样的一种形象？

有时他会想，为什么上天会这样残忍，他真的好不服，好不甘心。好想找个无人的地方，大哭一场、大喊一场。他恨上天对他不公平、他恨他自己会这样。喜欢一个人有错吗？为什么喜欢一个人会给人们这样的一个看法。会有这么多人在背后嘲笑，难道残疾人真的没有爱情吗？真的不应该谈恋爱吗？残疾人就注定受伤害吗？残疾人就注定一辈子孤单吗？这一切的一切都是为什么、为什么？

他真的好想可以和她在一起，对她他不想放弃，他是真的很喜欢她，他虽然不能给她轰轰烈烈的爱情，但是他一定会安静而平稳地守着她，给她一份踏踏实实的爱情。他有一颗爱她的心，并且这颗心永不会变，他愿意跟她厮守一辈子，给她一个平凡温暖的家，她们就可以平平淡淡过下去。为了让这些实现，他会勇敢去面对这份感情的，勇敢的去追逐这份爱情的梦想，有梦就得去努力，相信坚持不懈的付出总能感动上天，虽然残疾，但那又怎样？残疾也懂得努力为生活打拼，也能给她一个温暖幸福的家。所以他要证明给任何一个人看，残疾人也是拥有属于自己的爱情。

其实爱情到最后也会归于平淡，每个人都想拥有一份平平淡淡的爱情，不需要太多的华丽，更不需要很多很多的财富，所谓"平平淡淡才最真"，爱情是人们心中永恒的梦想，不要放弃，要随着梦想伴着努力为这份爱去付出，去做些成就，当成心中永恒的梦想去追求属于他们平平淡淡的爱情！

爱不会因为容颜的改变而改变

时间会让你了解爱情，它既能够证明爱情，也能够把爱推翻。

爱情总是想象比现实美丽，相逢如是，告别亦如是。我们以为爱得很深很深，来日岁月会让你知道，它不过很浅很浅。时间过了一天又一天，爱人的容颜变的不再是追求时的妩媚动人，那么你爱他的一颗心还会不会改变？所以，最深最重的爱，必须和时日一起成长。无论对方的容颜变成什么，爱他（她）的那颗心是始终不变的。

有一老夫妻年逾50，经济条件不错，理当是安享晚年的时候，却一起到律师那要办离婚。原因是自从结婚以来，两人争吵不断，总是意见不合。个性上又南辕北辙，十分不和谐。二十多年的婚姻生活，要不是为了孩子着想，早就劳燕分飞了。好不容易总算盼望到孩子成年，再也不需要父母操心，为了让彼此在晚年能自由的生活，不用再忍受那么多无谓的争吵，决定办离婚。这一刻在律师面前，让律师也面有难色，律师费都有点不好意思拿了，于是他提议办完手续后，三人一起吃顿饭。老夫妻想了想，虽然离了婚，两人又没有什么深仇大恨，吃顿饭总可以吧！

餐厅里面三人气愤非常尴尬。正巧服务生送来一道烤鸡，老先生马上挟起一块给老太太说："吃吧！你最喜欢吃的鸡腿。"律师眼睛一亮，心想事情也许有了转机哦！未料老太太红着双眼说："我很爱你，但你这个人就爱自以为是，什么事都自己说了就算，从来不管别人的感受，难道你不知道，我这辈子最讨厌吃的就是鸡腿吗？"这时老先生也有点哽咽地说："你总是不了解我爱你的心，时时刻刻我都在想，要如何讨你的欢心，总是把最好的留给你，你知道吗？这辈子我最喜欢吃的就是鸡腿。"

律师看在眼里，不免鼻头一酸，两人如此深爱着彼此的人，却因为沟通出了问题而面临分开的局面。这一晚两人心中都有着无限的感慨，这么多年的感情却要面对如此残酷的结局。老先生整晚翻来覆去睡不着，心中阵阵如火燃烧般的痛在心底无情的煎熬着。他考虑了很久，强忍着痛苦打电话给老太太，想表达他内心的后悔，他想告诉老太太，他是多么地爱他。电话声响了，老太太知道一定是老先生打来的，但是她心中充满了恨，他觉得似乎老先生负了她一生，她不想再听到他的声音。

电话不知道响了多久，老太太就是不接，婚都离了，面子重要，怎能接电话，甚至他她电话线都拆了。老先生握着冰冷的话筒，听不到老太太的声音，心中有如刀割一般，久久无法释怀。

其实这一天晚上老太太也是在伤心中辗转难眠，而且她忘了……老先生他有心脏病。隔天，老先生被发现死在自己家客厅，手里还握着电话。老太太知道这个消息后简直无法相信，为了赌一口气，竟然让自己深爱的人在心碎中死去，这时候她如何大声地呼喊也唤不回老先生的回眸一笑。

老太太柔肠寸断地整理老先生的遗物，突然发现抽屉里的一张保险单，投保日期就是当年他们结婚的日子，受益人当然是老太太的名字。虽然金额只有 100 万，但是当中夹着一张字条："亲爱的，当你发现这张保单的时候，也许我已经不在这人世了，虽然你已经变成了老太婆，但我爱你的心不会改变，照顾你的责任更不会终止，这些保险金将代替我，继续给你无微不至的爱与关怀，一如我仍然在你身旁，永远爱你的……"看到这里老太太湿润了双眼，她真的没看走眼，他虽然带点大男人主义，但是他是真心照顾自己一辈子的人。

千万不要让生命中有这样的遗憾，早早放下心中无谓的面子、成见。用爱与包容，真心的对待，否则你可能错过这一生深爱你的人最后一次所说的："我爱你！"到时候再多的悔恨也无法挽回这样的遗憾。要把握住机会，让心爱的人知道你有多在乎她。虽然已经过了年轻时的冲动和浪漫，但是能执子之手相伴到老是多么的不容易。爱情是不会随着时间的流逝而改变的，虽然之间已经从爱情走到了亲情，磨掉了当初的激情，但内心深藏的爱是岁月不会改变的。

有一个男孩，喜欢上了一个女孩；男孩很平凡，平凡得就像是路边的一株小草，是的，小草！因为那个女孩就这样叫他！而那个女孩却很可爱，也很漂亮，像个公主。一直以来女孩就是在众人呵护下长大。他们两个却成为了朋友。无它，只是那个女孩觉得身边的苍蝇太多，不堪纷扰，所以就叫这个男孩来帮她，冒充她的男友，这个男孩二话没说就答应了。

于是，他们就成为了朋友。但是那个男孩却从未向女孩表白过，因为他觉得自己配不上美丽的她。

直到有一天，女孩遇到了她生命中的白马王子。

男孩笑着对女孩说了一声"再见"就背起行囊去了远方！时光已经过去二十年，在这二十年中，男孩依然孤身一人。

而女孩却因为长期的家务、生活的操劳，岁月已经在她脸上写下深深的年轮。公主也和他的白马王子走到了婚姻的尽头。

男孩就在女孩拿到离婚证的第二天，回到了这个城市，向这位女孩求婚。女孩没有答应，因为曾经的伤痛，让她对所有男人失去了信心，她不想再忍受那种刻骨铭心的痛。

男孩什么也没有说，一如从前的在这个女孩身边，默默地帮她，终于有一天，那个女孩问男孩："你还爱我吗？"

男孩："爱！"

女孩："那你现在还愿意娶我吗"？

男孩："我不愿意！"

在这个女孩充满诧异的眼光中，男孩又背起行囊去了远方！

时光又过去了一年，受到巨大打击的女孩看起来更老了，有一天，她收到了一封信，男孩从一个南国小城寄来的。

"你永远也不会知道，在你很小的时候，我就喜欢上你了，你也永远不会知道，在做你假冒的男朋友后，你无数的追随者威逼、利诱、打骂，让我离开你，我却从未退让。你不会知道，当你遇上你的白马王子的时候，我仿佛觉得我的世界已经崩溃，我想我除了离开，好像没有别的路好走了。当得知你和你的白马往子离婚消息后，我没有任何一点悲伤，有的是心头的狂喜和激动。你知道你那天拒绝了我，我的心有多痛吗？

你知道我为何要拒绝你吗？因为我已经是胃癌晚期了。本来，我是不准备告诉你这一切的，但是现在有了转机，我的手术很成功，我想问一句：'你能嫁给我吗？'"

女孩手里抱着信，泪流满面，说道："我愿意……我愿意……我愿意……"

门开处，男孩在门外！

"我想问你一个问题。"女孩说道。

"爱你！我一切回答你，只要你想知道！"

"你有多爱我？"

"如果有一天大难来临时，如果有一线生存的希望，我会给你……"男孩说道。

"那你会爱我多久？"

"直到生命失去的那一瞬间。"男孩坚定地说道。就这样这个男孩和女孩结婚了，男孩果然没有违背他的誓言，对女孩的爱一直和最初一样，渐渐地抚平了女孩之前受伤的心。几十年过去了，女孩变成了老太婆，男孩仍旧爱着她，就这样两人一直这么相依相偎的度过了一生。男孩是在女孩死后去世的，因为女孩，因为爱，得过胃癌的男孩坚强地活到了女孩去世后的那天。

在我们的生活中没有那么多轰轰烈烈，没有那么多一见钟情，没有那么多催人泪下的梁祝式爱情故事。当你真的从虚幻的世界走向现实的世界时，你开始不再向往那么多的山盟海誓，向往那些浪漫激情，人的一辈子能遇到一个陪你走一辈子，并且不会因为你容颜的改变而改变对你的爱的那么一个人，就是最大的幸福。

所以说，幸福不是长生不老，不是大鱼大肉，不是权倾朝野。幸福是每一个微小的生活愿望达成。当你想吃的时候有得吃，想被爱的时候有人默默地爱了你一辈子。

有一种爱叫"白头偕老"

年轻的时候会想要谈很多次恋爱，但是随着年龄的增长，终于领悟到爱一个人，就算用一辈子的时间，还是会嫌不够。慢慢地去了解这个人，体谅这个人，直到爱上为止，就需要有非常宽大的胸襟。

男人和女人结婚，生了三个孩子，男人和女人幸福地生活，直到男人老了病逝的那天，女人伤心地整理男人的遗物时，翻出一本本男人的记事本，女人好奇地先依年份排好后再一本本地读着……

读到相识的那一天，男人写着："我认识一个让我心跳不已的女孩。"

相恋的那一天，男人写着："我深深爱上她，她也深爱着我。"

怀孕的第一天，男人写着："我每月记着她的经期，而且都很小心，在她还没想和我结婚时我小心的避开危险的日子，没想到我们还是有了孩子。"

结婚的那一天，男人写着："我好高兴终于娶到她。"

生下孩子的那一天，男人写着："我抱着我的婴孩感到无限喜悦。"

老大出车祸的那一天，男人写着："我焦急万分来到医院，看着受伤的孩子。护士说需要输血，我毫不考虑挽起抽子，没想到这孩子的血型有些奇怪，与我没有血缘关系！但我赶紧向同事求救有没有相同血型的人。"

老大出车祸的第二天，男人写着："孩子终于没事，虽然他的血型很奇怪。"

老大出车祸的第三天，男人写着："我不忍问她，我实在太爱她也太爱这孩子，虽然他的血型很奇怪。"

老大出车祸的第四天，男人写着："我心里很难受，但看到孩子康复的笑容，我什么都不计较。"

老大出车祸的第五天，男人写着："不再计较后心中舒坦极了，孩子不是我的，至少也是她的，算是我养大的乖小孩。"

女人的泪缓缓流出，她觉得她是最傻又最幸福的女人，因为他从来没质问她什么，然后她更认真的读着……

读到男人入院的前一天，男人写着："近来总是觉得身体不适，担心无法再照顾她和三个孩子，但我是个幸福的人，能和所爱的人共度一辈子，我不知道她到底爱不爱我，只担心我有没有耽误她，使她错过她真爱的那个人。"

女人合上本子，抱着它放声大哭。原来恩爱美满婚姻的下面，起码有一颗宽容忍让的心在受苦在承受！

是的，聪明的人喜欢猜心，虽然每次都猜对了，却失去了自己的心；傻气的人，喜欢给心，虽然每次都被笑了，却得到了别人的心。

就这样，他们各自守着断了引信的炸弹般的秘密，撑到最后，相濡以沫地过了一生。

有一种爱情叫相濡以沫，有一种陪伴叫白头偕老。在这个闪婚闪离的时代，能包容对方犯的错误，并相守一生，不禁让人敬佩，让人动容。在现在生活中，没房没车、异地生活、周末夫妻，在这个时代，能让人离婚的的因素有很多更别说发现孩子不是自己亲生的，但男人却包容体谅了女人，并相守在男人离开人世的那一天。

老太太醒过来了，心脏跳得忽快忽慢的，让她有些吃不消了。

老太太就想：差不多喽，自己要走，也就在这一两天喽。

老太太已经76岁了，身体倒还好，只是今年，大冷大热，对他们这些老年人，是很致命的伤害呢。这不，她就觉得从春节后，身体一天不如一天了。

老太太转头，看见旁边的暖椅上，躺着自己78岁的老头子，心里稍稍安慰了些。

太阳暖暖的，正在向天边垂落，老太太就想起了和老头子这一辈子的时光。

年轻时候，老太太是四邻八乡有名的美人儿。说媒的人，踏破了她家好几块门槛。可是她早就心有所属。她看中了村中那个小学校里唯一的教书先生。

那是个斯斯文文的年轻人，长着一双很好看的眼睛，看着你的时候，满满的笑，让人就心醉的不行。

两个人曾经多次在村中的小道上迎面走过，都只是短短的对视一眼，然后双双红了脸，低了头，匆匆的擦肩而过。短短的相遇，却是两个人，最幸福的期待。

谁知那一年，她的父亲去外面采办年货，回来时遇到了土匪，危急关头，被一个五大三粗的过路客，舍命救了下来，还替父亲挨了深深的一刀。

在她家里养伤的时候，她在床前端茶递饭，完全是出于报答这个陌生男人，对父亲的救命之恩。

等到这个汉子伤势渐好的时候，这个汉子就开始忙里忙外的，几乎包揽了所有的农活和家务活。别看他粗枝大叶的样子，竟是个全能手，洗衣做饭、田间地头、春耕夏种、修修弄弄，竟没有他不会的活计，把她的父母给欢喜的不行，就经常陶醉在四邻的夸奖和羡慕声中。

这让她非常心焦，因为她在一个晚上，偶然在父母的门外，听到了父母亲，有意要招这个汉子入赘。她就软软的靠在门边，没了主意。

第二天，故意去那条和教书先生经常偶遇的巷子，徘徊了很久，都没有见到。后来问了村里的一个孩子，才知道那个教书先生，已经回城多日，说是家中有事，要三个月后，才能回来。

那个教书先生再回来的时候，匆匆地跑到她家门口，就看到了她家门上，醒目而刺眼的大红喜字，看见了院子里，一身红衣，满眼幽怨的她。

从那天起，那个教书先生，就彻底地消失在她的生活中。

后来，她就跟着那个汉子，安安心心地过起了日子。

新中国成立，三年自然灾害，十年文革，改革开放，风风雨雨，雨雨风风。两个人从农村来到城市，相依为命，相互扶持，生儿育女，开枝散叶，就到了现在，老态龙钟的样子。

不容易，实在不容易啊！

老太太这样想着，胸中有些发闷，就咳嗽起来，惊醒了一旁午睡的老头子。

那老头子赶紧起身，关切地看着老太太，顺手倒了一杯水。老太太捧了暖暖的水杯，看着自己的男人，想着自己和这个男人过了这一辈子，还有什么遗憾吗？好像没有吧？

这个男人，心思实在细腻得可以。对这个家，也实在没话可说。再苦再难，都把她们娘几个，照顾得妥妥当当的。两个人虽然在一起，极少有什么话，却有着多年形成的默契。有时候，就默默地坐在一起，手握着手，什么也不说，都能静静的，坐上那么一天。

老太太就想起老头子为了这个家，付出的一切。

还记得一年秋天，二小子要上学，学费成了问题，家里也好久没有见到荤腥了。老头子就在屋子里坐了很久，然后起身说，去找人借。找谁借？其时他们在那个城市，一个亲戚也没有。寥寥的几家朋友，也都是一穷二白。谁知到了傍晚，老头子果然就带回来了儿子的学费，手里还破天荒地拎了一只活鸡！

那个晚上，一家人，暖暖活活地在一起，好像过年一样的快乐。

可是她却在晚上给老头子换衣服时，发现了袖弯里，有淡淡的一点血迹。就赶紧去看熟睡中老头子的胳膊，就看见了他肘弯处，一个醒目的针眼，还有好大一片淤青。

啊！这个汉子！这个男人！这个老头子！！

为了这个家，也是一身的病了。快八十岁的人了，却每天依旧忙忙碌碌的，仿佛是一台不知疲倦为何物的机器。

而自己，当初嫁给他的时候，是多么地伤心，多么不情愿啊。现在牵手走了这么多年，却只有他一直陪在自己身边，不离不弃，始终如一。

老太太这样想着，眼睛里就渐渐的潮湿起来。忽然，就有些孩子气，就轻声地问眼前这个男人："老头子，说说看，如果有下辈子，还愿意和我做夫妻吗？"

老头子被老太太这个突兀的问题，弄得愣了一下，就展开满脸的核桃纹，笑得很神秘："不一定喽，如果下辈子，我托生成了大官财主，就去找你，让你好好得跟我享享福。如果还是这么穷，就不喽，就帮着你，帮着你找一个有钱的人家。我呢，我就在你家附近，远远的看着你，只要你能过得好就成了。"

老太太很感动，就幸福地笑着说："你个臭老头子，还在我家附近，在我家附近干什么？"

老头子转头认认真真地看着心爱的女人，认认真真地说："不干什么，就做个教书先生吧。"

老太太突然愣住了，哀伤地看着这个和自己共度了一生的男人。想说什么，却什么也说不出来，眼里的泪，却无休无止地流了下来。

过了很久，老太太深情地说："老头子，我要走了，抱抱我吧。"

老头子就慢慢地起了身，轻轻地把老太太搂在怀里。老太太就在老头子耳边，呢喃着说："老头子，下辈子，咱还做夫妻啊……"

老太太和老头子的小孙女儿，放学回家的时候，看到夕阳西下，火红的霞光，将老头子和老太太满满地笼罩在一起，就说："羞羞，爷爷，奶奶，看不出你们还这么浪漫啊。"于是惊讶地发现，老太太和老头子，幸福地相拥着，已经双双去了。

执子之手，看似是句平淡无奇的话语，其间却包含着那么大的勇气。不为什么，只为你，漫漫长夜里执子之手，走完那一段又一段的长路，坎坷的道路上执子之手，渡过一次又一次的难关。所以，每当看到白发苍苍的爱人仍然深情牵手或拥抱于夕阳之下时，心里总会有如此多的温暖和感动。这种相濡以沫的爱情，平淡却不平凡。爱不一定要轰轰烈烈，一样可以感人至深荡气回肠。

第五章　衡量爱情比重

　　有人说："爱情不是男人生活的全部，却是女人的所有。"但是，爱真的可以衡量吗？当每个生命中的过客都可以用百分比计算的话，我们的感觉就失灵了，如果后面的人付出的百分比更少，我们是不是又要回头去找那个付出更多的呢？人生就是这样，总有些不确定，总带有感情色彩，也只有这样才会有惊喜。

事业与爱情

　　徐志摩说："我于茫茫人海中寻找灵魂唯一之伴侣，得之，我幸；不得，我命。"

　　人与人的相遇，有时就像水里漂移的浮萍，偶然中相逢，又在不得已中离开；有时也像蓝天中挪过的彩云，融合中已没有你我，一起随风而动，或一同消散。

　　两者之间没有必然的联系，却可以用徐志摩的话去应证。这就像一个为事业为人生拼搏的男人，很多男人都是拼命三郎，却并不见得都是成功的男人一样。事情似乎没有太多的解析，或者说根本上就没有解析，不能解析或解析不了的只能归之为命运。所以很多男人胸怀大志历经挫折后，不忘对苍天一轮狂吼："天不公我，何以存我？"

　　司马迁写《史记》时执经本义，用苍浑的声音说："不以成败论英雄。"这为很多情感失意如同事业受挫，或人生波折如同感情不顺的男人找到了慰籍，如笼中困兽，如樊笼仙鹤，找到一个喘气的机会；如大海中一个落水者，抓到一根救命草，在苟且中得以偷生，在可怜中得以运用阿Q精神。

　　很多人，或者说很多的男人，对爱情的执著程度并不亚于女人，对爱情的专一和痴迷并不输给女人，只是男人比女人更懂得放弃，放弃对男人来说并不是有多么的洒脱，并不想以此显示自己换女人就像换衣服一样自如的虚假心态。他们对爱情有时比对事业更认真，男人会为自己的事业奋战一辈子，也可以为自己的爱的女人真爱一生。只是，在某些时候，在某种情际下，也可以很悲壮地认为：放手也是一种美丽！

爱是无偿的付出，是心甘情愿的帮助，是彼此心灵的感应，既然选择了爱，就要真诚地对待它，珍惜它，真正地爱一个人并不是我们想象得那么简单，一次深情的拥抱，一个深深的吻，一句不变的誓言，一件不退色的信物……这一切在真爱面前是索而无味，暗而无光的。

男人如何平衡爱情与事业

很多男人总是有这样的感慨：为什么赢了事业，却输了爱情，和谐美满的家庭总是那么可望而不可及。在他们看来，爱情和事业似乎就像鱼和熊掌一样不可兼得。

他们属于闪婚，认识两个多月，感觉挺好，谁都不愿意失去对方，于是就领证了。他的工作性质属于常年在外地，在部队，一直很忙，回家的机会很少。平时电话也不多，对于这一点，她是理解的。他很看重他自己的事业。他希望一直升职，所以他夜以继日的努力。他曾对她说过，她是第一位，工作是第二位。他做的一切都是为了让她能过的更好。结果时间不长，她发现在他心里，工作是第一位，她是第二位。

她觉得他忽略了她，他的忽略，可能是因为忙，也可能是因为大概没有那么爱她吧。她常常这么想，要不然为什么陪她的只能是一点点的时间。她感觉两人之间虽然已经是夫妻，但永远都是陌生的。就算部队放假三天，他也只在家呆一天，剩下那两天，必定是回部队工作，随时待命。她的心里不是滋味。他和她在一起的时间不多，每一次她都很珍惜。可是，渐渐地，她越来越发现，他们似乎没有什么话题好说。她真的觉得很累了，一点家的感觉没有，从始至终感觉自己是一个人。她的丈夫，结婚说爱她的那个人在她最需要关心的时候却远在天边。为了他所谓的事业，忽略他们的感情。

终于她提出了离婚，她觉得他既然把事业看那么重，那么他还娶她干嘛？还要什么爱情，要什么家。他听完她的话，才明白这些年一直忽略了她，虽然在事业上他有了不小的成绩，但是他爱的人却永远地离开了他。他突然觉得他再做任何都觉得没有了意义。

当爱上一个人，就想把自己最好的给她，所以就要尽力去拼搏，但是男人永远要在爱情与事业上做出痛苦的选择。当爱的人因为你忙事业离你而去了。留下的伤痛，不单单是失恋了，而是你想要却再也得不到了。

在现代人的眼里，事业代表着男人，如果一个男人没有事业，那他将一无所有，将不是个"男人"。于是得出的结论就是男人=事业。是的，上帝在创造男人的时候给予的就是更多的责任，女人只不过是男人身的一根肋骨，重担永远需要由男人承担。在中国古代，男人就是脊梁，无数男人为追求功名利禄,为证明自己是个真正的男人而去。幸运的人终于衣锦还乡，抱得美人归。但是，不是每个人都能事业有成，成为一个风光的"男人",足见事业之重要性。

现代社会中，在女人眼里，事业=男人，所以理想的爱情只是泡影。无奈，男人需要事业。为爱而事业，为爱而男人，为男人而事业。

女人如何选择爱情

在现实生活中，钱不是万能的，但没钱却万万不能，这是女性同胞们不能忽视的一个事实。所谓贫贱夫妻百事哀，足可说明"钱"的重要性。

在现今这个社会，能找到个既爱又有钱的人，那是上天对你的眷顾。当事与愿违，却又必须做出选择时，女人该找个有钱的还是有爱的呢？

她是个 25 岁的女人，却在这一年遇到两个可以影响她一生的男人。

陈尘是她爱的男人，他比她小一岁，是个研究生，现在还在攻读博士，只是他的家境并不怎么理想，家里还有一个长期需要医药费的母亲。他们在同一个公司上班。他懂得浪漫，阳光帅气，幽默又大方，总会给她带来一些小惊喜，让她每一天都开开心心。

而张鹏却是爱她的男人，事业有成，32 岁，离异过一次。也许是婚姻上的挫败，他对她也极好，只是他们在一起的时候，总是奢侈着浪漫。有的时候带她一起旅游，尽管她很开心，但是她总觉得他们之间没有她和陈尘在一起有感觉。

原本，他们都维持着普通朋友的关系，却在这个情人节收到他们两个人的礼物。陈尘捧着一大束玫瑰花出现在公司的时候，真的让她很感动。晚上，她也受到一束玫瑰花，是在她的公寓楼下，当时并不知道花里藏了一枚戒指。

等她发现戒指的时候，心里不知道怎么突然就害怕起来，她不知道该如何面对这一切。她想和陈尘在一起，但是，以他的条件，他们在一起，有很大困难。她的家境还算好，但家里人一致要她嫁个有钱人，而陈尘只是每月两千多的业务员。

假如，她放弃张鹏的爱，她可能再也碰不上一个这么富有又爱她的男人。她拒绝张鹏又不能百分之百地和她爱的人在一起。

前两天，她同时问了他们两个同一个问题，如果她以后嫁给他，他希望他们以后过什么样的生活？

陈尘的回答让她有些意外：他会努力赚钱，不让她受半点苦，他会更努力，让她过上有钱人的生活。

张鹏的回答很大气：她想过什么样的生活，他都可以给！

在这样的情况下，她选择了没钱的陈尘。虽然两个人都很爱她，都在努力给她想要的生活，但是她的心是需要爱情的，尽管她知道和陈尘在一起会经历一些艰苦的岁月，她相信他以后是有能力让自己过好的。她愿意赌一把。

女人是选择有钱的男人还是选择爱你和你爱的男人，这句话已经不是一个人两个人在谈论了，也有很多女孩现在都是在拿自己一生的幸福在实践，在谈对象的时候就在调查他家条件怎么样，父母有工作没，家里有房子没，有车子没等等。反正都跟钞票有关，家里钞票多，基本上就行了，这样自己一辈子就衣食无忧了。

如果都按照这种择偶目标的话，那全国那么多穷人家里的男孩估计都要打光棍了，穷人家的男孩就没出息了吗？就不能给女孩幸福了吗？非也。

一个女孩选了个高干子弟当老公，那人挺老实的，家里有房子和车子，可是大学毕业都好几年了还是一名普通职工，事业没一点点的上进。女孩本身是农村出身，家里条件不好，当时也是想选个好人家不要再过苦日子了，现在好了，婆婆家里有钱压根就看不上她娘家人，自己的母亲都不好常去看她。婆婆是天天打打麻将，逛逛街的，根本就不管孙子，孩子上幼儿园后她上班了，每天早上孩子送学校后自己去上班，下午回来自己做饭、洗衣，还要照顾孩子，过得又辛苦又不幸福。

另一个女孩当初选老公的时候就没想着选家里有钱的，就选了和她一个单位上班的，对她好，为人正直有上进心的男人。家里条件怎么样她不管。只要他们两个人相爱，相互照顾，共同努力，还怕没有好的生活吗？

所有的一切都好像给她安排好了一样，她的老公家里就是没钱，而且还是一贫如洗，他在上班两三年后就买了房子，那时候房价便宜，他是按揭贷款的，她跟他谈恋爱的时候还差两三万的贷款呢。后来他们两个一起努力，钱还完了，房子属于她们了，几年后房价疯涨，而且现在她老公的事业也是在一步步往上走。两人过得可谓是恩恩爱爱、甜甜蜜蜜。

所以，选老公不一定要选有钱家的，嫁个有钱的男人不一定幸福，可是嫁个没钱的男人也不一定是不幸福的，平平淡淡才是真。

对于很多男人而言，他们认为事业才是最重要的。没有事业的人生是空白的，而没有家庭的人生只是遗憾的。顾家是当然的，但是，应以事业为重。事业就是温馨家庭的基础，家庭的保障。没有事业，就没有真正幸福的家庭。没有良好的事业基础，就没有家庭必要的物质基础；没有良好的事业心，就没有高贵的责任心；没有事业心的男人就不会成为好的人夫、好的人父，也就不会有女人爱了。事业有成，必然物质丰富，如此就能促进生活质量的提高，生活质量提高了，也就促进家庭和睦。

勿恋红颜冷了糟糠妻

所谓红颜，通常的定义是，比朋友多一点，比爱人少一点的特殊关系，交往的过程或者纯粹的柏拉图，或者有那么几次亲密接触，但要坚守规则，不问将来。说得直白一点，它是一种边缘的情感，一种暧昧的纠缠，而没有责任和义务的担当。这是两个界限模糊却又线条玲珑剔透的称谓，很容易让人浮想联翩，念出来已然暗香盈口。似有似无、若断还续、影影绰绰的做派，恰如水中望月，雾里看花，不知有多曼妙。

张爱玲说，男人的一生都需要两朵玫瑰，这句话勘称经典，也不可谓不现实。对于男人的红颜知己，大多的女人采取鸵鸟政策。如此推理，一个女人的一生，也需要两棵大树，一棵用来依靠、荫护和遮凉，一棵用来玩赏、吟咏和偶尔的炫耀，对于女人的蓝颜知己，不知大多男人能不能安之若素，像梁公那样宽宏大量的男子实不多见。

2002年年初，刚取得生化博士学位的他双喜临门，单位在新建的博士楼里给他分了108平方米的新房，在老家县医院当护士的妻子梅，也因政策照顾解决了进京的户口，分居四年的夫妻总算得以团聚。春节后，他们就收拾东西进京了。搬进新居的当晚，他俩彻夜难眠，这宽敞居室的每一处空白都等着他们用日积月累的幸福去填满，哪里睡得着啊？

没承想，好日子刚开始，他们的婚姻就出现了裂隙。

妻子是急性子，刚进京就揣着她历年的奖状忙着四处奔波找工作。但是，只有中专学历的她要想在北京找工作谈何容易。好不容易一家社区医院同意要她，条件是既不包工资也不给编制，心直口快的妻子冲他抱怨，这不等于不承诺结婚还得天天陪一个男人上床吗？妻子的接连碰壁也让他心焦，听了这话他没好气："说话这么糙！你以为是在老家啊。这是首都，就凭你这素质，哪个单位能要你？"妻子也火了："到了大城市就嫌我糙了，开口不是素质就是气质，你上学探家时，还惦着给你家捎二十斤猪油，那时怎么不讲气质？"说得他哑口无言。

他和梅是他妈患中风住院抢救时认识的。那年他妈被送到县医院，马上就下病危通知，一旁陪护的他紧张得坐立不安，值班护士梅却从容不迫地同时应对病房里的三个危重病人，秀美的脸庞溢满了镇定和自信，这让他心仪不已。于是，他对她展开了"攻势"，很快就"手到擒来"。硕士毕业时，他俩结了婚。婚后玉梅坚决支持他攻博，他走后，她一人要照顾他瘫痪的老母亲，还要节衣缩食地帮他照顾弟妹。没有她这几年的含辛茹苦，根本无法圆他的博士梦。

她的恩情他铭记在心，但是现在他们进了北京，到了大地方，她也应该改变改变一些不好的习惯了。

他对她说："北京不接受方言，找不到工作可能与你普通话不好有关。"自此妻子每天拿着报纸认真朗读，但她的普通话带着浓重的乡音，听起来颇为怪异，没几天就在博士楼内传为笑谈。一个邻居和他打趣："听说你太太开辟了新语种的口语训练——方言普通话。另类，酷！"说得他面红耳赤。在楼里入住的夫妻大都是双高学历，不少还是"海归"，妻子当然是"弱势群体"。回到家，听妻子还在一板一眼地"方言"，他挖苦她："别出洋相了，'山西骡子学马叫'，不怕人家笑话！"妻子愣住了，泪珠儿在眼眶里直打转。

他连忙说："我的意思是你光改口音没用，你要看人家什么打扮，你就什么打扮！改天我陪你去买几件衣裳再去求职。"不料没几天，妻子给他来了个"惊喜"，一向素面朝天的她竟做了个"爆炸头"，文了两道又粗又黑的"煞星眉"，还问他："够时尚吗？"他差点气晕了，立马逼着她到医院去洗掉。妻子委屈得想哭："不是你让我学北京人打扮的吗？美容师说，这是今年最流行的。"他无言以对，只好长叹一声，心里想真是"土老冒"啊。

接连几次求职无着，年仅 26 岁的妻子只好暂时在家"赋闲"。面对着开口"哈罗"，闭口"OK"的左邻右舍，自惭形秽的她连门都不愿出，整天在家里跟他唠叨。看着自信好强的梅渐渐变成一个自卑琐碎的女人，他甚至后悔把她调入北京。他想，要是她还在家乡，彼此都有一份萦绕心头的思念，也许比现在要好多了。

2002 年 3 月，方琳到他们课题组来进修基因排序，领导安排他带她。方琳是生化硕士，相识后，他们发现彼此的共同点很多:爱读书，欣赏古诗词，对问题的看法也常常不约而同。一次，他们各拟一份实验计划，观点、步骤居然一模一样。望着眼前清丽的字迹，他不由感叹，要是梅像她，他们的婚姻该多完美啊。

4 月，妻子终于找到一份"月嫂"的工作，欢天喜地去上班了。"月嫂"的工作就是 24 小时照顾产妇，于是，重获自由的他乐得在实验室里赶工消磨时光。

一天晚上，他工作完了，走在回家的路上。凉风轻吹，月光洒在他的肩上，他忽然有了一种莫名其妙的冲动。回到家，他拨通了方琳宿舍的电话，和方琳聊起天来。对着话筒，他说起了求学的艰辛，都市的困惑，还有婚姻的失落……方琳听着，不发一言。待他说完，才温文有礼地道了声"再见"。

望着话筒他后悔得直抓头皮，怎么这么失控？成了家的她一定以为他在骚扰她！但是，第二天上班，方琳仍沉静如水，只是眼神里多了一份理解和同情，他心里暗自赞叹——真是大家风范。几天后，方琳主动给他来电话，倾诉了她的经历，原来，她的婚姻也不如意。此后，他们的搭档关系增加了"电话交流"的新内容，隔着话筒，他们抛弃了矜持，聊得淋漓酣畅。

他和方琳的感情在急速增长。虽然他们都理智地把握住了自己，没有越过那一条边界线，但是，他们又把持不住地想见面，想聊天。后来，他才知道，这种介于爱情与友情之间的关系，就是现在常说的红颜。

半个月后，妻子请假回家。她用第一次在北京挣的钱给他买了不少营养品，还在几小时的假期里赶着给他做了一顿丰盛的晚餐。看着妻子因熬夜而通红的眼睛，他心里涌上一阵内疚:半个月的分别，他竟从未想起她!

一个月过去了，他和方琳的关系越陷越深，她对他的感情也直线升温。聊到深处，他们常常依偎在一起，感受着对方的体温。有一天，她隐约地向他表示，如果他同意，她可以考虑离婚。"红颜"跃跃欲试地向"爱"迈进，他却犹豫了，妻子对他情深义重，他不能抛弃她，可他也不愿放弃方琳这样的红颜知己，毕竟他们有太多的共同语言。

时间在犹豫中滑行，做了两个月"月嫂"的妻子由于工作认真负责，雇主非常感激，就推荐她到一家房地产公司做业务员。那天，妻子早下班，偷偷地给加班的他送夜宵，不料，却看见方琳亲昵地依偎在他肩上……

"哐"的一声，妻子手里的饭盒掉到了地上，她定定地看着他，愕然的眼里充满痛心和绝望，他想对妻子解释，口张开好几次，却连一句话也说不出来。只见她慢慢地转身，慢慢地走出门口，泪水滴在了地板上。等他反应过来，追出去时，她已经走得无影无踪了。

那天晚上，妻子没有回家，他一个人躺在床上，怎么也睡不着。一想到"离婚"，脑海里就出现妻子悲痛欲绝的神情。她这一辈子的希望都在他身上，他怎能忍心伤害这个爱他、疼他的善良女人?

第二天做试验时，他眼前还晃动着妻子憔悴而悲伤的面容。忽然，他听见了方琳的惊呼声，一抬头，原来是屋角的那部老式离心机出了故障，转头飞速旋转着冲他们飞来。刚想躲避，方琳已抢先躲到他身后，无法后退的他眼睁睁地看着2公斤重的转头"砰"地落到脚前，好悬，只差5厘米左右!蓦地，他想起两年前的一幕:他在炒菜，油锅起火燃着柴灶，烈火"呼"地一下蹿得好高，妻子飞快地扑上来，一把将他拉开，拿起脸盆转身扑上去……

方琳红着脸向他道歉，说她被吓傻了，但他已经听不见她说什么了。只知道，那一刻，他的心好痛！真的好痛！

两天后，他得到消息，妻子搬公司去住了。他连忙去找她，想着让她吵闹一场，发泄一下也许就没事了。不料，妻子却异常冷静，她对他说："自从进京后，我就知道迟早会有这一天。我的确配不上你，所以，我们还是离婚吧。"

他连忙声明没有离婚的意图，她红了眼圈，却用极其冷淡的声音说："算了吧，我们的差距太大，就算没有方琳，以后你也会有别的女人。留住你的人，留不住你的心，这样的婚姻要了也没用。"

妻子的倔脾气他知道，钻进牛角尖八匹马也拉不回来。想起刚进京时还信誓旦旦地要回报她过去的辛苦，没想到才半年就闹到如此地步，他心乱如麻。回到家里，忙着收拾几件衣服给她送去，仔细一找竟没一件像样的。玉梅和他认识时才 20 岁，正值青春花季，可为了省下钱照顾他家，6 年来她没买过一条裙子。回忆起妻子为他的倾心付出，满心愧疚，恨不得冲到公司把她拉回来。但此时她正在气头上，怎样才能让她原谅他呢？

坐立不安的他只好找到老朋友李明求教。李明是心理学硕士，现已是颇有名望的婚姻心理专家。听了他的倾诉后，他对他说："女性释放心理压力主要靠倾诉，只有多关心多交流才能让你妻子的身心放松。你认定了和妻子没有共同语言，于是不和她交流，其实你根本就没有尝试过。你寻找'第四种感情'，以此为宣泄、为寄托，你妻子就更得不到你的关爱了。"

见他若有所思，李明又说："你与玉梅也是自由恋爱的，当时她能吸引你，现在就不行了？这说明问题出在你身上，是你的心态改变，导致了问题的出现。其实，夫妻双方不一定要完全锲合，互补型的婚姻，也能得到幸福。"

李明的话让他感触良多，几年来，他心安理得地享受着妻子的付出，却从来没想到为她做点儿什么。当她在自卑压抑的困境中挣扎时，他甚至都没有拉她一把。今天人去楼空，才意识到妻子对他的全方位呵护已充斥了他的整个生活。他在心里呼唤：梅，我的好妻子！你能给我一个机会重新开始吗？

要挽救他们的婚姻，首先是让妻子回到他身边。他苦苦思索着，忽然灵机一动:3 个月前单位安排体检，医生曾告诫他，他的视力最近退化得厉害，眼压也高，要避免用眼过度疲劳，否则他深度近视的眼睛很可能会造成视网膜脱落，从而导致失明。当时怕妻子担心没告诉她，如今不妨用来做"杀手锏"。

打定主意，他花了400多元，给玉梅买了一条素雅的裙子，借商讨离婚事宜把她约出，他对她说："玉梅，过去的事都是我错了，本想让你给我一个补过的机会，现在怕是没资格了。"他拿出体检结果给她看，"这几天我看东西越来越模糊了，我想，肯定是病情发展了。现在不是你配不上我，而是我配不上你。我们分手吧，这条裙子就算我给你的纪念品。"话没说完他已是泪水盈眶，这话是假的，泪水却是真的！这几天一想到妻子要离开，心里就像一把刀在割着他的肉。看了他的体检结果，妻子的脸色立刻变了："要不，离婚的事等你好点再说。"看他"犹豫"着，妻子连忙说："咱们先回家吧。"一路上，妻子关切地不时扶一下"踉跄前行"的他，他心中暗自得意:阴谋得逞了。

回到家后，他有意地和妻子多说话。心态放平衡后，他发现和妻子的对话也是非常有意思的。虽然她知识面不如方琳，但她的率真和"土观念"，却经常使他们的对话妙趣横生。在对话中，他耐心地给她灌输一些现代理念，也许是因为有了工作经验，妻子接受得很快。

他对梅说，为了减轻他的用眼疲劳，她应该学习一些现代化的办公技能来帮助他，他给她报了打字和市场营销大专自考课程的学习班，郑重其事地对她说，要是有一天他失明了，这个家就全得靠她撑着，她必须尽快适应都市生活。妻子紧紧抱着他，说："放心！我会努力的。"

"临危受命"激发了妻子适应逆境的勇气，每天早上，她把他送到单位，再骑车赶去上班。晚上她边干家务，边背诵营销心理学，再用电脑练习打字。看着忙忙碌碌的玉梅，他觉得那个能干自信的妻子又回来了。李明很欣赏他的激将法。他说，激发妻子的责任感是祛除她自卑的最好方法。

几个月过去了，见妻子再不提离婚的事，他小心翼翼地跟妻子说明了和方琳的关系，并保证不会再和她有任何来往。妻子沉默了一会，说："我相信你。"好了，终于风平浪静了，他又把他"失明"的真相告诉了妻子，这次她不依不饶地拼命捶打他，说："你拿别的骗我，也不能骗我这个呀。你知道我有多担心？你这个没良心的家伙！"

妻子的埋怨，听在他耳朵里却满是幸福。他紧紧地搂住了她，说："老婆，我发誓，以后再也不骗你了。"眼泪从玉梅的眼里流出，沾湿了他的衣领。他轻轻吻去妻子的泪水，心里觉得甜蜜蜜的。

2003 年 2 月，为庆贺他顺利地结束课题，玉梅拿出年终奖金请他到"星巴克"去吃西餐喝咖啡。他打趣："到北京一年多就学会泡吧了，再时尚下去我可追不上你了。"

虽说是"小资"一把，但节俭的妻子仍舍不得打车："就两站路，走吧。"一出门，妻子就拐上了盲道。他一把拉住："来了一年多怎么还不懂规矩，那是盲人走的。"她深情地看他一眼，说出的这段话他一辈子都会记住："从你告诉我可能失明的那天起，我就练着走盲道，习惯了，闭着眼我也能走。"说完，妻子果真闭上眼，快步走出 40 米才停下来，"真要到那一天，我就可以教你了。"他愣住了，热泪溢满眼眶，当他为黑暗恐惧时，妻子却甘愿抛弃光明和他一起潜入黑暗……

柏拉图说，人到世上就是为了寻找另一半。可他要说，这另一半不是和你最接近的，也不是最相似的，而是对你最关心，最互补的。他为他拥有这样的好妻子而感到骄傲。

请珍惜和你受苦的妻子吧，因为一个女人爱上一个穷男人，到决定和你在一起，需要莫大的勇气。她不管嫁给你之前多么享福，但嫁给你以后她任劳任怨，像个奴隶一样伺候着你和你的一家子，为你做饭，再照顾孩子，再照顾两边老人，看着别人买名牌衣服其实想买，但是还是摇了摇头说："不好看。"其实心里想：买衣服这钱还不如放在家用上。每每自己的男人看着打扮极好的女人的时候，有没有想过不是你妻子比不上她们只是你妻子心疼你挣得钱不容易，舍不得而已。

服务员笑吟吟地送上菜单。男的接过菜单直接递女的，说："你点吧，想吃什么点什么。"女的连看也不看一眼，抬头对服务员说："给我们来碗馄饨就行了。"

服务员一怔，哪有到白云酒楼吃馄饨的?再说，酒楼里也没有馄饨卖啊。她以为自己没听清楚，不安地望着那个女顾客。女人又把自己的话重复了一遍，旁边的男人这时候发话了："吃什么馄饨，又不是没钱?"

女人摇摇头说："我就是要吃馄饨!"男人愣了愣，看到服务员惊讶的目光，很难为情地说："好吧。请给我们来两碗馄饨。"

"不!" 女人赶紧补充道，"只要一碗!"男人又一怔，一碗怎么吃?女人看男人皱起了眉头，就说："你不是答应的，一路上都听我的吗?"

男人不吭声了，抱着手靠在椅子上。旁边的服务员露着了一丝鄙夷的笑意，心想:这女人抠门抠到家了。上酒楼光吃馄饨不说，两个人还只要一碗。她冲女人撇了撇嘴："对不起，我们这里没有馄饨卖，两位想吃还是到外面大排挡去吧!"

女人一听，感到很意外，想了想才说："怎么会没有馄饨卖呢?你是嫌生意小不愿做吧?"

这会儿，酒楼老板张先锋恰好经过，他听到女人的话，便冲服务员招招手，服务员走过去埋怨道："老板，你看这两个人，上这只点馄饨吃，这不是存心捣乱吗?"

张先锋微微一笑，冲她摆摆手。他也觉得很奇怪，看这对夫妻的打扮，应该不是吃不起饭的人，估计另有什么想法。不管怎样，生意上门，没有往外推的道理。

他小声吩咐服务员："你到外面买一碗馄饨回来，多少钱买的，等会结账时多收一倍的钱!"说完他拉张椅子坐下，开始观察起这对奇怪的夫妻。

过了一会，服务员捧回一碗热气腾腾的馄饨，往女人面前一放，说："请两位慢用。"

看到馄饨，女人的眼睛都亮了，她把脸凑到碗面上，深深地细了一口气，然后，用汤匙轻轻搅拌着碗里的馄饨，好像舍不得吃，半天也不见送到嘴里。

男人瞪大眼睛看者女人，又扭头看看四周，感觉大家都在用奇怪的眼光盯着他们，顿感无地自容，恨恨地说道："真搞不懂你在搞什么，千里迢迢跑来，就为了吃这碗馄饨?"

女人抬头说道："我喜欢!"

男人一把拿起桌上的菜单："你爱吃就吃吧，我饿了一天了，要补补。" 他便招手叫服务员过来，一气点了七八个名贵的菜。

女人不急不慢，等男人点完了菜。这才淡淡地对服务员说："你最好先问问他有没有钱，当心他吃霸王餐。"

没等服务员反应过来，男人就气红了脸："放屁! 老子会吃霸王餐?老子会没钱?"他边说边往怀里摸去，突然"咦"的一声:"我的钱包呢?"他索性站了起来，在身上又是拍又是捏，这一来竟然发现手机也失踪了。男人站着怔了半晌,最后将眼光投向对面的女人。

女人不慌不忙地说道:"你别瞎忙活了,钱包和手机我昨晚都扔到河里了。"

男人一听,火了:"你疯了!"女人好像没听见一样,继续缓慢地搅拌着碗里的馄饨。男人突然想起什么,拉开随身的旅行包,伸手在里面猛掏起来。

女人冷冷说了句:"别找了,你的手表,还有我的戒指,咱们这次带出来所有值钱的东西,我都扔河里了。我身上还有五块钱,只够买这碗馄饨了!"

男人的脸刷地白了,一屁股坐下来,愤怒地瞪着女人:"你真是疯了,你真是疯了!咱们身上没有钱,那么远的路怎么回去啊?"

女人却一脸平静,不温不火地说:"你急什么?再怎么着,我们还有两条腿,走着走着就到家了。"

男人沉闷地哼了一声。女人继续说道:"二十年前,咱们身上一分钱也没有,不也照样回到家了吗?那时候的天比现在还冷呢!"

男人听了这句,不由得瞪直了眼:"你说,你说什么?"女人问:"你真的不记得了?"男人茫然地摇摇头。

女人叹了口气:"看来,这些年你有了钱,有了她后,你就真的把什么都忘了。二十年前,咱们第一次出远门做生意,没想到被人骗了个精光,连回家的路费都没了。经过这里的时候,你要了一碗馄饨给我吃,我知道,那时候你身上就剩下五毛钱了……"

男人听到这里,身子一震,打量了四周:"这,这里?"

女人说:"对,就是这里,我永远也不会忘记的,那时它还是一间又小又破的馄饨店。"

男人默默地低下头,女人转头对在一旁发愣的服务员道:"姑娘,请给我再拿只空碗来。"

服务员很快拿来了一只空碗,女人捧起面前的馄饨,拨了一大半到空碗里,轻轻推到男人面前:"吃吧,吃完了我们一块走回家!"

男人盯着面前的半碗馄饨,很久才说了句:"我不饿。"女人眼里闪动着泪光,喃喃自语:"二十年前,你也是这么说的!"说完,她盯着碗没有动汤匙,就这样静静地坐着。

男人说:"你怎么还不吃?"女人又哽咽了:"二十年前,你也是这么问我的。我记得我当时回答你:要吃就一块吃,要不吃就都不吃。现在,还是这句话!"

男人默默无语,伸手拿起了汤匙。不知什么原因,拿着汤匙的手抖得厉害,舀了几次,馄饨都掉下来。最后,他终于将一个馄饨送到了嘴里,使劲一吞,整个都吞到了肚子里。当他舀第二个馄饨的时候,眼泪突然"叭嗒叭嗒"往下掉。

女人见他吃了,脸上露出了笑容,也拿起汤匙开始吃。馄饨一进嘴,眼泪同时滴进了碗里。这对夫妻就这和着眼泪把一碗馄饨分吃完了。

放下汤匙,男人抬头轻声问女人:"饱了么?"

女人摇了摇头。男人很着急,突然他好像想起了什么,弯腰脱下一只皮鞋,拉出鞋垫,手往里面摸,没想到居然摸出了五块钱。他怔了怔,不敢相信地瞪着手里的钱。

女人微笑地说道:"二十年前,你骗我说只有五毛钱了,只能买一碗馄饨,其实呢,你还有五毛钱,就藏在鞋底里。我知道,你是想藏着那五毛钱,等我饿了的时候再拿出来。后来你被逼吃了一半馄饨,知道我一定不饱,就把钱拿出来再买了一碗!" 顿了顿,她又说道,"还好你记得自己做过的事,这五块钱,我没白藏!"

男人把钱递给服务员:"给我们再来一碗馄饨。"服务员没有接钱,快步跑开了,不一会,捧回来满满一大碗馄饨。

男人往女人碗里倒了一大半:"吃吧,趁热!"

女人没有动,说:"吃完了,咱们就得走回家了,你可别怪我,我只是想在分手前再和你一起饿一回。苦一回!"

男人一声不吭,低头大口大口吞咽着,连汤带水,吃得干干净净。他放下碗催促女人道:"快吃吧,吃好了我们走回家!"

女人说:"你放心,我说话算话,回去就签字,钱我一分不要,你和哪个女人好,娶个十个八个,我也不会管你了……"

男人猛地大声喊了起来:"回去我就把那张离婚协议书烧了,还不行吗?"说完,他居然号啕大哭,"我错了,还不行吗?我脑袋抽筋了,还不行吗?"

女人面带笑容,平静地吃完了半碗馄饨,然后对服务员:"姑娘,结账吧。"

一直在旁观的老板张先锋猛然惊醒,快步走了过来,挡住了女人的手,却从身上摸出了两张百元大钞递了过去:"既然你们回去就把离婚协议书烧了,为什么还要走路回家呢?"

男人和女人迟疑地看着张先锋，张先锋微笑道："咱们都是老熟人了，你们二十年前吃的馄饨，就是我卖的，那馄饨就是我老婆亲手做的！"说罢，他把钱硬塞到男人手中，头也不回地走了。

张先锋回到办公室，从抽屉取出那张早已拟好的离婚协议书，怔怔地看了半晌，喃喃自语地说："看来，我的脑袋也抽筋了。"

分手时想想以前，那个陪你甘苦与共的人，一路走来其实你们的故事并不惊天动地。时间慢慢过去，那些感动却一点一点封存。其实最疼你的人不是那个甜言蜜语哄你开心的人，也许就是在鞋底藏 5 元钱，在最后的时候把最后一点东西省着给你吃，却说不饿的人。

妻子，是陪你过一生的那个人；红颜知己只是陪你聊聊天，她代替不了妻子对你的知冷知热。

妻子是一个和你没有一点血缘关系的女人，却为你深夜不回家而牵肠挂肚；红颜知己只能听你发发牢骚，和你分享一下你的快乐和忧伤。

妻子是一个家，是一个能给你浮躁的心带来安抚的港湾；红颜知己是家的点缀，只是你觉得生活没意思的一个消遣。

妻子的关心像一杯白开水，有时会成为一种唠叨，只是在生病时才成为一种温馨，妻子是最懂你的人，她也许不善表达，但是在你最需要、最扛不下去的时候，妻子会第一时间陪在你的身边。所以男人，不要为了红颜冷淡了糟糠妻，否则，定会后悔莫及的。

金钱与爱情

一档征婚节目有这样一个情节：当一位爱好骑自行车且无业的男嘉宾问女嘉宾："你喜欢和我一起骑自行车逛街吗？"她毫不犹豫地回答："我更喜欢在宝马里哭。"此后，"我宁愿坐在宝马里哭，不愿坐在自行车上笑"就成为一句口头禅，在全国不胫而走，火遍大江南北，也被当成当代女青年的择偶标准语。

浏览网上关于这句话的评论，这句话之所以成为经典流行语，是因为它被认为典型地反映了当代人、尤其是年轻人对于物质和精神关系的理解。比如：如果一个男人很有钱，可以让你在物质上坐享其成、过现成的奢侈生活，但是你不爱他，他也不爱你；另一个男人很爱你，你也很爱他，但他却没有钱。你选择哪个？答案当然是"坐在宝马车里哭"。

但这句话实际上也可以超越婚恋择偶标准而成为当代中国人的价值观和生活方式的典型表达，其内含的信息是相当丰富的。而这句话又能解读成好几层含义：

第一层意思：一个在宝马车里哭的人，一定不是因为没有饭吃没有衣穿没有地方住，也不会因为吃不好穿不好住不好，因为宝马是高档名车，甚至已成为有钱人的标志、奢侈品的象征。她哭的原因一定不是物质的，而是精神的，是有关她的做人尊严的，比如用着男人的宝马车，只好对其寻花问柳、花天酒地听之任之，甚至做二奶这样的屈辱也不得不忍气吞声地接受。

同样，在自行车上笑的人一定是因为精神的原因而不是因为物质的原因而笑（除非他是为了健身骑车，但是在目前流行的这句话里显然不是这个意思）。自行车想当年还是"三大件"之一，是有钱人至少是家境殷实之人的身份标志，但在今天早已经成为下层人的象征。"宁在宝马车里哭，不在自行车上笑"这句话的第一层含义显然表明今天的中国人更看重物质享受，而不是精神快乐，也不是人格尊严。

第二层意思：既然这个女人有了宝马还哭，大约表明她并没有丧失对尊严、对精神等的需要，还没有彻底沦为动物，还不至于因为有了宝马就可以笑对任何屈辱，并一直笑将下去。否则也不至于哭。只是这些精神的东西与物质享受相比不那么重要罢了。如果这样的分析是成立的，那么，这个女人就没有丧失理智能力和分析能力，她的选择并不是被动的、强迫的、被蒙蔽的，而是自愿自觉、明明白白的。也就是说，她知道这两种选择各自的优点和缺点是什么，知道物质享受的代价是丧失尊严，但如果没有两全其美的方法，就宁愿选择不要尊严而要享受。这种自觉的择错行为实际上是今天中国非常普遍的现象：人们不是没有判断是非好坏的能力，而是没有坚持"是"（真理）和"好"（价值）的勇气。

第三层意思：坐在宝马车里还要哭，必定还有一个最关键的原因：这个宝马不是她自己的，不是自己奋斗的果实，而是别人恩赐的（没准所有权也是人家的）。也就是说，她向往的奢侈生活不是自足的，而是依赖别人的，她是一个寄生虫。否则，如果对方做了有损自己尊严的事情，即可与之分道扬镳，为什么还要无奈地哭泣呢？进一步说，和自己爱的人骑着自行车去创业，把自行车变宝马车，不是更好吗？他们要的是奢侈生活这个结果——不管这个结果是怎么来的、代价是什么，而不是创业的过程。在他们看来，创业的过程是没有乐趣的，也没有成就感，她们要省略这个过程直接进入奢侈享受的结果：大概前脚走出校门后脚踏进宝马——这才是今天时尚女孩的生活目标。以创业的过程为乐这个我们这代人奉行的人生准则和幸福观，大概已经过时了。

第四层意思：为什么一个人会面临要么"坐在宝马车里哭"，要么"坐在自行车上笑"这样两种僵硬、机械的选择呢？难道坐在宝马车里不能笑吗？难道坐宝马就必定要以丧失尊重为代价吗？难道坐自行车就不能创业和成功（最终坐上宝马）么？不否认既坐宝马又开心大笑，是大家都希望的选择，但是之所以流行"宁愿""宁愿"这样的两难选择语式，大概是社会现实教育了大家：坐宝马的那些人即使不是全部也有很多是没有人格尊严和精神自由可言的，是不懂得尊重自己的太太的，在道德上是不够自律的，而一个骑自行车的想要换成开宝马的，即使不是白日做梦，也比登天还难——谁等得及啊？

"我宁愿坐在宝马车里哭，也不愿意坐在自行车上笑。"这一哭一笑，真实地反映了当下一些年轻女性的人生观和价值观，是"拜金女"集体形象的生动概括。如今能坐上宝马，谁还稀罕自行车。其实，这一犀利观点，就是《蜗居》中海藻的人生选择。水往低处流，人往高处走。应该说这是一种基本规律和人之常情，谁都希望自己越发展越好，物质条件和社会地位越高越好。这本来是无可厚非的，但是在爱情观上，在选择配偶上，并非对方的条件越高越好，应该以男女双方是否真心相爱为爱情的基础和选择的标准。这既是一种朴素的爱情观，也是最真实的择偶标尺。然而，在这个物欲横流的今天，古老而纯美的爱情观，已经被无情的现实击得体无完肤。海藻为了宋思明身上一种有利益的东西，宁可牺牲对小贝的真心爱情，最终选择了宋思明。宋思明是一个历尽沧桑的成熟男人，有权有势有钱，他能给海藻很多，能给女孩子在这个年龄得不到的东西，不管是金钱，还是精神，宋思明都拥有很多，给予很多。宋思明就仿佛是一辆崭新的"宝马车"，颇具诱惑力。当海藻回到家翻回头再看到小贝的时候，完全又是一张幼稚的脸。她能从小贝身上得到的东西，远比从宋思明身上得到的少得多。海藻从宋思明身上看到了一个成熟、稳重又有一个社会地位的男人，对于女孩子来说，怎么看都对宋思明充满崇拜敬仰之情，就会觉得他身上有很多自己看不到的，有很多神秘而又美好的东西。这时候的女孩就会突然回来一汪清水，就会感觉小贝太淡，太无味，而宋思明这边又太厚重，味道又太浓重，综合起来分析比较，女孩一定会去做一个选择，这个选择百分之九十九点九，都会去选择宋思明，都不会选择小贝。

有一位哲人说："我愿坐在宝马车里哭，也不愿意坐在自行车上笑。实际这是一种静止的发展观，是一种扭曲的爱情观，是一种目光短浅的人生选择。这种选择，一般来说，逃不出先甜后苦的人生结局。海藻血淋淋的现实不正好说明这一点吗？纵然是宋思明真爱她，但最终还是没有给她一个完美的人生。海藻真的只能坐在宝马车里哭。"

而当初看似清淡无味的小贝，可能40岁以后也能变成一个宋思明。当然，不一定就是剧中的那个宋思明。他可能是一个真正的成功人士。到头来，海藻肯定会追悔莫及了。不妨问一句：假如小贝这辆自行车后来真的变成了宝马，那些当初的女孩该作何想？肯定后悔了吧！

一个农村男孩喜欢上一个漂亮的城市女孩，经过男孩的一番努力，终于跟女孩成为朋友。

有一次，那女孩在首饰店的橱窗呆了很久，跟男孩说自己喜欢那心形的项链。

男孩记住了她这个愿望，在女孩生日的时候，他把这个花光了所有积蓄买下来的项链当作生日礼物送给了那女孩，正当女孩高兴地准备戴在脖子时，男孩说："这是铜项链。"弄得那女孩在生日会上丢脸，生气地把项链塞进口袋里，整个晚会都不再理睬他。

后来读大学时，女孩被一个老板用一大堆金首饰追到了手，结果搬出宿舍与那老板同居。

三个月后，那老板突然失踪了，没有经济收入的女孩只好到一家首饰店里变卖以前那人送她的首饰，但出乎意料的是，那的经理看了一眼就说那些全部镀金的，不值钱，突然他翻了翻首饰堆了，拿出了那被女孩遗忘的心形项链，说只有这条还值些钱……

"金钱不是万能的，没有金钱却是万万不能"这句话流行得颇广，常常被人加以引用，以说明金钱在人们现实生活中的重要作用。但不管金钱有多大的魔力，真正的感情却不是能用金钱来衡量的。

男人你爱她还是爱面子

有多少男人为了表面的虚荣而失去爱的机会！当爱擦肩而过，与之失之交臂时才恍然大悟，在爱情面前，虚伪就似一张苍白无力的病秧子，一戳就显出真面目，空留下无尽的悔恨与失落。

曾经有这样一个调查：男人的死穴是什么？在调查的人中竟然有73%的人回答说：男人的面子就是男人的死穴。男人需要有面子，男人也最怕失去面子。在这个社会中，男人作为主流总是十分地在意自己的面子，十分在乎别人是否能给自己留足面子，在这一点上，他们从不含糊。借用一句话就叫"男人，成也一张脸，败也一张脸。"爱面子，男人的本性。

在现实的生活中，我们经常会听到一些男人在饭桌上大谈他曾赚过多少外快，曾和多少名人、领导共进晚餐，你可以选择不相信，但是千万不要打击他的"谈兴"，因为这是他提升自己面子的一种方式，如果这时有哪一个不小心触犯了他的"面子"，扫了他所谓的尊严，他是不会在意和你翻脸的，不管你是他的爱人还是他最好的朋友。当然，男人这样做的目的是为了以后更加的"有头有脸"。

为了提高面子，男人可以高谈阔论，处事可以像绅士，可以一掷千金；为了面子他们可以做到在家里骂不还口，打不还手，但如果在外面女人没有给他足够的面子，则一定会有一场大地震爆发。如果哪个男人面对家里"河东狮吼"的女人实在束手无策时，他们摆脱尴尬的最好的说法就是"好男不和女斗，男人不和女人一般见识。"当女人看到男人拼命地赚钱、向上爬，就劝他不要太累，要懂得停下来歇歇时，他就会语重心长地说他所做的一切都是为了女人和孩子。而事实上，在男人的眼中，无论是妻子也好，孩子也罢，还是他那赖以生存的工作，都是他们的面子。归根结底男人就是为了自己的面子而活着。

那么男人为什么会对这个既看不到又摸不着的面子这么在意呢？究其原因是因为面子是每个男人的无形资产，他可以给男人带来无限的风光：有面子的人在单位中可以得到重用，受到他人的尊重；在生意场中与人交往时也会好办事；在朋友圈中混也可以有老大的作风，所到之处都被人前呼后拥；谁会不给一个经商发财，住别墅坐奔驰的人面子？但如果你没有这一切，没有人会理睬你，你唯一能做的就是在被人前呼后拥的老大面前一声接一声地叫着大哥，这是所有有一点自尊心和上进心的男人所不愿意做的，所以男人们极力地维护自己的面子。

中国有句古话："人活一张脸，树活一张皮。"面子对于男人来说真的很重要，如果他的面子被人不小心伤害到，那对他的影响和伤害是其他所不能想象得到的。男人如果失了面子，两个结局，一是疯狂，二是颓废。但不论哪一种都是不利于男人的。男人失去脸可以活下去，失去面子可能会想死。

在这个飞速发展并充满竞争的社会中，男人为了所谓的面子活得太累了，如果有一天当他们自愿摘下面具时，那么大多数男人的"面子"下面包藏的都是一颗容易受伤的心。因为男人太注重面子，使得在他们的身体受创痛，心灵有委屈时不懂的去疗伤，正因为他们没有什么依附物，只能依赖那一张脸，而这一张脸下面，是人不常看到的脆弱。

由于中国几千年的风俗，使得男人需要面子的养分才能很好地活下去，这本无可厚非，但是有些男人对于面子过分重视或在意，那只能说是其大男子主义或是虚荣心在作祟。他们喜欢带着女人出去社交，希望在别人的面前，老婆是温顺贤良、听从自己的，好给自己挣足面子；还有一些人为了面子而不认穷亲戚，甚至还嫌妻子相貌不佳而不让其登大雅之堂的，更有宁愿饿死也不拉下面子求人的。对于这种男人，他们如果丢掉面子一是变得疯狂，二是变得超然无一物。无论这种死爱面子的人走到哪一个极端，对于他的女人来说都是不幸的。因为当让他在面子与爱人间选其一时，他选面子而丢爱情的几率真的很大，他可以为了面子而变得虚伪，变得让人感觉到他不再是往日熟悉的那个人。当面子和爱相冲突时，他会为他自己所谓的面子而做出伤害爱人的事。

有人说男人的面子比女人重要，所以他可以在女人一个人面前卑躬屈膝，但他决不会在众多人面前对女人低头，因为他们视面子比生命都重要，这是男人的死穴，也是中华上下五千年文化的积淀。所以，在他的朋友面前，请给他十足的地位。如果他在朋友面前忽略了你，不要任性地以为那是不重视，也许他只是想让你显出你的温顺。所以，聪明的女人如果想拥有一个幸福的家庭是不会轻易地触动他的面子，而是努力地去维护他的"面子工程"。

中国男人的面子问题

人是一个社会性的动物，不可能单独的活在地球上，这就决定了人要参与到社会中去，在与他人打交道的时候，一个最为基本的凭借就是面子，"我是看着他的面子才做的"是我们在生活中常听到的一句话，可见面子是多么重要的一个东西，是无形中存在又不可丢失的东西。男人作为这个社会的主打者，尤其需要面子。面子，维护着男人做人的尊严，也让男人的虚荣心得以恶性膨胀。在现实的生活中就有很多人为了面子而伤害到他人而不自知，这就不得不让男人去考虑自己的那个面子到底要到哪种程度才合适，应该怎样去把握？如果这个问题没有考虑好，那受伤的不止是自己还有身边的人。努力把握好这个度吧，如果把握得好那么你的人生将是很潇洒自在；把握得不好，就会显得别别扭扭的，不会做人。

阿杰和女友相处已有几个月了，他让女友尝到他的关心、体贴和与他在一起时的幸福。可是日子不长，阿杰就变得有些大男子主义了，也变得更爱面子。阿杰和女友都不是富有的人家。阿杰给人的感觉是很豪爽，所以每次的消费都是阿杰负责，日子长了，负责变成了负担，女友也感到不好意思，于是就在一次的约会中提出由自己付款，可是阿杰不高兴了，他们为此还大吵了一通。最后决定女友把钱给阿杰，再由阿杰出面结账，这样可以达到两全其美。就这样的又过了几个月，女友始终没有出声埋怨，可是在她的内心深处却希望得到阿杰的关爱，努力付出自己的感情，换来却是别人的支配，真的一点都不公平。

其实这样的事情在生活中并不新鲜，可是作为阿杰们，你们可知道有的时候这个面子真的是很过头了，是完全没有必要的。死要面子活受罪，也许在个别的场合中，你可以这样做，但是没有必要在你们俩个人的世界中还分得这样清，你们这样做的最终结果是死死捂住了自己的面子，但是却伤了女友的心。两者相比孰轻孰重就自己把握吧。

时常听到一些妻子讲自己的男人是如何的死要面子活受罪，常让自己的钱包做冤大头。其中小王就是这样的一位。一天，他与老婆一起买衣服，老婆看中了一套衣服，但是觉得价钱太高，就想去找营业员讲价钱，可是小王就觉得这样会很没有面子，硬拉着老婆不让。可由于说不过老婆，小王就躲得远远的，让老婆自己去说，最后，没想到营业员给了小王老婆五十元的代金券，原来商场今天刚好搞活动。

这种现象在现实生活中人人不乏遇到，许多男人就是这样的为了自己的面子而不去与人一争高低，不喜欢斤斤计较，这种面子人皆有之，不足为怪，可以理解。但是过于要面子则就是虚荣心在作怪了。在购物方面，多数男人都比女人更要面子，所以面对同样的一个卖主，丈夫买回来的菜常常会比妻子的少。他明明知道对方给的量不够，但却不会为了那一点去和人家争辩，他们认为这不是一个男子汉的所作所为，会有失自己的面子。在男人眼中，金钱是不能与面子相提并论的，但是不要忘记，还有这样一句话"有钱你是男子汉，没钱你是汉子难。"可见没有了金钱，面子也就没有了价值。

男人的面子很重要，作为女人千万不要让他在外人面前把面子丢掉，因为如果这样做，结果只是让你自己更难堪。

一次，于红和几个同学约好去郊外玩。来到相约的地点，于红看到同学们都是开着自己的私家车来的，不禁有些羡慕，于是随口对自己丈夫说："你看我同学多有本事，谁像你，这一辈子就这点出息，看来我只有天天挤公交车的命了……"话还没有说完，于红老公便赌气回去了。结果大家也闹了个不欢而散。

也许对于红来说，她是没有轻视老公的意思，但是她忽略了一点——男人的面子。男人是要面子的动物，尤其是在女人面前。虽然男人的面子不能当饭吃，但是它作为男人的一个十分重要的因素，是必不可少的。在现代的社会中，女人的才华和能力以及地位越来越受到重视和重用，他们的光彩在一定程度上使男人觉得丢了面子，作为妻子一定要在尽量减少丈夫压力的同时，还应多留一些面子给他，这样才不会让他的有太大的压力感受，才能让自己的生活更加的幸福，家庭更加的稳定。

男人，认清自己"面子"下的那张面具

男人什么最重要？面子？是的，对于男人来说面子胜过一切。但是有的时候又有些让人怀疑，男人都要面子，这话不假，但说面子最重要，实在是不敢恭维，孰不知古有韩信胯下之辱，今有男子当众跪地求婚，足可见男人并非面子最重要，而一些必然的，不可预见的种种，则会改变男人爱面子的虚荣心。从心理学上来讲，每一个人都会追求自己在别人心中的积极形象，作为男人，在大多的时候他们不希望让别人认为自己是穷人或者小气，所以男人有时候就不得不打肿脸充胖子。

面子对男人来说，有时的确比命都重要，男人是爱面子，所以他不会轻易地认错，男人更注重自身的评价，所以他们就有了总想让女人放他一马，给他面子的渴望，为此，他可以以在家"妻管严"，"床头跪（柜）"为代价。这是现代一种男人的面子。

但真正的男人，绝对不会为自己的利益去丢面子的，只有在自己深爱的人处在了他不得不低头时的境地时，他才会选择丢掉自己的面子。这个深爱的人并不一定是自己的爱人，也可以是自己的至亲。只有在这样的时候他们才会丢掉自己的面子，否则他宁愿去选择死。因为他知道这面子的背后是他的尊严，是不容侵犯的。

第三就是男人认为面子的核心本质就是权力。面子大说话就会有分量，人们也会听从，这样就有了权威。在有一种男人的眼中，权力就是他们的面子，为此他们便努力地向上爬，以至于摔的粉身碎骨也在所不惜。

其实，男人真正让人尊敬的是他们背后的那份尊严，这是男人面子的实质，也是他们最为重要的东西。所以当一个人要刻意去毁灭一个男人面子的时候，请考虑再三，除非他已经不像男人，否则，只会伤害到一个真正的男人，甚至会要了一个男人的生命。如果一个男人为了爱而不顾自己的面子时，作为女性，你应该感到幸福，因为这份爱是男人付出的全部。这个时候请你一定要珍惜眼前的这个人，因为男人的面子是他用一生来维护的，可是如今遇到了你，他一生最重要的东西都交给发你，那么他对你的这份爱就胜过他自己，他定会你成为世界上最快乐的女人，作为这样的接受者还有什么

借口去拒绝呢!

男人爱面子，其实就是他们的尊严，没有错，这是人们的共性。

女人，给男人留点面子

中国有句俗语是这样说的：男人的面子，女人的脸。女人作为他的人生伴侣，要懂得时时与之合作，尤其要懂得在面子这个问题上的合作，因为这是一个男人的致命弱点。它能使本来很和睦的一对夫妻因这个问题而以不欢告终。面子是男人与女人的头号绊脚石，所以作为女人，给你的他留一点面子，只有这样你们的爱情之树才会常青，你们的幸福之花才会永不凋谢。

作为女性，要懂得恰如其分的给丈夫一点面子。在现代的这个社会中，男女都是平等的，女人没有必要为了男人而让自己变得低三下四，但也要切记的是，这个社会仍是一个男权为主的社会，许多的世俗还停留在人们的脑海中的，所以给他们留面子也是很必要的。但并不是要女性必须低人一等，那不是真的面子而是在对你人权的侵犯。在某种程度上如果给男人留下了足够的面子，女性自己也会得到对方的好感和尊重。

其实一个聪明的、理解男人的女人要想给男人留下足够的面子并不难，只要做到下面几点，男人就会因你的宽容和大度，更爱你一点，更乐意为你，为你的孩子、你的家庭付出更多。

第一，在外人面前留下足够的面子。也许是传统的思想在作怪，男人死要面子仍然是不争的事实。无论何时，尤其是在朋友面前，女人要给男人留足面子，因为在这个时候男人会很在意妻子的评价。不过反过来想想也是，如果一个男人连自己的老婆都看不起，对他不尊重的话，那么外人谁还会尊重他呢？妻子对自己的评价在男人的心中是非常重要的一件事情。所以作为妻子的你一定不要在外与之争吵或当着他人的面数落他的缺点，需知你们是最为亲密的人。从另一方面讲如果他无能，缺点多，一是证明你没眼力，二是你驯夫无术。聪明的女人应该是在家驯夫，在外人面前对他多一些美言，以树立丈夫良好的形象，增强他的自信。如果你一味地在外人面前数落他的不是或者与之争出了一个高低，那结果又有何意义呢？男人是种要面子的动物，这也是男人的死穴，"死要面子活受罪"来形容男人一点也不为过。聪明女人在对待这一问题时都会小心翼翼，要有一个内外之分，不但会装傻还要会示弱。这天朋友刚跨出门，阿龙的老婆就和他吵了起来，谁知朋友又返回来拿他忘记带的帽子，正好撞上，进退尴尬。这时八面玲珑的阿龙老婆就急中生智拍了拍桌子："我说抬，你要扛，正好小李又回来了，你可找到帮手了，下次再用你的神力吧！"阿龙就顺坡下驴直夸夫人想得周到，一场面子危机就这样轻轻化解。

第二，要在亲属面前给他留下面子。明智的妻子对男人的缺点要学会包容，不断地给男人留点面子，花心思去维护男人的面子，这样既哄得男人开心，也维护了婚姻，让婚姻多一份美满，少一些遗憾。有一些人在双方的父母或者兄弟姐妹之间吵架时，总喜欢把多年前的事情搬出来数落一番，可以想象，结果一定是越吵越大。有的时候，他们甚至还会把事情搬到长辈面前去评理。这时候与谁都是一件很尴尬的事情。阿娣发现她的丈夫有了外遇，在家里大闹了一场，最后还叫来她的公公婆婆一起来了个"三堂会审"，让他的丈夫做了个保证，以后再也不做这样的事情。但即使这样，他们的夫妻关系并没有好转。外人都无法想象，当初是多么好的一对，现在怎么会走到这一步。但这种事情闹得再凶也是她们两口子的事，外人也没有办法帮他们。为什么没有和好的可能性了呢？因为女人让丈夫的面子在家人面前丢尽了，男人就把所有的责任都推到了她的头上。女人要记住。别在男人在他的亲人面前丢面子，那样后果会很严重的。

第三，在孩子面前给他留足面子。孩子是单纯的，做父母的应该尽量避免向孩子灌输消极的东西。多数的婆媳关系都会比较的紧张，但这与孩子没有多大关系，没有必要向他们输入不好的信息。但是有的母亲没有认识到其危害性，总是在孩子耳边说爷爷奶奶的不好之处，孩子就会不自觉地有怪罪父亲的心理，使男人的威信在孩子心中减少，会让男人感觉很没面子，这样不仅不利于孩子的健康成长，还会使家庭成员的关系进一步恶化，其实对对方的尊重也是对自己的尊重。

古之谓男人为阳刚，谓女人为阴柔。无论夫妻双方是怎样的一种关系，为了保持常青，都需要阴阳互补，或刚柔并济，或以柔克刚。但是不管怎样的结果，请女人一定要懂得维护男人的面子，因为男人只有有了面子才能昂首挺胸地做人，才能说话掷地有声，才能压服于众、一言九鼎……

但是作为男人，不能以此为借口而为所欲为。一定要把握好那个度，面子有时不可不要，但也要学会放弃。在有的时候男人面子就是男人的尊严，人们常说人不可无傲气，但不可无傲骨，男人的面子一定不能丢。但是没必要时就要学会放下，抛开那些让你烦恼的"面子"，才能与你爱的人开心过日子。否则在无意中定然会伤害到你的爱人。

为了找回面子，男人背叛了爱

能够无条件去爱，确实很感人，假如自己有能力，又找到有缘对象的话，付出的本身能散发纯美，能增加爱的厚度。不过无条件的爱是基于你有能力付出，爱若不能为自己和对方带来正面能量，不能令大家各自成长、不怕老、不怕失去、不自卑、不自大的话，就是爱得虚弱了。

其实女人更在乎男人的面子。在女性独立的现代社会里，妻子为丈夫付出一切，承担养家的责任，丈夫承受不了靠老婆养的挫败心理，反而变得无法面对妻子，宁愿在机会出现时，找其他可以在她面前逞强的女人，以此重建一个男人在女人面前的尊严，这是男人软弱的一面在作祟。

少女时代的兰就羡慕公园里白发的爷爷牵着白发的奶奶，两夫妻长相厮守到白头的幸福，这是兰能想象得最美的图画。她希望自己也能创造爱情奇迹，为此，放弃了很多世俗意义上更为出色的追求者，嫁给了一个普通的男人。

兰一心一意把一切交给老公，她相信将心比心，她所付出的，他也同样为她付出，他是明白她的心的。

老公的事业一直不那么顺，幸好兰在一家大公司做得顺风顺水，所以他们的生活还是过得不错的。结婚四年，他们有了孩子，可是，儿子刚满一周岁，老公便失业了。最初他还对找工作有信心，她也一直鼓励他，还笑说："大不了你当住家男，当我的贤内助，带大儿子，这样也挺前卫吧。"其实她不是说笑的，她当然希望男人都有自己的事业，希望她爱着的男人能有他的成就，可是现实并不如意，她觉得女人有本领养家也不是什么问题，重要的是，他们有一个幸福的家。

兰非常爱自己的老公，并且非常用心地经营着自己的小家庭。可是，事与愿违，日子一天天地过去，老公由最初满怀希望地找工作，到后来彻底放弃，选择呆在家带孩子。她明白男人在这种潦倒的情况下心理会产生很大的不平衡，她不敢问他什么，甚至不敢太开心，怕连心情好也会变成他的压力。男人要面子，她只能默默守候在他身边，偶尔鼓励他，但也不能说得太多，害怕敏感的他当成是反讽或怜悯。

当她以为她已尽了最大的包容和爱照料老公时，却低估了老公的承受能力。他整整失业三年，在这三年里，由她充当家里的顶梁柱。她虽然毫无怨言，从未对老公表达任何不满，可是他想不到她的伟大却变成影射他的无能。他变得越来越消沉，也不再跟她说话，整天沉默，偶尔出外喝酒，她在心里担心，却不敢表现出来。她渐渐失去和他交心沟通的能力。

终于在年初，老公找到了一份新工作，他重新变得开朗起来，她感到无限安慰，天知道她有多渴望看到他重振自信的一天。就在她满怀憧憬幻想着他们的美好未来时，想不到上班不到三个月，老公竟然和一个女同事暧昧上了。

话是由老公的同事传给兰的，起初她还不相信，她深信老公是个有良心有品格的男人，他们的爱没有因为过去几年他不佳的际遇而变质，更不应该在看到曙光的现在变质。她万万不能理解，也万分的痛苦，她深深爱着老公，一心一意为老公付出，从来没有想过他会有背叛她的一天。她更不明白的是，为何她那么爱老公，为他付出了一切，她一个人在那么长的时间里独力养活整个家，他怎么可以背叛她？她维护他的尊严，考虑他的心理压力。熟悉他们的朋友都赞兰是个一级好老婆，旁人都能够看到她的好，为何他看不到？

兰在丈夫失业的日子里尽力付出，因为她相信无条件地付出就是最伟大的爱。可是，她这份爱可能超越丈夫的感情极限，反而令他感到内疚，更想逃避，他心理上受不了妻子的伟大，承担不起她爱的重量。兰虽然没有自以为是的自大，但她的老公很难接受自己是个要靠老婆养的住家男人，而她可以说一直忽略了丈夫的想法，不知道对他而言能做个有用的男人更重要，而不是让老婆养家养自己。面对老婆毫无怨言的付出，更加增添了他的内疚。于是，他需要能让他感到雄风重振的女人，在这种平衡心理下，他选择了婚外恋。

贪心反被贪心误

现如今的社会剩男剩女越来越多，按我国法律规定，男子年满 25 周岁、女子年满 23 周岁的初婚就已经为晚婚，而在现实生活中，尤其是在大都市，年近 30 岁还未结婚的人比比皆是。为什么会出现这么多大龄的未婚男女？他们真的是娶不上媳妇或嫁不出去吗？

其实不是，他们只是有些贪心，心中有个幻想，希望再等等，再找找，说不一定会找到一个更好的人。

苗婷婷今年二十八岁，是个标准的大龄剩女。

若说她的长相，虽算不上特别漂亮，也是小家碧玉型的秀丽之人，且性格温柔，之前也谈过几个男朋友，但都不是很满意，不是长相不行，就是性格不好，要不就是家人嫌弃男方条件不高，总之都错过了。

等到她 28 岁，她和家人才着了急，回头看看她拒绝过的那几个男孩子，都已成家立业，日子过得红红火火。相比起来，她显得那么形单影只。办公室的几个姐妹也天天催着她相亲，她叹了口气说："其实我家的亲戚已经给我介绍了好几位，可我一直拿不定主意。终身大事，还是慎重点好啊！"

这婷婷最大的缺点就是优柔寡断，想当初若不是她不敢坚持自己的想法，她早已经和当初那个对她很好的男朋友结婚了。

听婷婷这么说，其他的同事表现得比她还急："就你这性格，等拿定主意那就晚了，该出手时就出手呗。"

"婷婷，如果你相信王姨，王姨可以帮你出出主意。"办公室里年龄最大的王姨说话了。

王姨阅历丰富，婷婷想让别人帮自己做个参考也不错，于是便和大家一起商议好一个计策：婷婷和那几位男士轮流到他们办公楼下散步，由王姨来过目。

其实这几位男士里面有一位婷婷比较中意的，但是她还是不敢下最后的决心，心想如果王姨最后选中的也是这个人，那么就决定和这个人在一起。

第二天，婷婷约了一位男士来单位下班接她。等到傍晚的时候，那位男士来了，婷婷和他一起在楼下散步，而王姨和同事们则在楼上观察。

过了一会儿，婷婷借口要临时加班，让那位男士先走了。她回到办公室，问大家的意见怎么样，年龄小的同事纷纷说道："婷婷，这男人相当不错嘛，容貌俊朗气度不凡，真不错。"

婷婷把目光转向王姨，只见王姨摇了摇头，说："那男人一直走在你前面大约三步远的地方，一路走来昂首阔步，哪有半分陪女友散步的样子？我觉得这种大男子主义、以自我为中心的人，不适合婷婷的性格，以后真结了婚，恐怕婷婷都得听他的。"

"我说怎么跟他在一起的时候感觉那么压抑呢？原来是这样。"婷婷赶紧说。

过了两天，婷婷又约了另一位男士。可是，王姨还是摇了摇头，说："这个人总是跟在你后面，即使你停下来等他，不一会儿他还是落在后面。我一直注意着他的眼神，他跟在你后面，经常用一种怀疑、贪婪的眼光盯着你看。这样的男人自私、小肚鸡肠，喜欢在背地里算计人。跟这种男人在一起，他会时时刻刻盯着你的一言一行，恐怕没人能受得了吧？"

婷婷点点头："难怪刚才散步时，我一直感受到来自身后的压力，原来是他的目光啊！这种男人我可不要！"

第三个男人不像第一位那么大男子主义，也不像第二位那样喜欢跟在别人后面，他与婷婷并肩而行，衣着整洁，肤色白皙，很懂得保养。

王姨却再次摇摇头，说："这个人太阴柔了，而且总是下意识地站在婷婷的右边，说明他缺少男子汉气概，对女性有很强的依赖感。婷婷要是选了他，怕以后要有操不完的心了。"

婷婷自言自语道："难怪跟他散步时感觉那么别扭呢！"

只剩下最后一位男士了，婷婷已和三个男人散过步，而且每次都有着不同的位置，又全被否决了，那最后一位该怎么走呢？

这时候，同事们都为婷婷发愁，不知道到底什么样的男人才能和婷婷般配。

最后一位男士选择的也是跟婷婷并肩而行，大家都觉得没戏了，这个肯定也要被王姨否决了。

不料，王姨却说："婷婷，祝贺你，这一位你可以交往下去。"

大家都一副不解的样子，婷婷却突然红了脸，咬着嘴唇，声音有点发颤："王姨，请教一下为什么呢？"

原来，婷婷心里觉得合适的那位男士正是今天这位。

"这回虽然同样是并肩散步，可这位男士却是在婷婷的左手边，也就是说，这一位时时刻刻愿意把婷婷置于他的右手边。这就表明，他潜意识里爱惜婷婷，更愿意保护婷婷。"王姨笑着说。

"王姨，仅凭这一点吗？这世上如此同行的男女多着呢，可并不是每对都合适的。"另一个同事问。

"你们有没有注意到，他们散步时，这位男士并没有跟婷婷完全在一条水平线上。他个高腿长步幅大，可他随时控制好步行的速度，只比婷婷快小半步。这样一来，他跟婷婷交谈时便不自觉地45度侧转身子，这样的角度是男女散步时最理想、最合适的角度！而且他眼睛里流露出的全是爱恋，没有一星半点的不耐烦。这说明他对婷婷既体贴又乐于保护。"王姨乐呵呵地说，"婷婷啊，这次你可得赶紧决断，别再犹豫了！"

婷婷羞红了脸，轻轻点了点头。

大家都祝福婷婷周末能有个浪漫的约会，然后各自回家了，等周一再来分享婷婷的好消息。

没想到周一上班时，婷婷面色苍白，双眼浮肿，很明显是哭了很久。大家赶紧问到底怎么回事，婷婷抑制不住伤心又哭起来，边哭边说："我周六一直等他主动约我，可是一直没等到，我想不能再错过了，周日便鼓足勇气主动约他。没想到，他却说他刚刚确定了女友，他说他等我太久了，实在等不起了……"

遇到合适的人，不要犹豫不决，不要瞻前顾后，不要贪心地认为后面还有更好的，好好珍惜眼前的人，也许你的一点小贪心，最合适的人就与你擦肩成为陌路了。

还有一些人，抱着"骑驴找驴"的心态对待爱情，尽管身边有人相伴，但心中仍然渴望能找到一个更好的人。

但什么样的人才是更好的人呢？是更好看，是更有钱，还是更体贴？不同的人心中有不同的答案，但，凡是抱着这种心态的人，最终能和其步入婚姻的，往往还不如当初自己放弃的那个人。因为爱情中，没有更好的人，只有合适的人。

　　漂亮的女孩子在爱情中机会总是要比其他女孩子多许多的，徐美美也不例外。不过，徐美美不仅仅是脸蛋漂亮，她还很聪慧，知道自己想要的是什么，总能在关键时刻做出正确的选择。

　　大一一入学，徐美美就被很多男生盯上了，当然是因为她长得十分漂亮。在一众追求者中，徐美美选择了高大俊朗的校学生会宣传部部长当自己的男友。不过，两个都有很多追求者的人在一起，谁都高傲得不肯向对方低头。别人看他们是一对璧人，实际情况只有他们自己清楚，拌嘴吵架是再经常不过的事情了。

　　一次，校学生会组织学生会成员去郊游。徐美美和男友在车上又吵架了，谁都不理谁。到了地点，车门一开，她男友就脸色难看地冲下了车，她不下车，只是扭头盯着车窗玻璃，恶狠狠地瞪着，散发着全世界谁也别来惹我的气息。

　　瞪得久了，徐美美看见车窗映出的一个人的影子。他就坐在最后一排，恰到好处地被气得掉泪的她看见面孔。徐美美想起来了，这是一张被她拒绝好多次的脸。他是个只会老老实实告白示爱的男生，在奋勇表现花样百出的追求者们当中，毫无光华，彻底被湮没。

　　这个男生叫董杰，其他人都下车了，车里只剩下他和徐美美。被徐美美拒绝了太多次的董杰没有露出一丝的幸灾乐祸，相反他还慢吞吞凑过来，然后就谦虚谨慎不骄不躁地坐在她旁边的座位上。

　　"给，你吃吧！"他双手捧着打开的纸包送到徐美美面前。

　　这是他妈妈来学校看望他时带的他们当地的炒货，他很大度地分了一些给宿舍的男生，剩下的他丢进了背包。如果想家，就吃一点。他没想到，这些气味芬芳、质地干脆的果仁竟然帮助自己成功追到了徐美美。

　　长得像大号瓜子的榛子，开口的带壳松子，徐美美直到回到宿舍才吃完，不知道为什么，吃着东西的时候她不再哭了，也不再生气了。如果交往一个卖相不错的男孩，他却对他的女朋友死硬不妥协，要这种男朋友不是自讨苦吃吗？还不如换一个。

　　于是，徐美美做出了一个决定。

　　在吃了董杰的炒货之后的那个晚上，她约了董杰，到她的住处，在小小的租赁的民房里，用那些小锅子、电磁炉，给他做了一碗牛肉面。她只不过在学校外面的菜市场买了一点熟牛肉切成丁，加几根葱花，煮了一包一块五的康师傅牛肉面，然而，董杰用高了两个八度的声音发出感叹："这是全世界最好吃的牛肉面。"

董杰什么都没问，只是以吃大餐的架势，消灭了一碗面。正当他大发感慨时，那个宣传部的部长用钥匙打开房门，目睹到了他不能接受的状况，离开的时候，踩烂了带来的水果，摔坏了民房质量低劣的门。显然，徐美美准备原谅那个男孩的时间是有期限的，他的道歉又来得比较迟了。

冬天到来的时候，董杰成了徐美美的正式男友。

换一个人相处，就像换一个世界生活。这是两个性格反差很大的男生，但徐美美觉得，和董杰在一起的时候感觉很舒服。

有时候，徐美美会忍不住幻想了她的未来，跟这个对她好、对她好到无路可退的男生，结婚生子一直到老，这未尝不是一种特别美好的结局。

然而，人生的逻辑是，有更好的人出现，心便开始动摇。

徐美美也不例外。

董杰比徐美美大一届，自然比她提前毕业。为了徐美美，董杰放弃了家人安排好的工作，留在了大学所在的城市，成了千万小职员中的一员。

刚开始的感动过后，徐美美很快发现，自己其实是个贪心又肤浅的女生。她心爱的董杰在职场上开始看上司脸色，开始为日益高涨的房价唉声叹气，她也开始对他和她的未来感到茫然。

她这么漂亮，有这样好的资本，为什么不好好利用？为什么要过那种房奴的生活？

董杰毕业工作了，徐美美也到了大四，需要去实习。在一场招聘会上，一位富有魅力的招聘官面试了她，向她发出邀约。

这是个30岁的男人，时间已经把他打磨成正当最好年纪的青年才俊。进电梯按住开门键等候陌生人，吃一顿饭先给女方拉开椅子，习惯养成很久，所以极为自然顺手。他们的约会在精致的场所，他也挺守礼。有意无意的，他向徐美美说起自己的情况，他说他有三套房子，两套在市里，一套在郊区，打算再在海边买一套小别墅。他说他还没结婚，也没有离过婚。

对于徐美美来说，这个男人就像是野外生长了许多年的果实，成熟之际，送到刚好路过的徐美美面前。

只要她一伸手，这颗刚好成熟的果实就是她的了。可是，她伸手之时，就是她背叛董杰之际。

该怎么办？漂亮聪慧的徐美美犹豫了。

认识这个男人已经有一段日子了，徐美美偶尔会赴他的约。她很矛盾，而就在她最矛盾的时候，董杰也毫无察觉，他在赶一份项目计划，没日没夜改了许多遍，加班到很晚回来，胡乱吃了几口饭，倒头昏睡。

这份项目计划对他十分重要，不仅能帮他在这个公司站稳脚跟，还能获得一笔奖金，他再努力一点，等徐美美毕业的时候，他们就能付首付买下一套不是很大的房子，然后结婚。这是一条一眼可以望见尽头的路，路上的平凡琐碎令她恐惧。在年轻的岁月单纯地谈恋爱，最美好不过，但涉及到婚姻，她觉得好可怕。

然而董杰的努力失败了，他本来非常非常接近成功，但最后他被挤出了团队。那个很重要的，跟他的人生计划、幸福未来挂钩的项目，交给了别人。

其实不是他做得不够好，而是因为在关键时刻，那个男人打了一个拜托电话，友人卖了他一个面子，所以，董杰出局了。但这一切，除了那个男人，没人知道。

遇到这个重要的挫折，他第一次喝酒了，喝得很多很猛，醉得很快很厉害。他摇摇晃晃得回到家，那其实算不上一个家，租的房子永远无法在心理上构成自己的家。他倒在沙发上迷迷糊糊睡着了。

站在分岔口，徐美美收到了男人诚恳的短信：你考虑好了吗？我在等你答复。

一个成功的、有魅力的男人，一个失败的颓废者，似乎不需要再做挣扎了。徐美美看着醉得一塌糊涂的董杰，收拾了一点点自己的东西，走出门口。徐美美已经通知那个男人来接她。

银灰色的宝马车，是她喜欢的车型。她一步步走近自己想要的未来，可是不知道为什么，她每走出一步，脚就沉重一分，心也更加疼痛。

真的可以这样离开吗？真的可以背叛爱情吗？她不断地问自己。

沿着人行道，快要接近那辆车的时候，她忽然折向一家杂货店。店门口摆着一个大冰柜。这是个夏日炎热的夜晚，她忽然很想吃一根雪糕，让自己冷静地再想一想。她翻找出一款巧克力榛仁雪糕。外包装袋印刷着一句广告词：内有整颗榛仁。榛子的仁，是榛子的心。

她想起第一次正眼瞧董杰，就是他捧着榛子递到掉眼泪的自己面前的时候。那个对自己好到无路可退的男孩子，那个能包容自己一切坏脾气的男孩子，那个为了自己努力奋斗的男孩子……

徐美美掉泪了。

"好男孩之外，的确一定有更好的，如果遇到更好之外的更好，难道继续换下去？"徐美美自言自语问自己，"这一次换人跟上一次换人一样吗？想要过舒服好日子的心，能够替换真心喜欢的心吗？"

不能。徐美美听见自己的心回答自己。

手机响了，她没接。她拿起一包康师傅红烧牛肉面，付了帐，转身往回走。当她回到门口，撞见急匆匆正要出门的董杰。

"醒了发现你人不在，这都几点了？你跑哪里去了？我担心得要命，正要去找你。"一身酒气，面容憔悴的董杰冲她说。

"哦，怕你醒来饿，家里没吃的了，就去给你买了牛肉面，当夜宵。"她笑一笑。

他一把抱住她，紧紧地，仿佛一松手她就会消失。

贪心的人最终会被自己的贪心所误，而聪明的人则懂得知足，懂得爱情里没有更好的人，只有最合适的人，从而能抓住属于自己的幸福。

第六章 初恋如花，开在心深处

有一个广告说，初恋是酸奶的味道。在人一生的感情经历中，初恋总是特别难以忘记，很多年过去，许多记忆不断被岁月刷新，渐渐变得模糊，唯独初恋的感觉依然鲜活如初，恍然如昨。初恋留给人留下一片纯净的天空，蔚蓝的海洋，不带一丝纤尘。于是，初恋成了纯美的代名词，那些朦胧产生的感情也就天真烂漫，不掺任何杂质。

初次的怦然心动

初次的怦然心动，让那些青涩懵懂刻在了那个时代的钟上。从此时间不再走，世界不再转，一切的一切只为留住那绽放如花儿的青涩笑容。多年以后，我们回忆初恋，怀念的可能就是这份怦然心动，这份纯粹，这份生命最初的饱满，这份萌动的心，这份爱的初体验。

所有纯粹的都是动人的，虽然岁月流逝了，可是初恋的美好在风雨的洗礼下却愈发的鲜明起来。

平常人的生活，多是平静如水的，每天按着一定的程式流动着。然而，平凡的人生里，总会有这些让人初次心动的时刻——一句话，一抹笑，一个眼神，一种触摸……都令人情不自禁地感动。于是，在那些平淡无奇的日子里，便有了深刻的意义，就如水中漾起的涟漪，让人拽着余音，静静品味……

那些令人心动的温馨时刻，回想起来，一下子就变得丰富、亮丽，充满暖暖的质感。而这些令你怦然心动的时刻还有许多，只要用心去观察，细心去品味，用心去收藏，就能感到平凡生活中别样的温暖。

男孩叫逸心，不帅，幽默风趣惹人喜欢，有很多很多的朋友。他是一个从农村长大的孩子，感受过面朝黄土背朝天的生活，或许正是因为家里穷造就了他很小就很懂事，一个善良，单纯的孩子就这样慢慢地长大。有人说，心灵美的人一生将会被爱情点缀他一大半的人生。

逸心出来打工三年，一直一个人，不是他不想爱，只是他已经不知道如何去爱了。如果是后者他宁可等待。那年逸心20岁，水晶19岁，水晶是一个性野蛮的让人心动的女孩，非常的健谈，热情阳光。

故事要回到上学的时代，逸心是一个在学校出名的人物，谈不上叱咤风云，无人能敌，也算是没有人去惹的人物。众多朋友兄弟称霸校园、逃课、打篮球、谈爱情、拜兄弟。他们是坏学生，但他们不做坏事，只是贪玩。水晶也和逸心同校，水晶是一个成天和一群女孩疯来疯去的女生，当然逸心也就也认识了水晶。只是简单的打招呼，毕竟这样疯的女孩不是逸心所钟爱的。学校生活过的很快，初二，逸心和水晶成了同班的同学。有了些许的了解，原来水晶一直喜欢逸心的一个同学，追求了很久都没有答应。而逸心是有女朋友的，对逸心很好，会为他写作业洗衣服，逸心惹她不开心，她也从不生气。逸心身边也不知为什么总有很多女孩围绕、写信表白，逸心一直沉浸在这样的幸福中，未曾考虑过什么才叫爱。偶尔也会去和水晶打闹，同学间聊天，转眼学校生活结束。而一切也都随之结束，很多都踏上了打工的道路，而其中就有水晶和逸心。

逸心远赴广东开始了他的第一份工作，经历三年的磨砺，他成熟了很多，在这三年里他看尽了外来打工者的爱情，从相爱、分开到无果。三年的单身生活，他终于明白，爱，简单就好，没有深浅对你好就可以了。就在这个时候，逸心意外地与水晶联系上了，是一个同学追问逸心联系过哪些同学。出于礼貌他也问同学和谁联系，而那里就有水晶的联系方式。记下了号码，但不曾打过。然而，那么一天有陌生的号码打来，逸心接了，这个电话正是水晶打来的。从此两人开始短信交流，一月上千条，互相诉说出来后的日子。而这时逸心也知道，水晶一直追求同学三年都未曾在一起。这一刻他觉得水晶很专一，可能是开心的缘故，还是别的什么原因，水晶告诉逸心她喜欢他。逸心当时没有答应，一个月后逸心答应了。他们恋爱了，短信不断地发、电话不断地打，互诉思念之苦。然而逸心正憧憬彼此未来时，水晶的一条短信打破了一切。我们分手吧，我要订婚了，她的家里为她张罗婚姻。逸心打了电话，水晶一直坚持，逸心放弃了。而逸心却不知这些岁月的陪伴他已喜欢了水晶。他觉得既然如此无需再爱，然而，当他睡下时是不断的思念。打水晶电话关机，原来真像水晶说的，我们没有了电话，我们就失去了一切联系。逸心痛苦地等待，深夜朋友看在眼里，痛在心里，要来了水晶的电话要帮逸心。当朋友告知水晶听了逸心现在很痛苦，已经哭了起来。他激动了，对话之后水晶哭诉他的不愿意。家人不断威逼，她不得不同意。这一刻逸心特别想见水晶。也征得了水晶的同意，第二天逸心赶赴深圳。因为第一次去，别人用几小时就可以到达，而逸心整整用了10几个小时。到达车站时，见到了几年没见的水晶。女大十八变，潮流的打扮，满身的时尚……是逸心想要的女孩。逸心和水晶不约而同地牵手，走在繁华的大街，是那么的幸福开心。彼此聊着恋爱后的一切事情。那一晚他们在一起，但只是简单的拥抱，没有发生任何的事情、整整聊了一晚的话，那一刻逸心觉得他是世界上最幸福的男人。就这样他们交流，谈人生，婚姻。然后水晶退掉了家里的亲事，和逸心相爱着。四个月过去了，这四个月里，水晶也闹过分手、逸心也去看过她几次。逸心的朋友说，男友不在女友身边，女孩都会那样的。逸心未曾在意。

十月国庆，水晶第一次来看逸心。逸心好开心，他们逛公园，吃饭，谈天说地……这一刻逸心觉得，他可以为这个女人付出一生的爱。用尽一生的爱来呵护水晶，他从未想到会是眼前这个不曾看过的女孩。或许爱情就是这样，注定的安排，那晚逸心不再坚持自己的原则。他常与朋友同事争辩，爱情是心灵的美重要，朋友和同事经常告诉她，如果想要抓住女人的心就要得到她的身体。此生，逸心是真心地想要永远的抓住这个女人的心。逸心知道，这辈子身旁的这个女人就是他一生的陪伴。数月的恋爱，水晶、逸心你来我往地看对方。或许幸福不能长久，水晶告诉逸心她把他们的事情，告诉了家里，家里坚决不同意。因为水晶姐姐没有听家里的，让全家人都不开心。她想了很久，顶了太多的压力如今也要说出来了。他不知道如何是好，他很矛盾，一边是自己心爱的女人，一边是水晶的家人，他不想水晶难过。然而老天的安排注定了悲伤，爱是自私的，试问哪一个相爱的人不想在一起。逸心的哀求，对水晶不断的说服，依然没有效果。那天逸心生日，水晶来到了逸心的身边，那晚水晶抱起逸心的头说："亲爱的，你好好看着我，一定不能忘了我，今晚过后我们就不能在一起了。"逸心没有说话，只能紧紧地抱着水晶。看着水晶睡去，那晚他不知道该怎么办？水晶的选择是家人不是他，他该怎么办，怎么办？早晨水晶要离开，不要逸心送，他还是去了，而离开车站时水晶流泪了。有人说，女人哭了就是真的放弃了……回去后的水晶再次提出分手，那晚逸心失眠了，痛苦的煎熬让他无法忍受失去水晶的日子。常有人说，无论如何坚强高傲的人，在爱面前都会低头，逸心用尽了他的心，他不想放弃水晶。人常说，当一个人为爱失去尊严，卑微哀求，那么注定他即将要失去他的一切。逸心决定离开这里坐车去看水晶，坐车的途中，逸心收到了姐姐的短信："弟，最近好吗？开心吗？"逸心回复说："姐，我很开心，姐，弟很好。"而就在那一刻他流泪了，他知道他不开心，不快乐。一个男人流泪说明他真的爱了。他不知道前边的路再何方，他不知道水晶是否还会见他。他不知道，不知道他该怎么办。他的这份爱，是用时间，用心，用眼泪一点上滴出来的。他知道他一定要和水晶在一起。

　　逸心打电话给水晶，水晶不愿见他，他一直等待，整整在水晶的公司门口等到半夜。再打电话时，水晶已经关机，当他转身离去时，身后有人抱着了他。熟悉的气息，是水晶。她又见逸心了，当时逸心很高兴。一切的忧虑好像都结束了，然而事情没有想象的好。水晶的父母要水晶回家。水晶和逸心一起回到家中，一切都变了。之后水晶不见逸心，短信不回，电话不接。而此时正是春节，逸心让他的家人为他担心，为他烦恼，他才知道家是他最温暖的地方。而他的不开心，让姐姐、弟弟生气。逸心的爸爸看着自己的儿子伤心，很多个夜晚无法睡下。因为他知道逸心曾是一个多么坚强的孩子。而如今却是那么懦弱。逸心的弟弟告诉逸心："哥，我看不起你，为了一个女孩你值得吗？"逸心无言以对，因为他知道，他现在所说的任何语言都将是苍白的，只有有了结果他才有话语权。最终爸爸看着逸心痛苦，说去水晶家提亲。逸心没有答应，因为他知道这份爱需要他自己去争取和维护，不能为了自己的爱人，让爸爸难堪。逸心的姐姐说："弟，我也是女人，人家不爱你，你醒醒吧，难道你要为一个妇人，让爸妈去求人家吗？"逸心还是无言已对，而此时逸心的姐姐已经是泪流满面。因为他知道他曾经阳光的弟弟，现在如此落魄，她为之伤心。

　　逸心何尝不是，他也想就此放弃之份爱情。放弃他20多年来坚持的原则，眼睁睁地让自己把自己的执着破灭，去证明是自己错了，自己的爱情观错了，没有人把自爱当做一种忠贞。不，不，他不甘心，他一定要寻找答案。为了自己，也是为了水晶，更是为了如今爱情，所有人的爱情观。

逸心再次去寻找，然而这次却是一个漫长的等待。水晶的号码换了，公司宿舍电话找不到，逸心等了三天，第三天终于看到了水晶。她不知道逸心来了，而那天是情人节，而那晚一切都结束了。原来水晶的家人再次为她订婚，她也同意了，她不想家人为之伤心。

岁月年华，一切对于逸心来说，都不在重要。终日拿着手机里存下来的800条短信，他不再快乐，他思念他的爱人。但一切终成定局，无法改变。原本快乐的他开始伤感、落泪，听到伤心的情歌就情不自禁地流泪。不是他懦弱，是他的心爱到了深处。这份爱情为何会让他如此地用心，心灵是一方面，而更重要的是他自己内心坚持的那份责任心，那份纯净。两年来，他不断去想，去找寻答案。或许在爱情里根本都没答案。

现代人的生活节奏太快，并由此带来很大的压力。人到成年，对这样的感觉尤其有深刻的体会。许多人被繁重的压力和紧张的节奏压迫的已经麻木，不再拥有怦然心动。心动已经成为遥远的记忆和奢侈的遐想，会使我们在淡淡的惆怅后生出许多感慨甚至尴尬。生活的磨炼几乎使人失去了固有的棱角和个性，进而学会的只是堆在嘴角的肌肉坚硬的微笑和肚皮上厚厚的脂肪，那是岁月的年轮，只可惜记载的是平庸和无为……

当怦然心动的那一刻，内心不再是一潭死水，而是一个激起涟漪的湖，是一个五彩缤纷的世界。

那年，她刚刚大学毕业去参加同学的婚宴，去得晚了点儿，她只好悄悄地坐在离门口较近的婚宴桌旁，加入宾朋好友的行列。

新娘、新郎在主持人的精心策划下正在甜蜜地亲吻，宾朋好友一起将目光投向新人，美美地品着那一幕，并致以最热烈的掌声祝贺，搞得全场爆笑。此刻，一个身着警服帅气十足的小伙子猛地转过头儿，仍然大笑，他们四目相碰，顿时他愣住了，她眼睛一亮，惊呆了，脸"刷"地一下子红了，火辣辣烧到了耳朵根处，腼腆而害羞得她仍然故做大方微笑着，感受着几许未曾谋面的喜悦和几许浓浓的情意。他含情默默地凝视着她，好尴尬的僵局，此时无声胜有声，她也凝望着他那深情的双眸，止不住怦然心动。

茫茫人海，滚滚红尘，谁会对谁凝望，谁会对谁回眸，谁又会对谁怦然心动？

男大当婚，女大当嫁，是太自然不过的事啦，但令人怦然心动的时刻可能寥寥无几，她知道自己被他"感动"了，但他那眼神也折射出他内心的表白。

　　当他得知她还是单身一族，对她更是关爱有佳。她清楚记得有一次，是认识没几天的一个下午的下班时间，突然暴雨来临，她在路上匆忙地跑着，只听见后面有车鸣迪，来不急回头，径直地往家跑，那辆警车倏地停在她的面前，大声叫喊她的名字，让她快上车。她被雨淋得像一只落汤鸭子，坐在了副驾驶上，很是狼狈，到了家门口，他责备地说："回家吃点药，免得着凉，这么大雨，也不给我打个电话，我还有案子要办，先走了。"蓝白色的警车在雨中渐行渐远，她激动的心跳得更加剧烈。

　　他温暖的话不断在耳边回想，他送她的那一幕不断在眼前重现，她甜甜地回味着，跟他只不过是一面之交，咋能给他打电话，又咋能要他开车送她回家？此时，她感觉茫茫人海，两颗遥远的心好似相遇相吸了。

　　在他们交往的那段时间里，他早晨总是很早地就在他上班的必经路边偷偷地目送，晚上也总是千方百计地挤时间来看望，哪怕就是一分钟，她突然感觉自己是世界上最幸福的人，有自己喜欢的人，更有喜欢自己的人。

　　他们交往的日子里，没有人知道他们是朋友，还是恋人。当她从同学那里不经意间得知他半年前就已有妻室，她感到了无比的悲愤和羞耻，她咋会爱上了一个不回家的男人？她忍痛割爱，毅然决然地选择了分手。

　　他作为一名血气方刚的人民警察，当真相大白，竟低着头红着脸羞愧地对她说："我们真的是相见恨晚？我敢对天发誓，我是认真的，是发自内心的，我绝对没有玩弄你的感情，人心都是肉长的，我也是有血有肉有情的男人，我一定会处理好一切的，给我一段时间，等着我，好吗？

　　她拼命地摇着头，一个清纯的女子差点成为被世人唾骂的"小三"？

　　他发疯似的祈求她，无数次的表白，要与她携手今生，理智的她坚守了自己的决定。

　　分手好长一段时间，她几乎崩溃了，整天萎靡不振，自我封闭，不想上班，不想见到同事、朋友、同学。

　　后来，再后来，她静静地想，即使他们两个是真心相爱在一起，她一辈子都会遭到道德和良心的谴责，生活惴惴不安，怎能将自己的幸福凌驾于别人的痛苦之上？她学会了放弃，放弃本来就不属于自己拥有的那份真爱，打开了心灵的另一扇窗，为了自己，更为了他人。

时隔十六载，为了不打扰自己和他人安定的幸福生活，他们一直没有联系，虽然她早已不再爱他，也没了当初触电般的感觉，但偶尔邂逅双眸相聚的那一刻，她依然会怦然心动！

男人最令女人怦然心动的五个时刻

一、抽烟的姿势

虽然说抽烟有害健康，但不可否认男人抽烟的姿势真的很迷人、很优雅，尤其是当一个男人抽着烟低头凝思或与人谈判时，一种与女人完全不同的深深的男子气息就扑面而来，既有运筹帷幄的睿智，又有男性与生俱来的威仪，让女人忍不住的着迷，想去撩拨、想去探究。

二、温柔的注视

温柔并不是女人的专利，眼睛会放电的男人更会让女人为之倾倒、心动。试想，当一个男人用满眼的温柔含情脉脉注视着你，他不说话，但他的眼神却全然凝聚在你身上，默默地向你表达着他对你满腹的倾心、深情的爱恋时，有哪个的女人会抗拒了这样无声的魅力？

三、含情的表白

当一个女人伤心、无助时，一个男人一边温情地安抚她，一边对她表白："亲爱的，无论怎样我都会永远地陪着你，我愿意当你永远的避风港。无论什么困难，请让我和你共同面对、共同担当，你这样，我真的很难过，"这个女人怎么会不感动他的温暖、他的细腻？

四、温情的动作

一个男人脱下他的衣服披在一个女人身上，自己却故作潇洒地说不冷，一个男人深情地抱着女人，说："我愿意这样抱着你，抱一辈子。"一个男人深深地忘我地吻一个女人，把心仪的礼物送给喜欢的女人，一个男人吃着女人做的并不可口的饭菜，却说真好吃，能吃上你做的饭是我一辈子的向往和荣幸时，这些爱的动作都可以使女人心灵为之陶醉、为之颤栗。

五、求婚的仪式

一个女人一生中最忘不了的就是一个男人向她求婚时的仪式，时下说我爱你的人很多，但说娶你的人却很少。因为娶意味着一种担当、一种责任，一根红绳系足的牵累和一种不可测知的风雨与共。当一个男人手捧象征着爱情的玫瑰，挚诚地单膝跪地，向心爱的女人说："嫁给我吧！亲爱的！"为她戴上代表着一生一世的钻戒时，这个时候，是每一个女人一生中都为之最幸福、最心动的时刻。

有种爱，只能远远欣赏

世间原本有许多美丽的东西是只宜远远地欣赏，而不宜去获取的。远远地欣赏，是一种淡然，是一种超越了贪婪和得失；远远地欣赏，是一种洒脱，是对属于自己的美丽的一份珍重，对不属于自己和将离开的美丽的一个微笑，一声真心的祝福。

世界是绚丽多彩的，社会是五彩缤纷的，生活五颜六色的，感情却是难以捉摸、甚至是不可思议的。在人生旅途中，我们会相遇、会相识，有的人会与之擦肩而过、也有人会擦出火花。欣赏、喜欢、暧昧、爱情之间没有一个清晰的界定的模式。爱是说不清、道不明的；情是理还乱、剪不断的。

往往欣赏、喜欢、暧昧、爱情之间，只有一步之遥，古往今来，男人、女人之间，产生了许多浪漫的爱情故事，同样也创造有凄美情感悲剧。人是吃五谷杂粮的，有着七情六欲，男女之间相遇、相知、相爱是很正常的。其实，在你的一生中，真正能够让你动心、动情的人，都能去相爱吗？这没有答案，正因为没有答案，所以演绎了人间许多悲欢离合的故事。

爱情，是人类最丰富的情感，它具有独占性、排他性。当你爱一个人，便想完整地得到他的情感、拥有他整个人。爱就是想占有，想占有自己喜爱的人的一切东西。虽然我们的生活方式、思维观念、行为规则存在着差异，但对情感的追求是没有止境的。在任何时候，要学会用欣赏的眼光，去看待你羡慕、崇拜的人，要坦然地面对他的所有。你用一种平常的心境，去认识他、了解他的时候，你便会少了些私情杂念，真心的交往，心灵的交融，真正地把握欣赏、喜欢、暧昧、爱情的之间的度，让朋友之间欣赏、喜欢，沿着正确的轨道向前，朋友之间的友谊便会持久。

男人、女人之间，有种情感存在于友情、爱情之间，它的真诚让人感到心动，它的真挚让人感到温暖，它的真情让人感到美妙，它的真心让人感到快乐。他们既有心有灵犀的默契，又有相知、相惜的和谐，倾心奉献，而不计索取，至清至纯而不含一丝杂念，这种情感因为有距离所以才觉得美好，因为美好所以才值得欣赏，因为值得欣赏所以更应该努力追求。

其实，在我们的生活里，不管是同性、还是异性间友情，是我们生命、生活中不可缺少的。在我们生命里程中，同样是一种爱，一种更高尚、更至诚的爱。

日子一天一天地流淌着，林幻想着即将出现的温馨画面，不禁喜上眉梢。他想到微那俏丽顽皮的模样，摸到口袋里准备求婚的戒指，不禁自顾地轻轻笑出声来，引得走过走廊下班的白领丽人们不断地回头看这个手捧大束玫瑰的帅气男人。

林一直在微公司外的走廊等她下班，不断斟酌着措辞怎样向这个相爱了5年的小女人求婚。透过落地玻璃窗看到微和春春坐在一起说着什么，很愉快的样子。"这个春春今天怎么也该给我和微留个二人世界了吧？"微和春春是同事也是最好的朋友，好到可以互换化妆品，可以互穿内衣裤的地步。春春长得很漂亮，追的人也不少，只可惜她没有一个看中的。总有同事调侃林，说他是坐拥公司两大美女。

"又来接微啊，看来我今天又有顺风车可以搭了。"春春不温不火地说道。

微看着花海中林阳光的脸，刚要伸手去挽他，林突然单膝跪地："微，嫁给我吧。"微一时没有反应过来，愣愣地看着林。"微，嫁给我吧，让我照顾你一辈子吧。"微又求助地看了看春春。春春看着薇，眼角里都布满了泪珠。可是她把这难过的泪水转换成了感动的泪水："赶紧接过来吧，傻丫头，我都感动了。你还愣着干嘛？"春春打趣地说。

微甜蜜地接过花，接受了林的求婚。春春看着最好的朋友能获得幸福很替她开心，可是心里却不知道是怎么回事，在隐隐作痛。她知道她不该任由心去喜欢林，但是她又控制不住。尽管他爱的是她最好的朋友，但是她仍然爱他，在背后远远地关心着他。

林依旧每天开着车接送微上下班，微每天依旧像花儿一样美丽快乐。春春永远是那个白搭顺风车的电灯泡。看着微和春春在一起唧唧喳喳欢笑着，林也跟着满足的微笑着。虽然春的心里有说不出的痛，但为了能每天见到林，能看他一眼，她掩饰着自己的感受。

为了更多地见到林，春春经常和微腻在一起，天天上班在一起，下班不是在一起逛街购物，就是在一起看那些粘粘糊糊的韩剧。但她只要有林在，她的心就是汹涌澎湃的。

　　"林，你爱我吗？"微甜腻腻地趴在林身上。

　　"怎么了？看言情剧看多了？当然爱了，你是我一辈子呵护的宝贝。"

　　没多久，微和林就举行了婚礼，参加完微和林的婚礼，春春就默默地离开了，也许以前她还有权利偷偷地爱着林，但是现在他已属于她，她连想都不应该了。这份情，估计一辈子都要埋在心里了。但她无悔，能这么远远地爱一个人是一种无言的幸福。

　　世界上有许多美好的东西，只能远远地欣赏，而不能占为己有的，人与人也是一样，你羡慕、崇拜的人，难道都要相爱，难道都要相守，要学会欣赏。人总会遇到很多美好的事物，对美好的向往是人的本能，对美好的事、美好的人的贪求，却是一种亵渎和伤害，春天里的花朵漫山遍野，属于你自己能有几朵呢？生活中的美好的东西烟波浩渺，值得你倾心、你羡慕、你崇拜的人，都能深藏与停留在你的心灵的港湾？对美好的事物、对羡慕、崇拜的人，追求、向往、欣赏，是高雅的、享受的、幸福的。而贪求独占却是一种亵渎、伤害。

　　你倾心、你羡慕、崇拜的人，是你们的缘分，是值得珍惜的，只应远远地欣赏，风光无限。反之，不属于自己占有的，不该获取的，如果越雷池一步，就会面临万丈深渊，铸就千古遗恨！

　　他跟她认识是在同一个厂，不同车间。她是一个不怕脏，不怕累，做事勤快，从不挑吃，从不挑穿，善良可爱的女孩子。他认识她之后，每天都是跟她聊短信，可能她怕家里人知道她跟男孩子通电话吧，所以他很少打电话给她，他们聊短信聊得都很要好，基本上他发每一条短信她都会回他的。他把除了工作以外的时间都交给了她，她也把所有空闲的时间都交给了他。他跟她聊了不久时间，他就发短信跟她说他喜欢她。她跟他说："不可以，就算我也喜欢你，我家里人也不会同意的。"他想是不是他跟她说得太快了。

　　后来他没有放弃，也跟平常一样天天跟她聊信息。她也跟平常一样会回他，如果有一天他迟一点发信息给她，她就跟他说："我以为你今天不发信息给我了。"有时候晚上他不主动发给她，她就忍不住主动发给他。

他知道她对他可能也有点喜欢。因为平时在上班之前，每天他都会在厂门口等她来上班。她来到厂，她会主动跟他打招呼。有时，他跟别的女孩子聊天，她会吃醋。加连班的时候，她会主动发信息问他："肚子饿了吧？"他喜欢看她，她走到哪里，他的视线也会跟着到哪里。不管上班时间，还是下班走在路上。

后来厂里每次放假或者不加班，他都会约她。但是每次都被她以"没空"的借口拒绝了，每次她拒绝他，他的心都会痛，都会不开心。后来到五一了，他约她出去玩，说："如果五一你都没时间陪我，我的心真的会死了。"她说："是不是五一我不出来你就会对我死心了？"他说："不会，只是心会好痛好痛。"其实如果她五一真的不出来的，他就真的会死心。

4月30号那晚，她跟他说："我不想再故意伤害你了，我答应五一跟你一起玩。"他的心真的好开心。五一那天是她首先牵他手的。她还用力把他手一挽，跟他比力气，还跟他比手大，她调皮地说："我手这么大，你以为是吃素的？"他对她笑笑，觉得她好可爱。五一那天他们玩得很开心，好像整个城市只有他们两个人。

5月3号上班了，她对他变得异常冷淡。他问她为什么要对他这么冷淡？她说她不想让别人说闲话。后来她对他越来越冷淡，他不明白她怎么会一下子变了另一个人呢？他上班都感觉没意思。下班从来不喝酒的他变成了一个酒鬼，从来不抽烟的他变成了一个烟鬼。每晚他都为她失眠，有时候还会流泪。她知道后安慰他，不要喝酒，不要抽烟。她说："对不起，都是我害了你。都是我害了你，我不想害你，而你却为了我付出这么多。"其实他真的为她付出了好多，他本来辞了工的，是因为她不想让他离开，他就又回来了。为了她，他会每天上班前都在厂门口等她；为了她他只跟她一个人聊短信，为了她，他对她所说的话都可以做得到；为了她开心，他不管白天黑夜都会放她介绍给他的哪首歌，为了她哪怕是她的一句开玩笑，他都会当真，所以他对她是真心付出的。因为她的一句话他会开心大半天，因为她的一句话，他会难过好多天。

五一过后的几天，他每天都是伤心难过地度日。后来他收到了她的一封封信，待他看完信知道了一切事情的真相。而那时的她已经离开了这个城市，去了一个陌生的城市看病。

她说："亲爱的，对不起，原谅我的不辞而别。你是一个很可爱的男孩，你对我的心我很清楚。但是有癌症的我，怎么能接受你这种好。我不想连累你，不想让你为我悲伤。哪怕我很早就喜欢上你了，我也只能远远地关心你，不敢表达我的感情。和你在一起是我这辈子最开心的时光，我很感激老天让我遇到你，虽然我们之间的差别很大，而且这种差别是永远无法改变的。但我仍然感激，感激我和你这份相望而相爱的感情。我走了，去一个大城市看病，若有奇迹我就回来找你，若没有渡过难关，希望你不要难过，好好爱自己，不要喝酒，不要抽烟。替我好好照顾你自己。"

他看完信后，心痛不已。但他也没有办法，他唯一能做的就是把这份情义珍藏在心里，等待着奇迹发生。

爱，原本很容易，就是轻轻把你放在我心里！爱，其实也不容易，因为今生不一定有缘和他在一起，就只能远远的守护。在错的时间遇上对的人是一场伤，在对的时间遇上错的人是一声叹息，在对的时间遇上对的人是一生的幸福，令人羡慕的幸福又有几个？如果不能与相爱的人长相厮守，与其相互折磨，不如自己退出默默的爱，远远地关心。

不过，有一个能够思念的人，其实也是一种幸福！

犯傻最爱的人

"你说，我怎么就那么傻呢？"当一个人这样说时，表明他或她正处于在热恋中，估计还要继续犯傻，甚至傻的内容与档次一如既往。当然，智商高一些的人，犯傻的内容可能会升级，也就是由学前班进入了小学，但如果是真爱的话，想不犯傻似乎挺难，因为傻的篮子比真理的篮子要大。

曾有哲人说，傻瓜和精神病人，还有热恋中的人是同一类人。在某种意义上说，这个结论很哲学，因为一个人一旦进入热恋，便仿佛害了一种热病，颇像一只热锅上的蚂蚁，当然这是一只幸福的蚂蚁。

"我们分手吧。"他冷冷的。她突然想哭……

大学毕业，离开母亲温暖的怀抱，随他一起来到这创业者的天堂。她以为能够与他在一起，就是幸福、人生和全部。可是现在他把她一下子送到了地狱。两滴晶莹的眼泪平行下坠，划破冰冷的夜，"吧嗒"一声，落花四溅。

"可以答应我一件事吗？"她的声音有些颤抖，有些哽咽。

"你说吧。"他的语气极不耐烦。

"让我保留你房间的钥匙。"她从手提袋里拿出一串钥匙，摆弄其中的一把。那是一把银白色的钥匙，在皎洁的月色下泛着浅浅的柔和的光……

之后的每个星期五，他下班回到家时，冰箱里依然像从前一样，总是填得满满的。水果、饼干、啤酒、饮料，凡是他想要的，伸手可及。她真的很傻。

而他，心安理得地享受着她的傻。

接下来，他似乎终于找到了真正的属于自己的爱情和幸福。他为此而感到兴奋，激动不已，并更加坚信当初和她在一起简直就是浪费青春年华。

然而，激情过后，爱情，生活，一切都又归复平静。他没有钱，没有地位，也没有出众的容颜，唯一可以引以为豪的高学历，只在炫耀了几个月之后，便被滚滚而来的后来者挤进了历史。他一边大骂世道不公、真情不再，一边继续心安理得地享受她的傻，和她填在冰箱里的一切。

日子又过去一截。爱情、事业，一潭死水。他终于心灰意冷，万念俱灰。

某一天，当他打开冰箱想拿啤酒浇愁的时候，忽然想起好久没有见到她了。她是多么好的女孩啊！聪慧、贤淑、美丽、可人。他痛恨自己在此之前竟然没有发现这一点。明天是周末，他没有出门在家躲在一个角落里等着她。

果然是她。飘逸的长发，艳红的长裙，比当年更美更风情了。她放下装满了食物的手提袋，拉开冰箱。

一大捧火红的玫瑰，骄傲地蓬勃地绽放在冰箱里。玫瑰的旁边有一只红色的心形小盒，她犹豫了一下，然后小心翼翼地打开，是一枚银白色的铂金指环，她的眼中隐约有波光闪动。

这款名叫"月亮代表我的心"的指环，她心仪了许久。那时，他只在一旁扯着她的衣袖说："快走，快走……"

她终于没有哭出声来，只是用纸巾拭了拭眼角，顿了顿，便又恢复了平静。把玫瑰取出，放在床头柜上，然后把带来的啤酒、水果和饼干依次填进冰箱，轻柔地合上。然后，带着那捧玫瑰从他眼前走了过去。

等她一出门，他迫不及待地拉开冰箱，里面堆满了食物。最上面的一层，放着那只心形的指环盒，他稳定一下自己的情绪，打开，那枚"月亮代表我的心"恬静地躺在里面，旁边，是一把钥匙，泛着浅浅的柔和的光。

他突然想哭……

很多人都曾傻傻爱着另一个人，都认为自己是最爱他（她）的，天真地以为自己可以守候他的心，可一颗已变的心又如何留得住。就算你爱他，为他付出一切，而且不求回报，可那又怎么样呢？即便是他们感动过，感激了，却不一定要用爱来回报你的爱。只是那已经是别人停留的港湾了，再承载不起你的爱。所以只能告诫自己，到此为止吧，别傻了！唯一可以做的，就是好好善待自己，已经被伤害了还要第二次吗？凶手不要是自己。整理好心情重新开始另一种无关他的生活吧。

恋爱中的女人智商一般为零

没有事业的男人和没有爱情的女人都是是一无所有的。对于男人来说，爱情固然重要，但它不是生命的全部，因此，恋爱中的男人更理智、更聪明。而女人一旦遭遇爱情，就会不由自主地被爱情独占——对她来说，爱是一切。恋爱中的女人其思维、语言和行动都呈无序状态，说这样的女人智商为零，绝不为过。

男人要每时每刻都想着自己

站台，一对情侣难舍难分，女孩哭啼啼地问："你会想我吗？"男孩点头，女孩又问："你不想我怎么办？"

女人爱上一个人，就会理所当然地认为男人会像女人爱他一样，爱着自己。可是，男人对女人的现实感受和思念很少产生联系，女人只要前脚离开男人，男人就可以马上与另一个女人打得火热，但不能就说男人不爱那个离开的女人。因此，女人不要期望男人时时挂念着自己，也许，有时候在他心中，你不如上司、下跌的股票或者一场球赛，只要在你身边你能感受到他的爱意就应当满足了。

纠缠一个古老而又愚蠢的问题

女人很热衷于这个问题，她肯定不愿意听到男人说首先救他老妈，可又不愿男人说抛弃老妈于不顾而先救女友。反正，此时很窘迫、很难堪的男人似乎特别令女人享受。

女人也许不知，这个问题只能让男人陷入两难，进而撒谎。想证明自己在男人心中多重要，为何非要与男人的母亲来比较，要知道，天下所有男人都坚信这样一句话，父亲都有假，但老妈只能有一个。何谈其他的女人呢？

我漂亮还是前女友漂亮？

女人总喜欢和男人的前女友相比较，难道事实不能说明一切吗？男人既然选择了你，就说明你比男人的前女友更适合他，一遍一遍地探问，这只证明自己很不自信，反而会让男人重新审视自己的选择。

到底是朋友重要还是我重要？

一旦恋爱，男人就失去了自由。女人为了显示其"第一的、唯一的"地位，总喜欢独霸男人，让他众叛亲离，不能有朋友，不能有自己的圈子和生活，最好是一个"孤家寡人"！其实啊，现在的男人没有谁会为了"一棵树而放弃一片森林"呢？！

进行 24 小时全程监控

与上则不同的是，恋爱中的女人恨不得将男人吞进肚子里，每天都不亦乐乎、乐此不疲地检查男人手机的每一条短信、每一次通话的电话号码、上网浏览的网站、聊天的讯息，就剩下在男人身边安插卧底了，一句话，把男人当成自己的私人物品。其实，女人表现对男人的不信任已经为今后的婚姻生活埋下猜疑的伏笔，许多不幸的婚姻都是从夫妻之间的相互猜疑开始酝酿的。

爱不爱我？或者到底有多爱？

这个世界上女人似乎只喜欢两样东西，男人说"我爱你"和男人送的钻戒。因此，既然钻戒不可能天天送，那么"你爱不爱我？"、"你到底爱有多爱我？"却可以每天问 N 遍，乐此不疲。

很多女人其实并不明白，男人嘴巴上所说的"爱"和内心真实的爱的表达往往是不一致的，也就是说，男人喜欢让对方感受到他的爱而不是"听"到。如果一个男人张口就说"爱你"时，接下来，这个男人一定更有其他企图。

将感情物化，爱有多深，钻戒就有多大

上则提到女人喜欢的两样东西之一的钻戒其实是女人用来炫耀的"秀"。恋爱中的女人与其说热衷在他人面前"晒"幸福，不如说是为了炫耀。但是，感情这个东西无法量化，于是，女人就频频通过男人赠送的各种礼物来验证自己的幸福指数。

攀比、好虚荣的女人只能让男人力不从心，进而退而远之，因为满足女人的虚荣无疑是给自己戴上枷锁，男人一旦想到日后漫漫的婚姻之路将要承受如此大的压力，不如当下就拜拜。

狼来了！

"狼来了"的童话故事的结局妇孺皆知，可是恋爱中的女人却一而再再而三地要上演现实版的狼来了。今天说晕倒在马路上，当男人风风火火赶来时，女人不仅安然无恙，还嘲笑惊惶失措的男人；明天又说上班的路上出了车祸，男人丢下手中的工作，心急火燎奔赴车祸现场，却看到女人优雅地吃着冰激凌。甚至，女人还神秘地咬着男人耳朵说，她怀上了男人的孩子，令男人又惊又怕，最后得知是女人的玩笑时，男人都恨不得给女人一个嘴巴！

女人的"假戏"非要逼迫男人"真做"，这样的女人令人不胜其烦。

我们还是分手吧！

女人觉得要控制男人，"我们分手吧！"似乎成了屡试不爽的杀手锏。

情侣之间出现矛盾，女人生生气、痛哭甚至发发脾气都是可以的，但是，却不能轻易说出"分手"这两个字，除非女人已经做出决定。常把"分手"挂在嘴边的女人，只能一次次让男人感觉对这段感情缺乏信心，甚至想要放弃，这不是和女人的初衷相悖吗？

你要对我负责

什么是负责？难道就此背负一生的压力？大家都是成年人，没有谁胁迫谁的原因，既然情到意浓时，双方的情感再升华到更好的层次也很自然，女人说出这样的话来，无疑给男人内心投下阴影，甚至让人怀疑女人的动机。不要让谁对自己负责，唯一可以做到的是自己对自己负责。

十种最犯傻的爱情

1.雕侠侣插曲版

经典模式：郭襄身为武林高干子女，爱上让所有女人疯狂的杨少侠，从一开始就是这样，并且她告诉自己，这样的爱是一种信仰，于是她一往情深，深到无私无怨无悔，可以在月光下为杨过与杨过爱的女子祈祷，也可以追随他跳下悬崖，只为将一颗心交到他手上，请他活下去。

易感人群：社交面比较狭窄、内向沉默的女性。你在一个几乎全部由女性和已婚男性构成的环境，你喜欢他们其中一个，但又为他的已婚身份无比痛苦着，而且他老婆健康活泼，专情漂亮，没有任何红尘薄命或中途改道的可能。于是你决定让自己高尚起来，你从心里祝福他们，同时，你不会再爱上其他男人，宁可让心里长草，你也坚决对其他男人关上门。

解决方法：首先告诉自己，可以信仰一种精神，但不要把人当成信仰。然后强迫自己至少交3个异性普通朋友。他们可能就会给你带来9个异性朋友，在另一副扑克牌里，也许你会正好摸到那张红桃K。

2.泰坦尼克

经典模式：罗丝是美丽的，也是充满幻想和品位不凡的；而杰克是贫穷的，智慧而且充满力量。所以他们一定会相遇，也注定会分开。

易感人群：渴望流放生活的白领女士，你的压力太大了，来自老板同事父母和男朋友，于是开始向往一种全新的生活。

解决方法：其实你自己也知道，那种大麻摇滚乐加疯狂的生活你不可能接受，可你就是渴望……第一件事，攒钱；第二件事，出发，如果你确定自己随时都能回归正常体制的话。去亲自尝一尝梨子的味道，即使没有发现一片令你欢欣的新天地，也能让你更安心地回归平凡的生活。

3.风月俏佳人

经典模式：故事发生在日落大道，这一次灰姑娘维维安成了阻街女郎，她让那头野兽富翁成为真正的王子，王子的吻让她身体里那种美丽复活了，于是故事在幸福的拥抱中落幕。

易感人群：生活境遇不佳、亟待进取的女郎。你渴望成功，渴望那种与优雅有关的生活，可你发现自己不会制造梯子，于是你盯着天空，等待随时会掉下的那个馅饼。

解决方法：扔掉那本叫《玻璃鞋》的书，从学习外语入手，然后开始学习一门真正能够成为你专长的技术或知识。自救者才是上帝的选民，你要首先爱上自己，男人才会爱上你。

4.我为玛丽狂

经典模式：漂亮女人终归是迷人的，即使有个神经病哥哥，她也会被所有的见过他的男人团团围住，所以泰德·斯特罗迈恩就必须经历特别多的苦难和折磨，死心塌地，痴心不改，在片尾曲出现的那一刻才得到她的芳心。

易感人群：自认为颇具姿色的"美女"，习惯性地将二三名追求者放在手心练习腕力，像解剖青蛙一样看着那些受伤的男人，然后只要最后那个最经"造"的男人。

解决方法：这个世界上只要有宠你的男人，你就不会意识到自己有多么骄横。看看那个通情达理稳重大方的女人，为什么她得到白马王子，你身边的只是一个肉乎乎的男奴？

5.魔女的条件

经典模式：问题男学生黑泽光给年轻女教师广濑未知带来完全不同的感受，他那么脆弱，那么年轻，像一块需要把自己变成丝绒的水晶玻璃，于是她真的成了一块丝绒，而且最终被他彻底地划碎了。

易感人群：有"菩萨"情结的大龄女青年，完全被自己的奉献和慈悲感动了，最后彻底地交出了自己。

解决方法：反复问自己，你爱什么，是一个货真价实的人还是幻象中的自己？如果你需要一份有血有肉的爱情，那教会那个坚硬的男人柔软起来吧，不要担心把他击碎了。

6.简·爱

经典模式：智慧而相貌平平的女人也有打败美女的时候，如果那个男人也同样智慧的话，但是他也有一个疯妻子让他不那么完美，所以她选择离开。

易感人群：因为拥有知识而让自己不那么轻松自由的女人，所以你不那么敢爱，不那么敢付出，不那么敢伸手去摘手边的葡萄，即使只需要踮一下脚尖。

解决方法：在现在这个时代里，女人就等于美女，更何况你是智性美女！如果真的看准了自己的目标，宽容一点，大胆一点，辣一点，他一定就是你的！

7.第101次求婚

经典模式：在大提琴手矢吹薰30岁那年，她已经伤痕累累。这时，一个吓走了100个女人的五短身材的建筑工人星野达郎出现了。尽管她开始并不喜欢他，但她最终被他的善良说服，穿着婚纱出现在他的建筑工地。

易感人群：经历过巨型情感挫折的女人，你失血过多受了重伤，你需要一个温暖的地洞，而一个善良的男人正好能够满足你的全部需要，于是你有点不顾一切了。

解决方案：有一句唐山话是这样说的："自个疼自个，一疼一个准儿。"先对自己好一点，不要在最无措的时候把听众当成爱人，还有什么比一个善良但是你根本不爱的男人更叫你心烦呢？在最脆弱的时候自己保重自己吧。

8.乱世佳人

经典模式：白瑞德是爱郝思嘉的，好像欠了她十八辈子的情债要连本带利一次还清，所以他不管她嫁过几次，不管她是否爱自己，不管她会不会把两个人的爱情结晶流产。直到最后，他耗尽了所有深情才孤独地离去。

易感人群：沉浸在傻瓜天使的照顾中却迟迟不肯放送真情的贪心女郎，你挥霍着他的深情，好像他是一粒永远榨不干的芝麻，但是有一天你喊开门的时候，那粒芝麻没理你。

解决方案：健康的爱情系统要循环起来，一定要有收有放，现在什么也别做，给那个多年来对你一直一颗红心的男人打个电话，不必突然变得温情脉脉，佯怒地骂他两句就好。

9.西厢记

典型模式：两个没有见过异性的人在一个荷尔蒙分泌过多的夜晚相识，古寺、圆月，和隔着墙的两首绝句让两个彼此只见过背影的人相爱，然后英雄救美，落魄才子中状元，天下的有情人就这样成了眷属。

易感人群：天真乐于幻想的女校学生，在一个近乎纯阴性的环境里，对出现在生活中第一个略为顺眼的男人动心不已。

解决方案：观察梦中情侣的细节，再找一个最反感他的人聊一聊，看看他不为你所知的那一面。

10.廊桥遗梦

经典模式：年已不惑的主妇弗兰西斯卡终于遇到了那个会给她内心带来波澜的人，但是外出的老公终于会回家，她深爱的那个假行僧也注定要上路，于是这段感情被深埋心底。

易感人群：拥有平静家庭生活的少妇。一切都成为常规行为了，你开始想要一点点麻烦，当然，是情感上的。

解决方法：让自己干点什么！当然不是家务和另一次出轨，干点自己真正喜欢干的事情，比如园艺、裁剪、刺绣、制陶，让一些能够丰富自己生命的活动出现在你的生活中吧。

初恋的味道

初恋是什么味道？也许没人能说得清楚，但那时的懵懂和羞涩，却能让人回忆一辈子。

能和自己的初恋情人白头到老是件非常幸福的事，但却很少有人能拥有这样美好的感情。大部分人的初恋都埋在了时间的长河中，不过初恋的那份情怀却能穿越时空，一直萦绕在我们的心头。

学校有一个小花园，植满了白玉兰。在阳春三月，玉兰花开了一树又一树。她就坐在树下看厚厚的书，暖风吹来，丰腴的花瓣落在书上，有清洌的香，带着一点点的凉。

他常常拍着篮球从那条小路穿过，脚下生风，张扬了不羁的青春，却不料有一天他的篮球脱离了他的控制，直直飞向正在看书的她。层层叠叠的玉兰花裹在风中又落下，他好看的眉眼有了尴尬，却不知如何开口。末了，她伸出芊芊十指将篮球递给他，他低头接过篮球匆匆离去。

长长的春天，长长的小路，够她看几本厚书，也够他运着球去参加几次篮球赛。

后来，玉兰花开得越来越肆意，越来越丰腴，她的书却翻得越来越慢，他运球的手也越来越慢。她在等他开口说话，认识而不熟悉，问候藏在心里。他的目光落在小路的尽头，像骑马的书生收了缰绳缓慢踱步。他挺拔的身影连同玉兰花一起印在她的心上。

阳光日渐温暖，天气愈发晴朗，一个春天，眨眼过去，其实没有想象的那么长，遗憾的微凉留在了玉兰树的花上。

那一日他说，图书馆一楼有新书展销，一起去看看吧。她点头，树上的玉兰花笑得咧了嘴。那是第二个春天，他运着球走在她的身边，低头就可以看到她玉兰花样的脸庞。

那一日他说，这是初落的玉兰花瓣，夹进书里，有清洌的香。她收下纯白的花瓣，一页一页夹好，字里行间都是他的笑意。那是第三个春天，她把书放进他的车筐，和他一起走到宿舍楼下。

那一日，玉兰花又开了。此时的他们，一个去了遥远的南方实习，一个回了老家实习。植满玉兰花的小路上，有了更多的男生女生，多像当初的他们。暖风微醺，落英缤纷，只是，再也没了他们的身影。

时光匆匆流逝，几十年的光阴如白驹过隙。虽然两人自毕业后后再也没有联系过，但谁都没有忘记那份情怀。尽管两人没有结果，想起来依旧是青涩的甜蜜。

有人说，年少时的我们爱上的只是自己心中的一份青春期的爱情，而那个人只是一个异性符号。但这个异性，却不是谁都可以。初恋的美好，在于它的简单和清纯，而恋上的那个人，不一定帅气潇洒，也不是貌若天仙，也许只是被他的某一个动作、某一个微笑或者某一个眼神所吸引，这，就是爱情的吸引力吧！

初中的毕业晚会上，班里的女孩被一个一个叫到台前领礼物，礼物是男孩子们送出的，有丝巾，有发箍，有漂亮的蝴蝶结……叫到张丽丽的时候，很多同学笑了，因为张丽丽长得丑，140斤的体重，满脸痘痘五官不清，有谁会送她礼物呢？

张丽丽低着头，窘迫地站在台上，像要被宰的羔羊。主持人说，请送礼物的男生上台来。台下死寂一般，三十秒过去了，一分钟过去了，还是没有一个男生上台。张丽丽的眼泪几乎在眼眶里打转，她觉得这和羞辱没有区别，转身要逃，却看见林坤。

林坤捧着一束郁金香，还有一条漂亮的丝巾朝她走来，他大方地牵过她的手，把礼物递给她。台下的同学发出惊呼，有起哄的，有错愕的，张丽丽站在人群中，心怦怦跳，她搞不明白他怎么会送她礼物？这么漂亮的礼物，像做梦一样。

那天晚上回家，张丽丽第一次大胆迎接路人的目光，她小心翼翼地捧着那束郁金香，脸上洋溢着光彩，连母亲看到捧花的女儿都惊讶极了。母亲说，原来我们家的丑丫头笑起来还是很漂亮的。张丽丽照着镜子，头一回觉得自己若是瘦一些，应该会比现在好看。

那之后她开始减肥，也开始给在另一个学校读高中的林坤写信，问他的学习,问他的生活,问他的种种近况,林坤每一封信都回,彬彬有礼,止于问候。

张丽丽对别人说,林坤是她男朋友。

这期间,张丽丽瘦了很多,脸上的痘痘一点一点消去,五官慢慢显现出来,竟还有人夸她漂亮,她收到了来自别的男生的礼物,她站在讲台上再也不会像当年一样窘迫。毕业那天,她主动打了林坤的电话约林坤出来。她在电话里对林坤说,我在你们校门口等你不见不散。

林坤犹豫了一下答应了,他们除了写信已经三年没见。

张丽丽出现在林坤校门口的时候林坤几乎没认出来——她落落大方,眼眸里神采飞扬,与当年判若两人。他有些尴尬地和她打招呼,她却拉起他的手,逛街,看电影,亲昵的模样俨然多年情侣。

夜色绚烂,她一脸幸福,他欲言又止。终于忍不住开口说,其实……她做出嘘的姿势,紧紧地抱着他,然后,松手,从身后掏出一个盒子。对他说,谢谢。

林坤接过盒子,打开来看,里面装着的竟是当年他送她的丝巾。

原来,那晚林坤的礼物并不是要送给张丽丽的,他喜欢的女孩叫玲玲,他看张丽丽一个人站在台上,急得要哭,心中不忍,才把礼物给了她。他以为张丽丽不明白,几次想在信里跟她解释,但她的关切和热情洋溢,终究让他开不了口,他实在不愿意伤害这个极度自卑又敏感的女孩。

而实际上,张丽丽一直都知道,这份礼物不是她的。张丽丽说,我现在把它还给你,你可以送给你原本想送的人。

林坤接过盒子笑了笑,看着张丽丽自信的背影消失在夜色里。

很多年后,张丽丽想到那捧百合和木梳还会落泪,尽管那些东西并不真的属于她。她说,这最初的爱情,虽然止于幻想,却是苦涩少女时代的全部力量,给予她蜕变的勇气。

她至今仍然感激他。感激他在年少的时候给的温暖,感激他不拆穿她谎言的善良。其实,有时候爱情也可以是一场自欺欺人。

有时候,爱情可以是一场自欺欺人,但只要它让我们心底明亮,努力成为更好的自己,又有什么值得诟病的呢?这样的爱情虽然仅仅止于幻想,但却是苦涩的年少时光里努力成长的全部力量,给了我们蜕变的勇气。这样的初恋,别是一般滋味在心头。

第七章 抓住最摄人心魂的瞬间

什么是摄人心魄的瞬间？那是非常抽象的东西，是一种感觉、一种体味，一种身心超越现实的纯美反应，牵动着整个身心和悲喜情绪。它是一种思绪、是阳光、是风、空气，也是一种心痛，似拨动你心灵的颤音；是黑夜能看见明亮的光；是雪中感觉温暖的春；是笑脸，是满足，是新希望，是一切的美好，只要有心它便无处不在。

美丽的邂逅

邂逅，一个美丽的词，就如同张爱玲所说的，"在时间无涯的旷野里，没有早一步，也没有晚一步，偏偏这一刻遇上了，也没有什么好说的，只有相视笑笑，说一句，你也在这里啊。然后，各自走开，也就足够了，就这样……"

邂逅是一次不经意的美丽，是转向幸福的弯位，是美丽了一生的位置。人生最美丽的情感，就是彼此的牵挂，人生最唯美的爱情，就是不离不弃。不需要朝朝暮暮的相守，只要一个懂你的眼神，便已刻骨铭心。

但每一个故事的开始，都是一场美丽的邂逅。

她说，尽管哈尔滨是一座浪漫的城市，被人们称做"东方小巴黎"，但是，这里的冬天很冷，从小就生长的南方的她不太适应，所以，决定返回湖北武汉。

这是分手的理由，理由充分，不容置疑。

这是他的初恋，初恋是美好的，不过，只维持了一个月就胎死腹中了。

夕阳西下，灯火阑珊。夏日，哈尔滨的夜晚充满了激情，中央大街上的一群群俄罗斯女孩，给这座美丽的冰城增添了许多异国情调。

失恋是最令人心殇的。感情空虚了就需要填补，女人喜欢用零食填补，男人则喜欢用酒。于是，万念俱灰的他一个人去酒吧买醉，想用酒精麻醉他那根思念的神经，醉了，就可以呼呼大睡，让一切的烦恼，连同无尽的牵挂和思念化为一朵朵的云，随风而散。

　　凡是失魂落魄的人去酒吧，大多会选择角落，只有角落，才不会引起太多的人关注。这样，可以在悠扬的乐曲与嘈杂的人声中，尽情宣泄，可以仰天大笑，也可以低头啜泣。

　　酒吧的角落的确是一个不错的地方，否则就不会每每被女人们占据了。那些被情弄得伤痕累累的女人，在角落昏暗的灯光里狼吞虎咽，似乎拼命地想让自己胖起来，好有足够的力气抵挡来自他人的伤害。

　　他也想坐到角落里去，可是不巧，角落里已经有人了，这是一个孤身女孩，黑衣黑裤，好看的面容，娇小玲珑的身材，一双水汪汪的眼睛仿佛刚刚被水洗过一样的明亮，像两颗晶莹的夜明珠。

　　失恋的女孩都喜欢黑色，黑色的衣服似乎在告诉人们，她现在正处在感情的低谷，心情灰暗。

　　在她面前，放着一杯红酒、半瓶洋酒、一包香烟以及一只精致的打火机。

　　她正在用一只手擎着下颌，用那双忧伤的眼睛透视这个世界。

　　见有人坐在了她的对面，她笑了笑，从烟盒里抽出一根香烟，向他扬了扬，好像在问："你抽吗？"他摇了摇头，她将烟含在嘴里，点燃。

　　烟雾缭绕，是蓝色的。

　　这烟雾是她的忧伤吗？他想，也许烟雾不是她的忧伤，但是，缠绕在指间的那支烟一定是她的忧伤。

　　他友好地举起了手中的扎啤，她回应着举起了酒杯，两人相视一笑，一饮而尽，然后，各自将杯子倒扣过来，一滴没滴。

　　这是豪爽的哈尔滨人喜欢的喝酒方式，代表着真诚、不欺诈。

　　两人谁也不说话，遥相呼应着，你一杯，我一盏。

　　几杯酒下肚，她已面色绯红，但是，仍然没有罢休的意思，依然频频举杯。

　　一支支的香烟在她指间化为灰烬，一团团的烟雾在她鲜红丰腴的唇间蒸腾，幻化成无数的蝶，翩翩飞舞。

　　终于，她从椅子上滑落，重重地跌落在地上。

他在人们的惊呼声中奔了过去，将她轻轻扶起，有人拍着他的肩膀："老兄，你女朋友喝得太多了，还不带她回去。"她将一双纤细的手缠绕在他的脖子间，酥软如泥，呐呐地说："对，带我回家。"

看着躺在自己怀里的她，一股热流在体内升腾，他下意识地将脸贴在她的脸上，她的脸是滚烫的，像沸腾的水。

虽然他也喝多了，摇摇晃晃，但是，他的意识还算清醒，而女孩就不行了，虽然还能说话，但是，说出来的都是呓语，根本说不清住在哪里。无奈，喝得东倒西歪的他，抱着酩酊大醉的她，咧咧锵锵地走出了酒吧。

迷迷糊糊上了一辆出租车，然后，他将她抱上楼，一个人独居出租屋。

他将她摔在床上的同时，自己也随着倒了下去。

第二天醒来，他回忆不起夜里发生了什么，但是，从两个人赤裸的身子看，该发生的似乎已经发生了。

他感到羞愧，穿上衣服，推了推还在熟睡的女孩："喂！太阳照屁股了，快醒醒。"女孩懒懒的，翻了一个身又沉沉地睡去。

眼看就要迟到了，也顾不上她了，拿出一张纸，给她写了留言：我们昨天喝多了，起床后，冰箱里有吃的，愿吃什么就吃什么，然后，拿上钱走人，别忘了，走时锁门。

写完后，从腰包里掏出几张百元大钞，放在纸条上。

他并没有将这事放在心上，在都市里，这样的事几乎每天都在发生，你情我愿，谁也不亏欠谁，谁也不必负责。

晚上下班，他发现门是虚掩着的，心想，这个粗心的女孩一定是忘记锁门了，还好，家里没有什么值得偷的。

他推开屋门，顿时被眼前的景象惊呆了。

女孩穿着一件白色的裙子，长长的头发挽成一个髻，好像刚刚洗了澡，耳朵上戴着一副玉白色的珍珠耳钉，尖尖的下巴，滑腻的唇，正笑眯眯地望着他，好像新婚妻子在迎接归来的丈夫一样。

她麻利地递上一双拖鞋，他嘴里嘟哝道："怎么还没走。"

她不答话，依然笑眯眯地看他。

她的美，显得过于清纯，像春风里的茉莉花蕾。他再一次心动，想拥她入怀，但是，他忍住了。

他发现，女孩已经将凌乱的房间收拾得干干净净，床上的褥单、被单、窗上的纱帘，就连他扔在床脚的一堆脏衣服也给洗了，要知道，那里还有一只短裤，几双臭袜子哪，他脸腾地红了。

看到墙上挂着的几套女士衣服和放在地上的几只大皮箱，他更加惊诧了，难道她把家搬来了不成？

他不解地望着她。

女孩说话了，甜甜的："我感觉你爱我，所以，我将房子退了，来跟你搭伙过日子来了。"

他说："这怎么可以呢，我们又不认识。"她一副毫不在意的样子："没什么不可以的，若需要我跟你搭伙我就留下，不需要我就走人。"

"你和我……"还没等他把话说完，她就抢过话头："合适。"她的话把他逗笑了。

见他笑了，女孩兴奋的像一只小鸟，飞进了厨房，端出了一盘热气腾腾的菜，他望着她的身影发呆，以为是在做梦，女孩看他发呆，嫣然一笑："喂！愣什么呢！还不帮我端菜。"他轻快地答应着，随她去了厨房。

也许是菜太热了，烫了他的手，她拿过他的手指含在了嘴里，这一刻，他懂得了什么是爱，什么是疼。

望着她忙碌的身影，透着小家女人独有的情致，浓浓的爱意和温馨迅速淹没了他。他想：天下难得一知己，千古知音最难觅，我们寻寻觅觅，不就是要找一个愿意与我们同结连理枝的人吗？如今，那个愿意做自己"一心人"的人已经来到了身边，我们有理由错过吗？

此刻，他萌生了结婚的念头，对，结婚，结束自己那无牵无挂的单身生活，每天回家吃上可口的饭菜，再也不用天天不是方便面就是去饭店了，有个头疼脑热的还有人为你端水送药，得到无微不至的关怀。

在他失恋以后，他曾一次次地鼓励自己，还是单身生活好，无拘无束，自由自在，可如今，这种想法再次出现时，瞬间就被另外一个声音所否定："不，还是结婚好。"

夏日冰城的夜晚是浪漫温馨的，守候在桌子旁的两个人依然是你举杯，我投盏，互相凝望着，微笑着。

她告诉他，她叫"紫薇"，25岁，来自依兰，大学毕业后留在了哈尔滨工作，几天前失恋了，失恋的理由很简单，那个经过她父亲一手栽培的家伙有了钱以后移情别恋了，找了一个比自己更年轻、更漂亮的富家小姐。听了她的倾诉，他本想安慰她几句，可是，她洒脱地一扬手："你不用安慰我，也没什么可安慰的，失恋对于我来讲是天大的好事，最起码在走进婚姻前让我看到了他小人得志、不可一世的丑恶嘴脸，我感谢他，是他的无耻将我送到了你身边。你是一个值得我爱，值得我为之倾注全部心血的人。"

同样来自哈尔滨周边市县，相同的境遇，相同的漂泊异乡的酸楚，让两颗心紧紧地缠绕在了一起。

"我需要你对我负责，"她一脸严肃地说。

他不解。

她说："昨天夜晚，我从你眼睛里读懂了你对我的爱，我坚信喝醉了酒，你不会扔下我不管，所以，我才敢毫无顾忌地喝多，喝多了酒，你虽然没有扔下我不管，可是，你却占有了我，虽然我心甘情愿，但是，既然你对我爱了，就该一爱到底。"

爱就该坚守，这是许多女孩的愿望，她何尝不是？

他不无担忧地说："紫薇，婚姻虽然讲缘分，但是也注重现实，我的工作不稳定，在哈市无房无车，弄不好会委屈你。"

她说："你不要以为所有的女孩都爱钱，对于我来讲，情大于生命，更大于财富，你在哈市没房没车，我也一样，婚姻是搭伙过日子，不是谁养谁，再说我也不用你来养。穷富无所谓，只要两个人在一起开心幸福就好。"

"可是，让你这样一个善良的女孩跟我一起过穷日子，我会因此背上一个沉重的包袱，"他不安地说。

她没加思索地说："那有什么，人不怕穷，就怕懒，我坚信，只要我们努力了，活得不会比别人差。再说了，你是一个特别勤劳的人，跟你在一起我不担心会饿着。"

他笑了："你怎么说我勤劳？别忘了，放在床脚的脏衣服可是好几天都懒得洗哪！"

"不，那不能说明你懒惰，你虽然不愿洗衣服，可你却在刻苦读书，我看到放在书架上的许多专业书籍都被你读过了，还写了那么多的评语、感想，懒人是做不出来的，只有上进的人，才会用知识充实自己。最关键的是，今天早上，你并没有因为一个女孩的存在而贪恋美色不去上班，这一点，好多男人做不到。"她说。

"可是，你并不了解我，也许我不适合你，再说了，我是好人坏人你都不知道，假如我真是一个坏人怎么办？"他提醒道。

她笑了："我可没那么傻，我不会嫁给一个坏人的，你的为人，我在上午的时候，已经在你对门邻居那里了解得一清二楚了，他们说你是一个人品非常好的人，想必不会是骗我。"

　　两个情投意合的人再次喝多了，不过，这次是微醉。

　　人说，微醉的感觉最好，美妙、飘飘欲仙，在半梦半醒中，让自己的情感得到升华。果然，在这个浪漫的夜晚，两个人的激情达到了顶峰。

　　几天以后，她去花店买来了许多的百合花，摆满了房间，花香在房间里肆意地蔓延着，他不解，问她因何要买这么多的百合花，她笑而不答。他明白了：百合，百合，百年合好。

　　他给所有要好的哥们打了电话，让他们来家里喝酒。

　　接到电话的朋友都很奇怪，心想：他没有女朋友，是怎么置办出酒席的？

　　当人们看到在厨房里忙碌的女孩，一下子明白了。

　　在酒席上，他拉着她的手，庄严的向众人宣布："今天，我和紫薇正式结婚了，顺便告诉大家，我不是因为结婚而结婚，而是因为爱而结婚。"

　　一次的邂逅，多少次的梦幻，多少次的徘徊，多少次的依依不舍；一次的邂逅，多少次的思恋，多少次的彷徨，多少次的梦断清晨，却从不后悔。

　　心寒如冰的时候，邂逅一句温慰的话语；茫然无措的时候，邂逅一只扶助的臂膀；阴雨连绵多日后，邂逅一个晴朗的好天；乍暖还寒的早春，邂逅一场意外的春雪。

　　那么，我们每个人来到这世上，不也是一个生命与这世界一次偶然的邂逅吗？但愿它是一场，美丽的邂逅。

那些爱情中的小感动

　　在爱情里总会因为对方的一个小举动而感动。所以在爱情里最让人感动的，往往不是那些山盟海誓的语言和惊天动地的举动，而是在那些平凡的日子里不经意的一个又一个瞬间。

朵朵跟老公认识实在大学毕业之后的第二年，按理来讲，老公是自己的上司，自己应该不会跟他有什么交集。老公不属于是热络型的那种，甚至可以说有点冷漠少言，朵朵不应该会喜欢这种男人，但是，也许就是因为这样朵朵才会被这样的男人吸引住。结婚后她给同事的解释就是：男人就是要有神秘感，这样才会让女人有探索欲。

婚后的朵朵像大多数新婚的妻子一样对老公很恭敬，有那么一段时间朵朵还以为自己在家跟在公司性质都是一样的那就是上属与下属之间的关系。在家的时候老公永远都是工作狂，而自己在家的时候完全是下属，朵朵默默地想要做好一个妻子应该有的责任和义务。晚上，老公忙着公司的事情，而自己就独自看电视，或者忙着帮老公准备夜宵。这件事要是放在别人身上可能感觉很不可以理解，但是朵朵感觉很踏实，她的理由就是：最起码他在工作而不是像别的男人一样包养女人。

日子就这样平淡却和谐地过着，每一天朵朵依旧准时上班，然后下班为老公准备晚餐，最后是完成一天的工作之后睡觉，直到传说中的世界末日即将来临……

今天上班的时候，朵朵听到同事们在打赌在世界末日的时候在凌晨12点约老公在华商大厦见面，看谁的老公准时赴约。朵朵本来不想打赌的，但是同事小蓝硬是要她加入，考考主管对朵朵的爱到底有多深。

很快，传说中的世界末日就在这一天如期而至，上班的同事在这一天都没有回家，为的就是之前的赌约。朵朵有一点不安，因为她没有把握老公会不会来，在约老公的信息上只是短短的一句话而已。现在想想自己做了一件很幼稚的事情，短短的一句话怎么会让老公来接自己呢？

凌晨12点说快也不快，但是现在都已经11点45分了，来到办公室赴约的老公们也就那么一两个而已。不抱希望的朵朵最后还是有一点小失望，但是就在朵朵失望的那一瞬间老公还是来了，朵朵高兴地站起来抱着老公。同事们带着羡慕嫉妒恨的表情离开了公司。

事后，朵朵问老公为什么会来找自己，老公笑了笑说："我宁愿我来找你，也不想你因为找不到我而伤心，我不想你伤心。"

爱情天梯

1942年6月的一天，邻村一位美丽的姑娘嫁到长乐乡（现长乐村）高滩

184

村吴家，住在村口的刘国江和一群小伙伴一路追着花轿来到吴家。

几天前，刘国江磕断了门牙。山里习俗，掉了门牙的孩子只要被新娘子在嘴里摸一下，新牙就会长出来，于是，刘国江比别的孩子更想见到这位新娘子。

在长辈带领下，小国江低着头来到轿子前。当一只兰花般的手从轿前的布帘边伸出，轻轻放到他的嘴里时，小国江忍不住流了滴口水，他紧张地一咬，却咬住了新娘子的手。新娘子用另一只手掀开布帘，小国江仰头发现，仙女般的新娘子正含嗔带怒盯着自己！轿子走远了，小国江还站在原地发呆……

"发啥子癫，你长大了也要找个这样的漂亮媳妇。"一旁的大嫂大妈开玩笑。

之后，村里人时常开玩笑问刘国江长大后找个什么样的媳妇，他就会很认真地说："像徐姑姑那样的人儿！"

这个新娘子就是徐朝清，她从此印在了刘国江心中。但刘国江胆子小，路上碰见总是低头站在路边，悄悄用眼角余光看她走过，自己才敢动步。伴随着这样的偷看，刘国江成长为一个帅小伙。

"那时小，没得那些意思，只觉得她尊贵，我看她一眼就会脏了她。"回忆往事，69 岁的刘国江嘴角带着淡淡的笑。

10 年后，徐朝清丈夫患急性脑膜炎去世，她一下子成了寡妇，独自带着 4 个孩子，最大的 9 岁，最小的才 1 岁。

"娃儿恁多，老人不管，还说我克夫，苦啊！"说起往事，徐朝清眼里泪花直闪："没得吃的，我就背起娃儿到山上捡火碳子（一种野生菌）吃，啥子作料都没得，3 分钱一斤的盐都买不起。我就编草鞋卖钱，一双可以卖 5 分钱……"

这一切，适年 16 岁的刘国江都看在眼里，他想帮她，但怕被拒绝，又怕被人笑话，再说，他也不知从何帮起。

一个傍晚，徐朝清背着最小的孩子到村东的飞龙河去打水，不小心掉进河里。刘国江家就在河边，他闻讯赶到，跳进河里救起了徐朝清母子，这也是他第一次正眼看徐朝清。

之后，刘国江常常主动上门帮徐朝清做些体力活：担水劈柴，照应家务。一晃 4 年，两人都在对方的眼神中读出了些别样的东西。闲话很快传遍整个村子，不断有人找到刘国江，叫他不要为一个寡妇耽搁自己的终身大事，吴家婆婆更是不高兴。也有不少姑娘向他示爱，刘国江理都不理。

1956 年 8 月的一天，刘国江在街上碰到徐朝清，他上前搭话，徐朝清却丢下句："寡妇门前是非多。"当晚，他悄悄走进徐朝清家，明确告诉她："我要娶你！"望着眼前这个比自己小 10 岁的汉子，再望望自己 4 个孩子，徐朝清边哭边摇头。刘国江急了，一把抱住她："真的！"

第二天一早，村里人发现徐朝清和她 4 个孩子不见了，一同消失的，还有 19 岁的刘国江。

"第二天下午，我们就到了这里，这个地方我以前打柴来过，知道有两间没人住的茅草屋。"说起当时的勇气，刘国江至今得意。

从此，和刘国江、徐朝清相伴的，就只有孩子及蓝天白云、大山荒坡、古树野猴，但没有闲言碎语。

带去的粮食很快吃完，刘国江就到河里去捕鱼，徐朝清则去挖野菜。他们在山林里摘野核桃、野枣，把木浆树叶摘下晒干，磨成面粉，以备荒饥。一天，刘国江在树上发现了一个蜂窝，他受了启发，开始自己养蜜蜂，酿蜂蜜卖钱，一直到现在。

他们还在房前屋后开辟了几块菜园，分别种上土豆、红薯、玉米。可一天夜里，一群猴子将即将成熟的玉米偷了个精光。

1957 年 6 月，一场暴雨将他们居住的茅草屋屋顶冲垮，刘国江只得牵着徐朝清和孩子来到山梁上最高的一个岩洞，那儿成了他们临时的家。

最让他们恐惧的不是狂风暴雨，而是山里的野兽。"很多个晚上我都听到老虎在叫，声音好大，地都在抖。"说起老虎，徐朝清至今仍一脸惧色。那晚，她在岩洞里哭着对丈夫说："我好想有间瓦房住。"

刘国江什么也没说，第二天一早，他就带着全家到两公里外的山坳里背泥巴烧瓦。一家人背泥巴背了一年，刘国江用石头砌了个窑子自己烧，又烧了一年，才烧齐所需的瓦。

"这些瓦就是那时烧的。"刘国江指着屋顶的瓦得意地说。记者还在地坝上发现一个用竹子做的竹夹，一打就发出巨大的"啪啪"声，这是撵猴子用的。"这几年没听到老虎叫了，可常有猴子来偷粮食，昨天还来了只老鹰，把一个正在生蛋的母鸡叼走了。我不敢打，听说打了要遭枪毙。"

"从山下带来的最小一个孩子 5 岁时掉进粪坑死了，我们后来又生了 4

个孩子，都是'小伙子'接的生。1963年生老三刘明生时，我吃掉了家里最后两个鸡蛋。第二天，我趁他出去打野兔，悄悄上山挖野菜，他回来吓惨了。"用大山里的野菜和兽肉，徐朝清和刘国江将7个孩子拉扯成人，现在曾孙都有了。

他们有时也会下山，走4个多小时到最近的长乐集市买猪仔、买修路用的铁钎、送孩子到高滩小学念书……

半坡头在高滩村背后的深山中，和村上原本只有一条荆棘丛生的小路相连，当年他们就是由这条路上的山。

怕老伴出行摔跟斗，刘国江从上山那年起，便开始在崎岖的山崖和千年古藤间一凿一凿地开造他们的爱情天梯。

每到农闲，刘国江就拿着铁钎榔头、带着几个煮熟的洋芋一早出门。先在顽石上打洞，然后站上去，在绝壁上用泥土、木头或石板筑阶梯。饿了，啃几个洋芋；渴了，喝几口山泉。

现在刘国江已经由小伙子变成了老头子，铁钎凿烂20多根，青山白云间，他奋力打凿，修了半个世纪的山路。

最珍贵、纯净的东西往往是和金钱无关的，所谓的每阶石梯，其实不都是人们头脑中渐渐膨胀的物欲和偏见？不都是被社会流俗时弊所激出的种种自我排异反应？正是这些，让很多人迷失了寻找爱情和坚守爱情的心智。别说刻6000多级石梯，恐怕连拿起榔头的勇气也没有吧。

柏拉图说："只有驱遣人以高尚的方式相爱的那种爱神才是最美，才值得颂扬。"要知道，真正的爱情，能让人感动的爱情不是刻意做出跪献"九百九十九朵玫瑰"、端出"笨笨红烧肉"的样子，而是在平淡的岁月里不刻意修饰的默默相携，是风雨交加时的不离不弃。

两位老人的绝版爱情佳话，演绎了一段当代杨过和小龙女的故事。如果诺内尔奖有爱情奖的话，他们必定夺魁。

恋爱中哪招感动你？

无论时代如何日新月异地演变，无可否认的，在爱情这场追逐战中，男人仍然是所谓"主动攻击"的角色。《诗经》云："窈窕淑女，君子好逑"，至今仍然适用。男人见了心目中的"淑女"，依然按捺不住那股蠢蠢欲动的逐猎本能，卯足劲地一头栽下去——追！

不过，就如战争讲求战略战术一样，男人追女人的技巧如何，成败攸关。上乘者可四两拨千斤，以最少的成本达到最大的效果；中乘者则是一分耕耘，一分收获；下乘者当然就是事倍功半，甚至徒劳无功。话说回来，女人究竟最吃哪一套？男人又该如何才能打动女人的芳心呢？

一、鲜花攻势

虽然十分老套，但鲜花依然是经典且历久不衰的武器。想当初林青霞和邢李源结婚时，泳池旁边布置了上千朵粉红玫瑰，占据了媒体的大幅版面和挑起不知多少女人羡慕的眼神。

台湾女星胡慧中前年在拍广告时，有一位神秘男子献上了3600朵玫瑰，令她大为娇嗔地说："看了这么多玫瑰花，真令我一时头昏得有结婚的冲动。"可见，鲜花仍是女人很难抗拒的求爱强心针。但也有不少男士抱怨："花，有送啊！每逢情人节、生日都送了花，但效果却不大呀！"也许，徐志摩的"数大便是美"的美学观，此时可以派上用场：持续六个月，天天送上一打玫瑰花，肯定有效；或者挑个特定的日子，一口气送去千朵玫瑰。要知道，女人鲜少有被花海包围而不感动的。不过，凡事皆有例外。有个在广告界做事的朋友，只在女友生日时，送上一枝鲜红的长茎玫瑰，即将女友的心牢牢擒住。何解？原来，他每年都托人到纽约第五大道的帝凡内（Tiffany）总公司替他买一颗一克拉的钻石，套在那枝长茎玫瑰上，一起送给他的女友。

二、意外惊喜

出其不意地制造意外惊喜，自然也是女人难以招架的奇招。

任职旅游业的莎莉，和年长她约20岁的男友能情定一生，也是一则传奇。话说三年前，莎莉因公出差到巴黎开会，那时她和男友才相识三个月，尚属所谓的"试探期"，在机场和男友依依不舍话别之后，她独自上路，心中颇为牵挂男友。到了巴黎直奔旅馆，她一开房门即见到一大盆她最喜欢的香水百合，和一张男友来自台湾的传真，信中浓情蜜意。刚看完信，电话铃声大作，猜也猜得到是谁。果然，是男友打来的，两人情话绵绵两小时之后，她不好意思地说："很晚了，而且越洋电话费好贵，我们改天再聊吧。"男友一声声"可是，我现在就想见你"，让莎莉的心不融化都不行。

勉强挂上电话，三分钟后，有人按门铃，莎莉一开门，却见男友就在门外，她既惊且喜。原来他搭了另一班转机较不费时的飞机跟随她到巴黎来了，而且比她还早就到饭店。本来心中有些疑虑彼此的年龄相差过大，但自此全面缴械。毕竟，即使年龄与自己相当的男士，也不见得有这股热情，从台湾精心布局一路追地追到巴黎。

　　三、甜言蜜语

　　其实，对大部分女人而言，无论是鲜花、钻石、千里苦追的惊喜，她们在乎的仍是礼物背后的那份心意。暴发户之财大气粗的施舍式物质攻势，除非女方"别有用心"，否则，无论砸下多少钞票，相信仍敌不过一句能令女人心酥肉麻、回荡不已的甜言蜜语。

　　一名纵横商场的女强人，至今仍难忘有一回她开完会，将一袋资料遗落在对方的办公室，她打电话给那位风度翩翩的市场经理询问："请问我是不是有什么东西掉在你办公室？"对方心诚语柔地说："有啊！你的倩影。"阅人无数、见多识广的她，对这句话印象深刻。

　　事实上，一个男人要让一个女人爱上你并不难，只要在适当的时机用对了方法，刹那间，即能擦出爱的火花。但是，正所谓"创业维艰，守成更难"，爱上了之后，要如何让你身边的女人不离不弃，与你同心同德，可真是一大挑战，任重道远。毕竟，现代女子，可做的事情很多，她要挥洒的才华不再只局限于爱情之中。英国诗人拜伦说："爱情只是男人的一部分。"同样适用于现代女人身上。

他和她心有灵犀

　　夫妻之间的亲密是一种状态，心有灵犀则是一种境界。婚姻让两个人必须亲密相处，同吃同睡，同入同出；而默契则是一个眼神一个手势，甚至尚未形之于外的某个心念，都能令对方会意，并有所共鸣。

　　科学家说，默契是一种感应，是两个生命互相撞击时闪烁出的瑰丽火花，是自然界中最神奇、最美妙的现象。

心理学家说，心灵有灵犀是内心深处一种最好的约定，不必用言语传递就能够表达心迹，不需要用心来指引也能够相互会意。

诗人说，心有灵犀本身是一种美丽，自然的默契展示了形式美的无穷无尽，夫妻的默契昭示了人性美的无比绚丽，而朋友的默契却是人类最美好情感的一个延伸。

挚友则说，心有灵犀是一种极大的快乐，真正的默契蕴涵着真正的伟大，特别的默契能产生特别愉快的感觉。

他，一名十年军龄的驻锡老兵；她，一位华北平原的人民教师，由于种种原因，他们常年分居两地，生活相当艰辛。

那个寒假，她来部队探亲。那天她陪他去商场买便服，又说又笑，高兴极了。挑啊！选啊！他试穿了无数次，也没买下一件衣服。说笑中，已经到了下午2点钟。他迅速拦下一辆的士，直奔一家小肥羊火锅店，因为他们有约定：不管春夏秋冬，每次团聚的第一顿饭一定吃火锅，火锅象征着团圆，他们认为，也是她最爱吃的。

"请问要什么锅底？"

"鸳鸯锅底，小的。"

"服务员！快上菜！"他拿起菜单随便点了三个菜。因为他没吃早饭，肚子里直打咕噜。

"你吃什么？快点儿！"他顺手将菜单递给她。

她还没来得及点菜。

"我快饿死了，快点儿！快点儿！"他孩子般催命似地叫道，"给她吧，先上着，一边吃一边点吧！"

"就点这两个菜让人家怎么上！你好意思吗！"她瞪了他一眼，小声地说。

"没关系！你们慢慢点。"服务员走开了。

"怎么不能上！怎么不好意思！快点儿！"他觉得在众人面前丢面子了，命令道。

她紧锁眉头，把菜单甩在桌上，一声不吭。尔后，她嘟囔道："你是请我吃饭，还是请我吃气？"看来她真生气了，"我跑这么远来看你，就是为了让你气我是吧？"

"我不是饿坏了嘛！"他像孩子一样微笑着说。

"就你自己饿？"她皱着眉，低着头，开始掉"瓜子"了。

"宝贝儿！别生气了！牛肉熟了，快吃吧！"他一边说，一边又点了几个她最爱吃的菜。

"气就气饱了，还吃什么！"她明明很饿，偏偏赌气不吃。

他看着她那可怜的样子，心疼极了。

"不吃算了，我自己吃。"他故意刺激她。

"吃！吃！吃撑你！"她发火了，一边说一边拎起自己的包哭着往外跑，周围的筷子停了，目光在他和她之间不停地移动着。

也许是为了挽回一点儿所谓的男子汉的面子吧！他没有去追她，依然在吃着牛肉。一会儿，他不吃了，呆呆地坐在那里，两眼直盯着锅里的沸泡，好像在沉思什么。突然回过神来，"服务员！再来两盘牛肉卷，两盘羊肉串，两盘鱼肉丸……"

"先生！你还有……这么多菜……"服务员的目光在他和桌子上的菜之间来回移动，断断续续地说。

"打包！"他和蔼地说。

就这样，他也离开了火锅店。

晚上她回家推开门一看，她惊呆了。仅有十几平米的房间里"白烟"缭绕，扛了十年枪，从未做过饭的他正在烧火锅。她最爱吃的牛肉卷、羊肉串和鱼肉丸已经熟了，碗筷也摆好了，正准备往她碗里盛呢！透过"白烟"，他看到她手里拎着一套西装，正是今天他们看中的他嫌贵没舍得买的那套。两人相视许久，一言未发，紧紧地拥抱在一起……

恋人之间的默契是相处出来的，是磨合出来的，有这么一条曲线，刚开始是陌生（蒙爱阶段）—半熟悉（尴尬阶段）—熟悉（热恋阶段）—默契（爱人转为亲人的过渡阶段）—无话不谈（亲昵亲人阶段）—无话可说（成熟亲人阶段）。而无话可说就是默契的最高境界，是一个结合体，里面包括真心、信任、体贴、忠心。不是没有话可以说了，是信任并且了解对方了解到不必要说了。所以心有灵犀是爱情一种自然的表达，夫妻之间想要达到心心相印、亲密无间，就必须了解双方的心理需求，从而达到和谐、美满。美国著名心理学家默里对人类的心理需要进行了归纳，从而得出夫妻和谐必须满足双方的五种心理需要。

第一，尊重的需要。人的自尊心从小就有，一旦受到损害，便会痛苦不已。如果受到尊重，则会感到欣慰和满足。夫妻之间的相互尊重、信赖，就是深化爱情和事业成功的基本保证。任何训斥或轻视、贬低爱人的做法都会损害对方的自尊心。

第二，自主、表现的需要。人人都希望按自己的思想和意志办事。这就是自主的需要。每个人都希望在别人面前表现自己，尽可能发挥自己的才能，夫妻间则常想通过语言或行为来使对方欢悦、惊奇、着迷，进而赞赏自己。

第三，交往的需要。社会是人生活乐趣的源泉。那种不准爱人与他人交往的做法，不但不能保证爱情的专一，还会破坏对方的心理平衡。

第四，爱好、感情的需要。每个人的爱好不同，应尽可能满足对方的心理需求并为对方提供方便。感情的需要以爱为中心，诚挚、热烈、持久的爱，会使对方得到最大的满足。否则，失落感便会油然而生，会出现不满、烦恼、怨恨便接踵而至。

第五，宣泄的需要。爱人心里不痛快时，总想找人诉说一番，一吐为快。这种宣泄的对象当然是自己的爱人最为理想，夫妻均以对方为宣泄的最佳对象。因此任何一方都不应该责备对方心胸狭窄，或嫌对方唠叨烦人。而应主动接受对方的宣泄，并进一步劝慰、疏导，排解其内心的痛苦。

当你越不怕在对方面前露出笨拙的一面时，说明你在对方面前越是放松，双方的默契度也就越高。在锻炼双方承受玩笑的能力时，记得将幽默的矛头对准自己。在新婚的阶段，不愉快的经历很可能是因为一个不经意的玩笑而起，例如取笑对方新烫的头发像受过电击的卷毛狮，或者取笑对方壮硕的身材像河马。

这是因为，在这一阶段双方还没有熟稔到"视玩笑为亲密"的程度，没有意识到互相逗乐取笑是比甜言蜜语更"高段"的调情方式；另一方面，是挑起玩笑的人没有先将"矛头"对准自己。专家认为，每一对夫妻间都有很强的幽默潜力，幽默能力稍强的一方应该担负起调动对方幽默能量的义务，而这种"示范"应当从自嘲开始。

如果你不是他的初恋，你一定对他的前女友或前妻有着难以言喻的好奇心，这种古怪的感觉很大程度上是源自嫉妒。而且，如果他是你的第一个恋人，这种嫉妒还会掺杂着强烈的不平衡。然而，穷追猛打他的过去，对彼此的信赖感和亲密度的建设毫无帮助。不错，你很想知道，他与前女友是怎样认识的，他的父母对他的前女友有何评价？什么是他们分手的真正原因？

无论他的回答是谎言还是真相，这对你又有什么好处？逼他交代过去的情史，如果他的回答避重就轻、含含混混，你说他"刁滑"；如果他把细节真相都逐一告白，你的醋意又会更浓。对于他的前女友，你是希望他尽快忘却，还是希望他一次又一次地沉湎于回忆？所以，别自寻烦恼了，就当他的过去已被一场大火燃尽。

一眼万年

张爱玲笔下的爱情，总萦绕着一股淡淡的忧伤，那句"于千万人之中，遇见你要遇见的人。于千万年之中，时间无涯的荒野里，没有早一步，也没有迟一步，遇上了也只能轻轻地说一句：'哦，你也在这里吗？'"道出了多少人的心声，遇见你要遇见的人时，没有惊诧，没有兴奋，只一句"你也在这里吗"，不是不想说，只是千言万语都已融化在了相遇时的目光中。

高二那年的春天，杨柳在自家田地里捡到一只受伤的小兔。杨柳从小就喜欢小动物，便将小兔子带回了家，给它消毒上药，拿绷带把它受伤的腿缠起来。在杨柳的照顾下，小兔子很快恢复了健康。

春天结束时，杨柳所在的班级收到一个活动邀请，选十名同学与市三中的同学做交换生，为期一周，杨柳被选上了。他们要到对方班里上课，在对方家里生活，角色互换，体验生活。

活动第一天，双方在市三中见面。和杨柳交换的是一个叫李岩的同学。李岩朝杨柳点点头，杨柳微微一笑，眼睛弯的像月牙，眼神清澈得像一汪清泉。

李岩竟被这微笑电了一下，他紧张起来，对杨柳说："房间很乱，你别介意，唱片啊书啊你随便听随便看。另外我妈很啰嗦，做的菜也难吃，你忍着点。"

杨柳笑了，这男孩真有意思。她说："我养了只兔子，它爱吃铁线草和灯笼花，你要替我照顾好它。"

杨柳没体会到李妈妈的啰嗦，倒觉得她做的菜挺好吃。她被李岩房间的凌乱吓了一跳，也被满柜子的书和唱片吓了更大一跳。城里的同学们有的好奇热情，有的冷眼蔑视，她既没惶恐也没自卑。最后一天，双方在小镇中学再次见面。杨柳见李岩喜欢兔子，尽管她自己也非常喜欢这只小兔子，可不知道怎么回事还是将兔子送给了他留作纪念。

一周后，李岩捧着兔子来找杨柳。

"小兔子很想你，我带它来解解相思。"李岩嬉皮笑脸地说，"我给它取了个名字叫妖妖，你看它这双眼睛长得多妖媚。"

杨柳不说话，看着他笑，嬉皮笑脸的李岩竟然被看得不好意思地低下头去。

之后，李岩每周都来，尽管从市区到市郊要两个小时的车程，但他还是坚持每周末都来，每次来了也只是东拉西扯说些不找边际的话。

后来有一天，李岩突然很正经地对她说："杨柳，我，我喜欢你。我希望你是我将来要娶的那个人。"

杨柳还是一副淡淡的表情，说："将来太远，谁都无法预见。"

很快就是高三了，李岩又捧着妖妖来了，不过，他是来向杨柳告别的。

"我也要好好学习了，不能老来打搅你了，但我会一直等你，你能给我多少时间来等你？"

"只要妖妖还活着。"杨柳不是没有心动，只是她没信心，与其充满希望之后再失望，还不如暂时将希望埋进泥土。

兔子的自然寿命有多长？李岩在网上搜到答案：6年。

而此时，妖妖刚满一岁。

李岩的成绩很糟，而杨柳成绩很好。李岩的高三在拼命。高考结束，李岩来找杨柳，杨妈妈说她打工赚学费去了。李岩如愿考到了自己想去的学校，尽管不能与杨柳成为校友，但能在一所城市已经很不错了。

开学前夕，李岩又来到杨柳家，想约她一起出发，却不料，杨柳前一天已经走了。他问杨柳的专业和电话，杨妈妈和蔼地看着他说："不是阿姨不想说，可闺女不让我告诉你，她只说该遇见的，总能遇见。"

李岩抱上妖妖去了学校。四年时间里，他去过无数次杨柳的学校找她，可始终没有见过杨柳。毕业之后，李岩留在了这个城市，因为他费了很大劲得知杨柳也留在这里了。

妖妖很老了，只能靠注射营养液维持生命，李岩很怕它的生命就这样走向尽头。

那个周末杨柳去小动物保护基地做义工，被派到宠物医院取注射液。负责接待她的医生正在给兔子打针，她走过去，看到了一只牙齿掉光了的老白兔。医生正感慨地对兔子的主人说："你这只兔子有6岁多了吧，已经相当于人90多岁，尽管牙齿掉光吃不下东西，只能靠注射营养液和喝水，但生命力还很顽强，真是一只坚强勇敢的兔子。不过，就算这样，它可能也活不了多久了。"

兔子的主人眼里蓄满泪水，抱起兔子转身离开，一转身却撞到一个人身上，他赶紧道歉，一抬头，却看到那张朝思暮想了好多日子的脸，她的眼睛还是那样清澈，只是蓄满了泪水。

他抱着妖妖呆在原地。

"我来履行承诺。"杨柳的脸上终于不再是淡淡的表情。

"妖妖一直在等你。"

"深情一眼挚爱万年，几度轮回恋恋不灭，把岁月铺成红毯，见证我们的极限，心疼一句珍藏万年，誓言就该比永远更远……"这样的爱情，也许就是一眼万年。

第八章 爱，就别轻易放手

爱情原本就是两个人相互扶持、相互依靠、彼此拥有的情感。有很多恋人在相处一段时间后，忽然发现彼此没有当初那种新鲜感和神秘感了，之后便会想到分手。其实爱是用来创造幸福的，而不是用来寻找幸福的。每一次恋爱的起初应该都是真诚的，坦然的，因为彼此没有一丝情感是不会在一起的。所以在一起就好好珍惜，不要轻易说分手，谈一场不分手的恋爱，进行一场不散席的婚姻，让你们的爱情一直延续下去。

若爱，就要争取

爱情本是两情相悦的一种感情，只要双方情投意合即可，但现实生活中，我们总是给爱情附加上种种条件，找出千百种自己配不上对方的理由，甚至都不敢争取一下，便放弃了。殊不知，也许只要我们勇敢一点，结果就会大不相同。

他大二那年，父亲突发脑溢血身亡，处理完父亲的后事，伤心欲绝的母亲将他叫到屋里，说："儿子，你爸走了，以后我们娘俩的日子可该怎么过？"

他母亲是典型的农村妇女，从没出过远门，凡事都要丈夫拿主意，如今丈夫亡故，她就把希望都放在了儿子身上。突如其来的打击让他有点不知所措，可是他知道，自己此时必须担起这个家的重任。

他决定辍学，因为他仔细想过，即使申请了助学金，也只够他每年的学费，生活费他可以做兼职来赚取，可是他还有一个母亲要养，家里还有许多外债要还，辍学去打工是唯一的选择，也是现在最好的选择。

二十一岁的他来到了省城，顾不上挑拣，只要有人要他，他就去工作。

独自一人在外漂泊的日子很是辛苦，没有朋友的他爱上了听一档电台的夜间热线节目，确切的说，他是爱上了那个女主持人的声音。

　　那是一个下着滂沱大雨的夜晚，后半夜他被雷声惊醒，辗转难眠，便打开收音机，收音机里传来一个女孩清脆却不失温暖的声音，闪电一般击中了他孤独的内心。从此，他成了她的忠实听众。

　　慢慢地，他知道了她每天早上6点结束工作后，坐6：30分的第一班6路公交车回家，于是，他在电台附近租了一间小房子。早上，他选了她后排的一个位置坐下，默默地看着她，就像听她的节目。她回家，他去上班。

　　对此，她却一无所知。

　　她的男朋友刚去澳大利亚，一表人才，在那边的一家大公司做策划。他去澳大利亚时，她送他，飞机从机场起飞，然后在天空中变得像一只放在橱窗里的模型，呼啸的声音消失在天际时，她才把抑制了许久的泪水释放了。她不想让他看见她的脆弱，却有一种只有自己才能体会的痛。这是她第一次爱情中的分别……

　　她男朋友登机前，她对他说："不管你什么时候回来，我都会等你……"她不是那种爱许诺的人，因为她真的很爱他才说了这句话。她得恪守着自己的诺言，她不需要他对她承诺什么，既然爱一个人，就应该给他最大的空间和自由。她相信，他会回来娶她的。

　　6路早班车从城市的中心穿过，停停走走。她下了车，他也下了车，他看到她走进一栋30层的大厦，然后看到第10层楼的一扇窗粉红色的窗帘拉开了，她的影子晃过。他想，那些初升的阳光此时已透过她的窗户，然后落在她的脸上，一片绯红。

　　他换了工作，在她家旁边商务大厦的一家广告公司做策划，因为他是大学肄业，所以工资很低，但为了每天能看到她，他愿意，而且他相信，只要自己努力工作，工资很快能涨上去的。

　　每天的凌晨4点到6点，他在她的声音中看书学习，或者加班做策划。有时候，会因为她的一句话，他找到灵感，做出的策划案会得到领导表扬。每当这时候，他都想拨通她的热线电话，和她一起分享，但他忍住了，他怕会吓到她。

　　日子就这样一天天过去，他努力工作，工资很快就涨上去了，对她的喜欢，也与日俱增。一天，他终于拨通了她的热线电话。他问她："我很爱一个女孩子，但我并不知道她是否喜欢我，我该怎么办？"她的答案就通过电波传到他的耳际：告诉她，爱不能错过。

第二天清晨，6路车的站台上，他早早地出现在那里。她从电台的石阶上走下来，他又坐在她的后排。车又在那栋30层的大厦前停了下来。他还是在她身后下了车，但还是眼睁睁地看着她进了大门。因为没有说话的理由、没有戏剧化的情节。他是那种很谨慎的男孩。他不想让她认为他很鲁莽。

终于有一天，车晚点了。已是冬天，她在站台上等车，有点焦急。因为风大，她穿得很单薄，她走过来问他："几点了？"他告诉了她准确的时间。站台上只有他们俩。她哈着寒气。他对她说："很喜欢你主持的节目。"她就笑："真的？""真的，听你的节目已有一年了。"他说，"我问过你一个问题的，但你不会记得。"于是他就说了那个问题。"原来是你。"她说："后来你有没有告诉那个人呢？"他摇摇头说："怕拒绝。"她又说："不问，你怎么会知道呢？"

她还告诉他：我的男朋友追我时，也像你一样。后来他对我说了，我就答应了。现在他去了日本，三年后他就回来……

车来了，乘客也多了。在老地方，她下了车，这次他却没有下，心中的寒冷比冬天还深。他又走了一站地到单位，然后，辞职。

他在城市的另一端找到了新的工作，也搬了家。他想，他总是配不上她的，不管自己再怎样努力，也比不上她的男朋友。

他的母亲身体越来越不好，每次打电话回家，母亲总是问他有没有女朋友，什么时候结婚，他能不能让自己在有生之年抱上孙子。面对母亲的催促，他很难受，他不想做一个不孝的儿子，可是，他也不想就此放弃对他的爱。他依旧是她的忠实听众。

她的男朋友终于回国了，带着一位华裔美国籍女孩。他约她出来，在曾经常见的地方。他神不守舍地说了一些不着边际的话。"我想和你说一件事……"他终于说。无奈的荒凉在那一刻迅速蔓延，像潮水一样，她只恨到现在才知道。痴心付诸流水，只是太晚了。覆水难收。她请了一段时间的假，呆在家里，只是睡，太疲倦了。一起走过的大街，看过的街景，说过的话……爱过、疼过的故事都淡了。她心如止水地上班去。

有近一个星期，他没有听到她的声音，以为她举行婚礼了……

他终于死了心，加上母亲的催促，他答应了一个女同事的追求，之后结婚生子。婚后的日子平淡幸福，只是他总觉得缺少了爱情的味道。

两年后，他在机场的书店里看到她的自传，书中写了她失败的初恋，也写了一个很像他的男孩……

而那时，他的女儿刚出生不久。

有些爱情，错过了，就再也回不去了。在爱情中，很多人不知道什么才是最重要的，他们总会想很多，列出各种条件证明自己配不上对方，然后选择了放弃，但却忽略了最重要的事情是爱一个人就要勇敢去争取。

如果爱，就要去争取，哪怕最后失败了，也不会给自己和对方留下遗憾；而常常，很多时候只要我们勇敢争取，就能得到想要的幸福。

将爱情进行到底

生活中很多人分手都是因为累了、烦了、受够了、伤心了，被抛弃了，或者是不爱了等等。其实爱情不能因为累了，就说分手。在爱情里没有什么合适不合适，那大多数是借口。既然因为相爱在一起了就要好好牵着对方的手走到最后。将爱情进行到底，因为爱也是一份责任。

爱情原本就是两个人相互在乎，彼此拥有的情感。有很多恋人在相处一段时间后，忽然发现彼此没有当初那种新鲜感，神秘感了，之后便会想到分手。这是极度没有责任感的。爱情是需要坚定信念的，既然你牵了她的手，就和她度过一生吧。

很多人都是一时冲动而失去了一生中的爱人，而过后后悔莫急。应该说，这样的爱情是愚钝的，愚钝到不能相互包容、理解、体谅；愚钝到对最亲近的人发脾气，而对陌生人亲切。

爱，是用来创造幸福的，而不是用来寻找幸福的。每一次恋爱的起初应该都是真诚的，坦然的，因为彼此没有一丝情感是不会在一起的。所以在一起就好好珍惜，不要轻易说分手，谈一场不分手的恋爱，进行一场不散席的婚姻，让你们的爱情一直延续下去。

渔夫在海边打鱼的时候，捕到一条金鱼，金鱼说："如果放了我，我可以满足您的愿望！"于是，渔夫放了它，想到家里的木盆坏了，就说："我想要一个新木盆！"回到家里，果然愿望成真了！老太婆说他太傻了，居然只要了一个木盆，她让老头子到海边去，让金鱼满足她更多的愿望：有座新房子、成为贵妇人、当皇帝等，她的欲望无穷无尽，金鱼生气了，贪心的老太婆依旧过着以前贫穷的生活！

而另一对老夫妻，家里非常穷他们准备把家里仅有的一匹马，换成其他更有用的东西。到了赶集的日子，农妇对农夫说："你做事总不会错！"然后，农夫骑马上路了，当他看到有人卖牛，觉得牛比马有用，就用马换了牛，之后他又用牛换了羊，羊换了鸡，鸡换了一袋子烂苹果。

在路上休息的时候，两个绅士听了他的故事，说："你家的老太婆如果不和你打起来，也会和你吵翻天的！"农夫自信地说："不会的，她会给我一个吻！"于是双方打赌一袋金币。绅士随农夫回到家里，农夫说："我用马换了一头牛！"农妇说："太好了，这下我们有牛奶喝了！""我又把牛换成羊了！"农妇更加高兴："这下我们有羊毛了！""我用羊换了鸡！""太棒了，我们有新鲜的鸡蛋吃了！""我用鸡换了一袋子苹果！""我正想做苹果馅饼呢！谢谢你！"说完就给了老头一个响亮的吻。两个绅士看了非常感动，然后，就给了老夫妇一袋子金币。

很多人都读过第一个故事，感受是，由于老太婆的贪心而失去了财富，除此之外，还让我们读懂了夫妻之间应该平等，不能高高在上。不能对对方的做法大肆评判，指手画脚，要学会尊重伴侣，谈话要用商量的口吻。人的欲望是无穷的，不必徒惹烦恼，最后落得一无所获，两手空空。在生活中也有这样的例子，妻子嫌丈夫没本事，不能挣大钱，或者经常把丈夫和别人相比，动辄就说："你看人家谁谁，再看看你……"

这样的"比较研究"，足以让老公自惭形秽，仰天长叹。要知道世上没有统一的标准，一个男人一个模式，妻子的感受是最重要。老公是自己的，拿他和别人比，比来比去只会自寻烦恼。想想，如果你的老公比较强势，非得要你改了习惯，你又会开心吗？己所不欲勿施于人，其实夫妻之间如果过多地要求对方，只会给对方带来压力和烦恼，从而引起不愉快，产生家庭矛盾，甚至使引起婚姻危机。

在婚姻中，女人不仅仅要学会示弱，更要学会怎么让男人去尊重你，而夫妻间只有建立在相互平等、尊重的基础上，才能有和谐的婚姻。

张仁和张杰是一对兄弟，他们虽然相差三岁，但是他们的脾气秉性却非常相似。千禧年，两个人都找到了心仪的女孩子，一前一后地都结婚了，完成了家中二老的心愿。

张仁的老婆是一个有学问的女孩，她是一个名校的高材生，在银行工作，工作能力非常强，是一个名副其实的女强人。可是这个优秀儿媳妇让张仁的父母头痛，因为他们的这个儿媳妇性格太倔强，从来不服软，遇到他们这个牛脾气儿子，两个人三天一小吵，几天一大吵。每次吵完架之后，大媳妇总是摔门而去，住单位的宿舍成了家常便饭。虽然事后张仁还是会去接她回来，可是老两口是过来人，看着他们这么闹下去，总觉得不太踏实，哪个老人不想让自己的孩子幸福地过日子，遇到这样的事情，两位老人心里怎么都不会舒服。

老二张杰的老婆也不是一个简单的人，在一家律师事务所做律师，每月的工资都比张杰多几倍。据说她在法庭上为当事人辩护时威风八面，所以老两口在他们结婚时就跟着提心吊胆。他们想：大儿媳妇在银行工作都那么厉害，更别说小儿媳妇做法律工作，张杰和他哥的脾气差不多，看来打架的日子还在后头呢。谁知老二一晃结婚一年多了，小夫妻俩连脸都没红过。张家二老以为是小儿子比哥哥强，结婚以后脾气改了呢。一次偶然，让老两口明白了，原来不是儿子变了，而是小儿媳妇比大儿媳妇有办法。

有一次赶上二老在小儿子家吃饭，小两口为一件事斗嘴一直僵持不下。张杰觉得自己父母在，太没面子了，于是急了，伸出手想打老婆。二老一看，刚想喝止儿子，结果却看到儿媳已经变了一副面孔，一扫刚才针锋相对的劲儿，把嘴一嘟，一脸坏笑地说："说好了说不过时不许耍赖的，当着爸妈的面你还想赖。你要是打我，你得打得轻点，不许打嘴巴，打嘴就有说不过耍赖的嫌疑。"然后就扬着脸闭着眼睛等着了，也不管当时公婆在场。结果火了的张杰看到老婆这样，想想自己没理，爸妈又不会饶了他，只好笑了，顺势亲了老婆一下，说："是我错了，大人没大量，欺侮小孩子了，下次不敢。"就这样，一场家庭战争在硝烟刚起时就烟消云散了。

张家二老目瞪口呆，他们彻底知道为什么脾气一样臭的两个儿子的婚姻有如此大的不同了。

能撒娇的女人很多，但会撒娇的女人不多。张杰的老婆也许并不比张仁的老婆学历高能力强，但她比她高在了会用"巧"字了。女人是水做的骨肉，除去形体上的阴柔之美，还要有主观上的手段来"装扮"自己的美丽，撒娇便是屡试不爽的手段。有些男人是不怕硬碰硬的，但不能抵抗温柔一刀，尤其当你中意的是那些阳刚十足的北方壮汉时，你不妨用一下"四两拨千斤"的巧劲儿。

男人如果是一座固若金汤的堡垒，那么，女人只须撒个娇，发个嗲，往往就可以把一个大男人溶化掉，简单得很。而男人若想征服一个女人，却往往是要立马统兵纵横捭阖力拔山兮气盖世，好不辛苦。我们不得不说，撒娇的确是一个聪明女人的杀手锏，它比"倚天剑"还要锋利，一出手就会击中男人的死穴。再坚强勇敢的男人在女人的娇声嗲气中都会手足无措、骨头酥软，把所有的英雄气概丢得一干二尽。女人只要把娇气软绵绵地撒在男人身上，哪怕要男人上刀山下火海，男人也会眼不眨心不跳地心甘情愿为其献身。

已为人妻人母的小白，现在比从前更有一番娇美的风韵。提起婚姻，挡不住满脸幸福的小白说，其实婚姻生活也曾出现过问题。可用小白的话来说，就是因为自己"傻"，所以从没有失去丈夫的疼爱。新婚燕尔时，丈夫自然陪伴自己多一些，这让同住一起的婆婆很是不满。所以只要丈夫不在家，婆婆就指使小白干这干那，就怕小白歇着，而等自己儿子一回家，婆婆就开始干活，累得一会说这里疼，一会说那里不舒服，让儿子忙里忙外照顾她。她还到儿子那里告儿媳的状，说她就知道照顾孩子，不懂得孝敬老人。面对这一切，小白从没有吭过一声，她白天笑脸对着婆婆，尽心做家务，夜晚却躲在丈夫的怀里偷偷哭泣。其实，摸着小白粗糙的手，丈夫怎能不知道小白的苦。小白就是这样最终赢得了婆婆的接受和丈夫的疼爱。

防止自己受伤害最好的保护伞是微笑。他暴跳如雷也好、误解你也好，你要用一颗宽容之心，包容他，以不变应万变，始终沉着微笑，那么最终他心里好好珍惜的只有你。女人的娇羞和善用眼泪，绝对是令男人怜惜到心底的法宝。默默流泪比号啕大哭更能打动丈夫的心。其实，能让老公说自己"傻"的女人是最幸福的女人。美满婚姻需要女人不断调剂，热情时骄阳似火，让爱人情不自禁；而柔弱如蓓蕾初绽，更令人怦然心动。

别让几句错话毁了你的爱情

从相识到相知，从相爱到热恋，感情的逐渐深入往往会让一些已经进入热恋期的男女"掉以轻心"，他们的脑袋开始发热，说话也开始不注意对方的感受。这是一个非常"危险"的信号——热恋男女，言语不当，极易让来之不易的感情蒙上阴影，甚至有可能导致分道扬镳的悲惨结局。

别拿前任跟现任比

不管是男人还是女人在心里都有把尺子，只要曾经爱过，再重新接受一个人肯定都会去相比较。即使嘴上不说心里也会有这想法，但是你应该知道爱情是不能比较的，如果一个人真正能重新再投入一份感情，重新再去爱一个人的时候，就应该珍惜，不能去比较，这样对现任是不公平的。有时候你的过去要锁在你的心里比较好，你可以把它当做回忆藏的好好的自己享用而不是告诉他（或她），要想不再受第二次伤害就好好珍惜现任。

认识杜鹏之前，身材高挑、天生丽质的叶虹拒绝过不少优秀小伙子的求爱，她那个时候的观点是"没有最好，只有更好"，这也可以说是一些优秀女孩的通病。但是，随着年龄渐大，她终于变得现实起来，与本公司的工程师杜鹏谈起了恋爱。

进入热恋后，叶虹时不时会故意提起以前追求自己的那些小伙子的优秀："我和你说过的那个小李，就是追求过我的那个，以前混得就不错，是一家公司的销售部经理，现在更牛了，自己做起了代理，前几天还邀我吃饭呢，被我拒绝了，我现在是一心跟着你了，你可要对我好一些啊！""大学时候我班的姓张的那个男生，就是老家浙江的那个，父亲退居二线了，他现在是家族企业的掌门人了，前段还打电话邀请我去他们公司任职呢，职务是人力资源部经理，要不是为了你，我肯定会过去的，年薪二十万呢。"

叶虹说这些，无非就是想告诉杜鹏她为他付出了很多，想让杜鹏更加珍惜她、对她好。

但是，杜鹏听了这些，却特别心烦，感觉叶虹总是用这些不知道真假的故事给他施加压力，好像他如果在事业上混不出名堂简直配不上她，简直是毁了她的终生幸福一般。

终于有一天，杜鹏生气了："这样吧，我不会阻拦你，你觉得和谁生活幸福，就找谁去吧，职场上本身压力就很大了，我不想再听你念叨这些爱情紧箍咒了。"本来想用"紧箍咒"鞭策男友更爱自己的叶虹傻眼了，冷战了几天，她终于忍不住打了道歉电话，尽管两个人重修旧好，但是，杜鹏觉得自己再也找不到以前那种美好的感觉了。

别总在恋人面前炫耀自己的家世

爱一个人首先爱的是一个可以值得共度此生、情真意切的人，而不是爱他（她）富有的家庭。一个女人嫁给一个男人也不只是他有钱，如果男人对女人不够关心爱护，尽管有金山、银山都是不会幸福的。

莉娜与高博的恋爱一度让朋友们很是羡慕。高博的家庭条件很好，自己在国税局上班，是国家公务员，母亲是大学教授，父亲是当地铁路局的一名处长，而莉娜的父母则都是普通工人。刚开始的时候，高博怕莉娜敏感，言语还很低调，随着两人恋情的加深，高博渐渐地就口无遮拦了："以后你嫁到我们家啊，享不尽的福，你看，我妈是大学教授，我爸是处长，我的收入也不错，这样的家庭，打着灯笼都难找吧？"说完，洋洋得意地看着莉娜，仿佛莉娜高攀了他似的。莉娜心里不舒服，但却忍着没有发作。谁知高博却有点蹬鼻子上脸了："你们家那老式房子，才六十多个平方，怎么够住啊！你看我们家四室两厅的房子，住着多宽敞、多舒服。"

莉娜听着听着，终于忍不住爆发了："高博，你不觉得你很浅薄吗？你爸只是铁路上的一个处长而已，不是铁道部部长，而且很快就要退休了！是的，你妈妈是大学教授，你也算知识分子家庭出身，理应比一般人更有涵养才对，怎么说话这么肤浅呢？你还以为你们家是豪门啊？你以为你爸是李嘉诚啊？你少给我来这一套！"说完便怒冲冲地走了，任高博在她后面喊破嗓子也不回头。

别当面指责他（她）的父母

两个人因为情投意合才走到一起，渐渐的两个人熟悉后难免会发现对方一些问题，其实两个人的问题是好解决的，要命的是，若发现对方父母的问题该怎么解决？有的会当着爱人的面说对方父母的不是。这是一个大忌，因为你和爱人再怎么亲，他也是他父母养大的，就算他父母的缺点再怎么多，也不希望你当着他的面指责。

陈华与杜军恋爱一年多了，以前表现还不错，最近不知怎么回事，却开始对杜军的家人挑三拣四起来："你看你妈，干一辈子家务了，还是那个水平，做的饭比学校食堂大师傅做的大锅饭还差，洗刷碗筷，也不戴手套，居然还用手指甲去抠池子里的油污，也不嫌脏！还有你爸，每天都喝酒，一喝完还喜欢唱个小曲儿，整天嘴里哼哼唧唧的，也不嫌烦……"

开始的时候，杜军并没说什么，但是，陈华一个劲地唠叨，杜军难免有些反感："我妈干家务还干出一身不是，是吧？我妈又不是厨师，做饭差不多不就行了吗？你不刷水池子，当然弄不了一手的油污！不干活的反倒挑起干活的理了？我爸辛苦了一辈子，现在退休了，放松一下，喝点小酒，哼个小曲儿，你就不能容忍了？就你这，还没结婚呢就这样，如果结了婚，你不定还要怎么鸡蛋里面挑骨头呢……"

陈华从没见杜军生过这么大的气，一时难以接受，摔门而去。她以为杜军一定会去追她，谁知却打错了如意算盘。陈华对杜军父母的不敬之语，让本来已经想向她求婚的杜军打了退堂鼓。

别老干涉他（她）的正常喜好

人们常常以爱为名，去干涉、劝说我们爱的人，以为这样就是对他们好。经过多年的体验、实证，现在对我而言，爱到极致就是放手——给你爱的人最大的爱和支持，不要把自己的道德判断和价值观套在他们身上，用自己的喜好和标准来评判他们的行为。

汤敏和许杰是对热恋男女。汤敏在一家外企上班，工作压力很大。她减压的办法是去健身馆锻炼、去商场闲逛。但是，对于这两个爱好，许杰都很反对，两人刚谈的时候，许杰还"忍"而不发，相处半年后，许杰就忍不住开始抗议了："既然你说上班很辛苦，为什么下班以后不休息，还要去自找苦吃呢？每天累得大汗淋漓，有意思吗？人家健身是为了减肥，你又不肥，身材正好，真是没事找事。还有逛街，如果真是去买东西，逛逛也可以，关键是你又不买东西，在大街上东奔西走的，简直就是多动症！"

汤敏一听气就不打一处来："健身光有减肥的作用吗？它还有另外两种好处：第一就是能让人精力旺盛，第二就是能减缓精神压力。现在职场中人患忧郁症的还少吗？另外，逛街就是正常的休息，就是散心的，怎么叫'多动症'？你经常和朋友在饭局、牌局上浪费时间，我还没说你呢？你喜欢看足球比赛，那又有什么用？但是，既然这些能让你开心，我就觉得值！我讽刺过你吗？阻拦过你吗？我看你就是大男子主义，喜欢干涉我的正常爱好，我看我以后嫁给你也幸福不了，只有经常吵架的份！"

两人就此不欢而散，尽管许杰后来道歉，但是，他的言语已经深深地刺伤了汤敏的心。

进入热恋期的青年男女，更需要珍惜那来之不易的缘分，珍惜倾注心血培养出的感情，千万不要因为言语不慎而毁了自己苦心经营的爱情，我们要吸取上面几对的教训，别说那些不该说的话，伤了恋人的心，到头来自己种下的苦果只能自己吞。

有话好好说，别轻易说气话

年轻人们一冲动就容易说气话，先让嘴上痛快了为止，一旦火熄灭后，反思自己说的话开始追悔莫及。气话是爱情中最忌讳的话，也是人们最容易说出口的话。因为在气头上，"分手"这两个字眼就特别容易脱口而出。而盛怒中失去理智的恋人们，也轻易地因为这样的气话而做出分手的决定，轻微者或许还会复合，严重者也许就这样桥归桥、路归路，彻底地分个干净。

哪对情人不吵架呢？如果闹了意见就说气话，什么难听说什么，就想伤害到对方。试问这样的爱情还有什么意义可言呢？世上既没有百分百相契的情人，就难免会在相处的过程中有了争论，如果一言不合就可以抹煞两人之前的爱情，那么，这样的爱情也未免太草率而不牢靠了。

没错，生气时说分手的刹那会有一种报复的快感，觉得似乎挣到了面子，觉得可以表现得不在乎是很酷的行为。但是，真的就会快乐了吗？分手真的就是最好的吗？如果两人都各退一步，把不该说的话咽下去，是不是爱情就不会走到覆水难收的尽头？毕竟，哪个人谈恋爱是为了要等一个分手的结果呢？每个人都渴望天长地久，那又何苦因为一时的冲动要做出损人不利己的事呢？

雪是个自以为是的女生，整天拽得不行，说话也有攻击性，没什么恋爱经验。哲是雪第一次这么喜欢的人。认识之前就对哲有好感，但知道他肯定和自己不是一个世界的，就一直没有接近过，就一直暗恋着。

后来因为很偶然的事情他们认识了，慢慢的哲开始主动和雪说话，他们渐渐熟悉起来。中间雪见证过他追求一个女生然后失败的插曲，然后过了一阵子，他开始追求雪，而且手段高明，各种小细心、小浪漫让雪防不胜防。雪糊里糊涂就被钓上钩了，先是地下，因为雪说不想公开，怕影响两个人原本的生活。然而哲不太满意这种状况，毕竟不公开，在别人面前看到对方不在乎自己的样子，都不太好受。结果没多久哲对她发了一阵子脾气，说她在别人面前完全不搭理他，冷淡得要死，完全没有谈恋爱的感觉。

雪说了好些好话，解决了以上事件，然后也决定慢慢地公开。其实雪很怕他没有忘掉他之前追没追到的那个女孩。而他说，雪越来越重要，那个女孩已经越来越淡了。雪觉得哲很真实，并没有骗她说他完全忘记那个女的，于是决定包容他。

放寒假那天，哲在 QQ 上对雪说："我们去看某某电影吧。"

雪问："怎么突然想起看这个？"

哲说："他们说挺好笑的，就看啊。"

雪心里就是觉得奇怪，于是点开他之前追求那女生的微博，赫然就是一条：今天看了某某电影，好好笑啊。

雪的理智爆炸了，她生气地说："我们还是分开吧！"

哲不明白是为什么就不解地问："为什么？我哪做错了？"

雪不客气地说："你自己想吧，再见！"

其实这也没多大事，如果继续谈下去应该吵吵架就过去了，但是，雪就是咽不下去这口气，死活不想再和他继续了。

终于熬到晚上，雪一直等着哲的消息，结果他那边一直没有动静，雪更是气不打一处来，打开哲的对话框火上加油地说："和你分手都是经过考虑的，我之前说会等你，现在看来真可笑，你根本不值得我等。"

雪说了一通狠话，把话都说绝了，说完心里很痛快。哲那边迟迟没有动静，但是雪心里开始慢慢地难受。

第二天雪无比痛苦纠结，思来想去，最后征询了几个朋友，都让她找哲好好谈谈不要为这个小事就分手。

于是雪也开始觉得因为这个小事就分手太不值得，于是就好声好气地问哲："你明天有空吗？我想和你谈谈。"

等待对方信息的时候，雪的心里七上八下的，结果对方毫不犹豫回复了两个字：没有！

雪继续忍着悲痛说："不会耽误你很多时间的，求你了。"

对方还是不为所动。最后雪忍气吞声地说："对不起，之前我说的都是气话，希望我们能重新开始，你给我一个机会好吗？"

雪就这样开始了无下限的挽留，好话说了一堆，怎么卑微怎么说。但对方的态度都是，不可能了，不会再为了一个动不动就说分手的人在一起了，太受折磨了。

雪当时痛到不行，也开始说了几句狠话，结果哲就完全不回复了。

雪也明白了，这次这回感情无法挽回了，她真的好后悔说那些气话，而且分了之后雪才发现哲对雪来说还是很重要、很喜欢的人。

恋爱中的男男女女，有些气话真的不要因为逞一时之勇而说出口。如果真的还爱着，如果真的还在乎着，就不要装做失去也无所谓，就不要轻易说分手。分手的刹那也许会觉得失去也无所谓，但是，如果养成了在争吵时就说分手，那么，你的爱情很容易就会以分手收场，永远也留不住一颗有缘的心。

爱就接受

网络情人节刚刚过去，就有新闻报道说一对情侣上午刚刚到民政局领了结婚证，下午就因为吵架而又去民政局办理了离婚手续。人们在目瞪口呆的同时不禁想问一句：现在的年轻人到底怎么了？婚姻岂能如此儿戏？

如今的社会，离婚率高居不下，但细细探究一下离婚的原因，就会发现其实都是因为一些鸡毛蒜皮的小事情，如果两人能够互相包容对方，各自退让一步，就能幸福地生活在一起。

段晓天去海南潜水去了，而他女朋友小欣则去了新疆。两人是在一次驴友活动中认识的，因为都热爱旅行，很能谈得来。但当热恋期过后，他们就发现彼此之间的差异是很大的，就连最热爱的旅行，也因为两人喜欢去的地方不同而常常不能结伴而行。比如这次，段晓天想去潜水，可他女朋友却说想去新疆，谁都想说服对方，结果谁都不肯让步，只好各走各路了。

在海南的旅途中，段晓天认识了一对老夫妻。他们一起走过了三十多年，看着一对老人携手走入花甲，他真心祝福他们，也羡慕他们，因为他不知道自己和小欣的恋情还能持续多久，更别说一起相携到老了。

旅途中，段晓天发现两位老人中的女士极其开朗，一路上欢声笑语，而男士坐在船上一直很沉默。他们玩得不亦乐乎，那沉默的老先生就坐在船舱里一动不动。

"快下来玩啊！"段晓天热情地招呼老先生。

"不去！"老先生一本正经地回答。

"水可清了，下面都是彩色的鱼。"段晓天逗他。

"我不喜欢水！"虽然老先生是虎着脸说话的，可神态却可爱至极。

听他的语气，年轻时应该是个少爷脾气的人，两人能携手走过三十多个年头，女方肯定没少包容他。

而到了老年，他不喜欢水，但他的爱人喜欢，所以他也来了。坐一个多小时的车然后两个小时的船，在海上还要被暴晒。就因为他的爱人喜欢水，他陪着她经历这些颠簸。

经历了岁月的磨砺，他也学会了妥协。

在水里玩累了，他们都躺在沙滩上。老太太像个公主一样坐在树荫里一个用绳子吊起来的轮胎上，老先生在后面推着轮胎，慢慢地晃悠着。"公主"荡了起来，脸上露出明媚的笑容。那种笑，让旁人看起来都觉得幸福。

可是如果，年轻时没有老太太的包容，他们这段感情是走不了这许多个年头的吧，也不会有今天这幸福的笑容吧！

段晓天看着这对老年夫妇很是感动，也从中悟出了爱情里不仅需要爱，更需要包容才能让这份爱持久。

他拿起手机，拨通了女朋友的电话："你到哪了？我马上买机票过去找你！"

世上没有两个兴趣喜好完全一样的人，即使是朝夕相处的爱人，两人之间也存在各种不同的地方。面对与自己不一样的爱好习惯，我们可以不喜欢，但一定要接受，要学会包容对方，这样两个人才能相处得融洽和睦。爱一个人，就要接受对方的一切；过日子，免不了有些磕磕碰碰，想开一些，安然接受就好了。

男人和女人没有谈过恋爱，两人是靠传统的媒妁之言而结合的，两家都穷，算是门当户对。不过女人从未上过学，因为要给家人做饭，晚上要纺棉花挣工分，所以就连夜校都没读过，理所当然的不识字；而男人上到了高中，正赶上"文化大革命"没能上大学。那时城里的青少年都上山下乡，男人自然是没机会到城里去找工作的，只好在家务了农。

后来学校复课，男人到村里的小学当了老师，又到了该结婚的年龄，就不断有媒人来给男人说亲。虽然男人是老师，但因为家里穷，条件稍微好点的女孩子都不愿嫁给男人。直到女人出现，年轻时的女人眉眼清秀，男人一见就喜欢上了。女人不识字，见男人是老师，心里自然欢喜，也就忽略了男人不爱说话的毛病。

婚后的日子很清苦，男人在小学当民办教师，女人经营家里的几亩薄田。男人不喝酒，可是爱抽烟，还喜欢打牌，女人很反感他这些恶习。因为这个，女人经常唠叨男人，男人不爱说话，也不搭腔，由着女人唠叨，从不生气。

后来，几个孩子几个相继出生，男人的父亲去世，母亲生病，家里的负担一下子加重了很多。学校的工资太低，男人便辞了那份工作，多接了几亩田来同女人一起种。虽然田地多了，可也只能勉强养家糊口。

看着别人家的日子越过越好，自己家的日子永远捉襟见肘，女人自然是有些不高兴的，唠叨也比之前多了很多。女人身材高大，说话嗓门也大，在田里干活的时候，时常只听到女人一个人的声音，别人还以为她在自言自语，其实男人就在她旁边埋头干活，一言不发。回到家中，依旧是女人在唠叨，男人在沉默地抽烟。

由于家里的经济条件一直不好，他们的大儿子上完初中后就死活不想去读书了。女人为了让大儿子去上学，又唠叨了很久，而男人依旧沉默，最后大儿子坚持不上学，并在一天早上，偷拿了家里的三百元钱坐上了去福建的火车。

他们的大儿子在一家鞋厂找到了工作，虽然辛苦，但每月挣的钱除了他自己的花销，还能给家里寄回来不少。渐渐地，女人便不再唠叨大儿子的事情了。但不幸发生在一年后，他们的大儿子休息时外出买东西出了车祸，肇事司机跑了，他因为被送到医院的时候错过了最佳抢救时间而去世。

得知这个消息时，女人哭得昏天黑地，却没有埋怨男人当初为什么不劝儿子去上学，为什么不拦着儿子去打工，之后，男人和女人赶去福建处理大儿子的后事。

处理完大儿子的后事，女人和男人互相搀扶着蹒跚地走出火车站，两个人的头发两天之间白了一大半，形容枯槁，女人的眼中含着泪花，男人的怀里揣着大儿子的骨灰盒。

这是男人和女人这么多年来第一次那么亲密，在人生最悲苦的时刻，除了最亲的人还有谁能给你温暖？

自从从福建回来，女人的唠叨变少了，男人也不怎么打牌了。阴雨天或者是冬日无事时，女人就在家纳鞋底，男人则有时坐在一边看书，有时在一旁搓麻绳、扎扫把什么的。女人时常默默地流泪，而男人则静静地陪着她，一支接一支地抽烟。偶尔一两次看到男人将手搭在女人的肩头，轻轻地拍打几下。

再后来，男人病了，但刚开始时他一直忍着，没去看病。家里谁都不知道他病了，直到他疼到忍不住在地上打滚时才被女人喊人强行送到医院。男人的病需要做手术，但男人不同意，自己已经病了，小儿子还在上大学，家里本来就不宽裕，做手术是需要花很多钱的呀！

女人瞒着男人回娘家借了钱，但男人还是不同意做手术，无奈之下，女人请来了众多亲朋好友来劝他，可男人还是不同意。晚上，女人叹着气说："你不做手术身体怎么能好起来？你要是走了，谁还听我唠叨。"男人没说话，只轻轻地叹气。

第二天，男人鬼使神差地同意了做手术。手术很成功，但需要住院观察一段时间，在男人这段住院的日子里，女人每天小心地给男人喂饭，天气好的时候，还搀着男人到医院的小花园里散步。不久，男人就出院回家了，只是不能干重活。女人也不让他下地，只让他在家做些家务事。多半辈子没下过厨的男人开始学着做饭，但做的饭有时候真让人难以下咽，干了一天活的女人回到家中，竟然没有唠叨男人做的饭菜难吃。

男人的身体渐渐好些了，他想为女人分担一些重活。多年没唠叨他的女人又开始唠叨他了："不是说不让你下地吗？你怎么又背着我去锄地了？"

男人还是不说话，嘿嘿地笑。

两个人能够走到一起一定是被对方吸引，最吸引我们的就是对方具备了我们身上缺乏的那部分，这部分东西我们不具备也做不到的，所以才觉得弥足珍贵。但对方身上除了吸引我们的独特地方，还有很多地方是我们所不喜欢的，这时就需要双方相互包容、彼此妥协，接受那些我们所不喜欢的地方，只有这样，爱情才能在融洽的氛围中长长久久。

小雯和男友一次去青岛旅游，回来就分手了。两人本来已经打算要订婚了，可是仅仅因为一次旅游，小雯就坚持要和男友分手。

为了表示自己分手的决心，小雯旅游回来后就收拾东西搬到了自己的闺蜜倩倩家住。倩倩问她到底为什么坚持要分手，她说："去青岛之前，我公司里很多事情要忙，旅游的事情就让他张罗了。我充满期待的和他去了青岛，却发现我们住的酒店到海滩要走二十多分钟，他还跟我说是海景房。我问他这是怎么回事，他说订这酒店是因为特价。我从期待的顶峰跌落深渊，这几天我一次海都没有下。我想从那里买些工艺品带回来，他却说那些东西全国各地到处都有，别说北京了，为什么要费劲从青岛带回去，回北京买不也一样！我也知道是这么回事，可我就想从青岛带点特色的东西回去作纪念，却被他的话堵得一句也说不出来。他这么不了解我，不尊重我，以后的日子根本没办法在一起生活，还是现在赶紧分手好了。"

倩倩等小雯说完，已经明白了大概，小雯说男友不尊重她、不了解她，不过是因为她事先没有和男友沟通好，没有让男友了解到自己的真实想法，所以才会出现误会和争吵。

"你为什么不和他沟通呢？为什么不告诉他你的真实想法呢？"

"他爱我不应该知道我是怎么想的吗？不应该满足我的要求吗？他既然根本就不懂我的想法，就是不爱我，我更不能和他继续在一起了！"小雯依旧非常气愤。

"那你爱他吗？按照你的思维，你如果爱他，就应该知道他的想法，就应该满足他的要求，按照他的想法来做事情，可是这一点，你做到了吗？谁都不是谁肚子里的蛔虫，你不说出来，他怎么可能知道你心里的想法。"倩倩劝她，"再说两个人相处肯定有想法不一致的时候，好好沟通，彼此包容一点，退让一点，不就没事了吗？你和他分手了，就能确保你再找到一个比他更爱你、更懂你的人？我们不能因为一时冲动就分手啊！这样的话，你永远都不可能找到那个能和你一起到老的人的。"

听着倩倩的劝慰，小雯的气渐渐消了，也想明白了这次的事情没什么大不了的，可是，她还是不愿意先低头。

倩倩正要劝她，门铃响了，来人正是小雯的男友。

"雯雯，对不起，这次的事情都怪我，跟我回家吧！你看我又订了去海南的机票和海景房，这次的酒店出门绝对就是海滩，你想买什么回来都行！"

"对不起，这次的事情我也有不对的地方，不能全怪你。"小雯不好意思地低下了头。

一起到老

爱情这个话题，从古至今，描述甚多，故事甚多。不管是悲惨凄切的还是平静幸福的，不管是天长地久的，还是昙花一现的，只要曾经让我们感动过那就珍藏在心底吧。

爱情说到底无非是青春年少的难分难舍、海誓山盟，婚后的相濡以沫、不离不弃，以及老年的执子之手，与子偕老。

苏轼的两首小诗《薄薄酒》，第一首："薄薄酒，胜茶汤，粗粗布，胜无裳，丑妻恶妾胜空房。"按照中国的传统观念，有妻才是家，才算是立起一个门户，才算是过日子。不管日子如何平淡，即便是时常有磕磕绊绊，时常有怄气吵嘴丑妻恶妾那也是个家，也能让你心有所托，白天过得踏实，晚上过得安稳。

第二首："薄薄酒，饮两钟，粗粗布，著两重，美恶虽异醉暖同。丑妻恶妾寿乃公。"也就是说，你锦衣玉食，我粗衫淡饭，结果我们都是一样吃饱穿暖。你喝上千元一瓶的茅台，我喝几块钱一瓶的二锅头，你能说你能醉得比我高雅？夫妻争吵不断得以长寿的比比皆是，那是化解矛盾的一种方式。那是排解郁闷的一种方式。丑妻怎么了，丑妻更包容，丑妻会时时为你着想，时时为家着想。俗话说，丑妻薄田家中宝。当然如果家中美妻又贤良淑德，我们总不能说那是一件坏事。

一所大学的教学楼，是100多年的老建筑，屋顶带有教堂的风格，被爬山虎密密麻麻地裹着。与教学楼百八十米的距离间，有一条鹅卵石铺就的小路，路的尽头是一拱小巧的月亮门，通向学校的家属院。

一对发如雪鬓如霜的老人，每天都相互搀扶着，从这条小路上缓步蹀过。晚桂开了，老人俯过身去，深深地一嗅，一脸的满足惬意。

老先生有一个能让人如雷贯耳的名字，50多年前从国外回来，一手创办了学校的历史系。10多年前他就不带研究生了，从学校正式退休，但一直是历史系的象征。他的夫人，名气也丝毫不比他小。曾经，两人的爱情惊世骇俗，那一年他43岁，她20岁，是他的学生。

她说："我爱你。"那个时代说出这三个字，本身就意味着浪漫与勇气，更何况"君生我未生，我生君已老"，他的年龄足以当她的父辈。而更难以逾越的障碍是，罗敷未有夫，而使君已有妇，还有一个与她同龄的孩子。但她大胆地看着他的眼睛，一字一句地掷地有声："我爱你。"

他以为她只是说说而已，并不当真。她似乎也只是说说，从此绝口不再提，却把一颗春心细细封藏。15年后他的夫人驾鹤西去后，她又一次找到他："现在你可以说'我也爱你'了。"那一年，她35岁，未婚。

214

不般配，自然是指年龄差距，23岁的鸿沟，一个已满头白发，一个尚粉面红颜。其次是学识上的，他是德高望重的系主任，著作等身。而她受当年大胆出位造成"恶劣影响"的牵累，到图书馆只当了一名普普通通的馆员。她说："我不在意你的年龄，现在我30多，你50多，咱们看起来不般配，但30年后我60多，你80多，就不一定有什么差距了。现在你是说句话就能发表的大学问家，我是图书馆员，看起来不般配，但30年后我肯定不比你任何一个学生的学问差。"

后来有情人终成眷属，因为他被她的一句话打动了："我赶不上爱你的一辈子，但来得及一辈子爱你。"他说自己时日无多了，再不抓紧爱与被爱，就来不及了。

他们之间的差距，确实是在缩小。结婚10年了，她虽然面色红润，头发却已经提前银白，跟他走在一起，像只有10岁的差距。而在学识方面，更是门当户对，她嫁给他的时候，已经堪称明史研究的专家，在国内外核心期刊上发表了好几篇论文。

当初，为了能配得上他，15年来，他在图书馆借的所有书，她都认认真真地读了一遍。

她停止了学业，只为了说"我爱你"的时候，他不会背上师生恋的恶名。她默默等了他15年，只为了不背负上"离婚再嫁"的名声。她一生的努力，都是为了给自己的爱情一个能被世俗安然接受的理由，不让他为了她的爱受一点点的牵累。

没想到的是，这么般配的一对老人，竟然也逃不过时间的魔咒，老先生先是入土为安了。老夫人看起来精神尚好，她要求大家谁都不准哭，因为老先生有遗言：一生中做过最好的学问，有过最好的女人，谁也没有同情和怜悯的理由。他80而殁，当算喜丧，更没理由哀伤。她说作为未亡人，自己再也用不着担心别人说三道四，批评两个人不般配，更用不着隐藏自己的感情来迎合世俗的眼光了，当然也更用不着安慰。更何况，她成功兑现了爱他一辈子的诺言。她也就真的默默地陪他走了一辈子，直至他生命终结。

年轻人充满期待充满渴望，对爱情自然无限向往，很多情况下往往都是情不自禁。这种情不自禁是崇高的是美好的，让怯懦的人变得勇敢，让自私的人变得博爱。这种情不自禁又是可怕的，让人失去理智，缺乏判断。让人行事鲁莽，不分青红皂白。不管怎么说，每个人都曾年轻过，年轻时那种爱的萌动是一种幸福，值得珍藏一生。

　　爱情总是理想化的，求之而不得方觉其可贵，怕其难长久，才有信誓旦旦、海誓山盟。《两汉乐府》中有首《上邪》堪称是青年男女海誓山盟的经典之作。"上邪：我欲与君相知，长命无绝衰。山无陵，江水为竭，冬雷阵阵，夏雨雪。天地合，乃敢与君绝。"

　　爱情到底是什么，从古至今都无法给它一个明确的注解。情非得已、情难自禁、情之所至、情有独钟似乎都难道出其真谛。"叹世间情为何物，直教人生死相许。"好一句"直教人生死相许"，它与上文的"山无陵，天地合，乃敢与君绝"合成古往今来最美丽的两句爱情宣言。

　　每个人似乎都是写情书的高手。其一，书信往来这一最佳的表情达意的方式，最温暖的沟通联络方式，也是最有效的文学训练方式，现已几乎销声匿迹。因为大多数开始上网聊天，在网上传情达意。但是网上聊天少了书信的真诚，太应酬、太漫不经心。

　　其二，情书这种诉说情感的方式已不复存在。写情书有什么不好，写情书能真正激发一个人的写作欲望和创作潜能，情书能最快速度地检验一个人的文学领悟和文学水平。爱情中的男女是高尚的、透明的，写出的文字自然也是清纯的、鲜活的。比起那些粗俗的男欢女爱不知要高尚多少倍。

　　生活不能太浪漫，太浪漫注定难长久。爱情不能太浪漫，太浪漫只能是个梦。《天龙八部》中乔峰带着两情相悦的阿朱到雁门关探寻自己的身世之谜。两人在悬崖边相依相偎了几天几夜。最令人动容的是，两人约定，此事之后便远离江湖，去塞外的大草原上牧马放羊。可是不久之后，报仇心切的乔峰，却误伤了易容装扮成大理段正淳的阿朱致死而悔恨终身。

　　婚姻生活实实在在，远不是婚前所想的那般浪漫。更何况大部分的婚姻都是不经过恋爱阶段，而直接步入柴米油盐等诸般琐事的婚姻。琐碎的生活往往让夫妻双方漠视对方的优点，漠视对方的感受，总能挑出对方一大堆的不是。尤其是妻子，总对自己的丈夫不满。对身强力壮能干活的丈夫说："你除了有股子蛮劲，你还有什么？你什么时候能长点脑子。"对肯动脑子但手脚稍懒一点的丈夫说："你看你懒成什么样子，整天胡思乱想，也没看你生出钱来。"肯动脑子的人似乎手脚都稍懒一点。更多的妻子会说："我嫁给你算倒八辈子霉了，要钱没钱，要地位没地位，要长相没长相。"尽管丈夫如此不堪，但日子还是要一如既往的过下去。同时妻子也会一如既往地唠叨下去。今天说谁谁升职了，明天说谁谁赚大钱了，后天又说谁谁买车买房了。爱攀比是女性的普遍心理，这种攀比有时会催男人奋进，催男人发奋图强。但更多将男人的自信彻底挫败，干脆承认自己就是一个窝囊废。在女人这种高强度的"激励"下，男人走不出去，对女人心生怨恨在所难免。走得出去，不生出异心才怪。俗话说：贫贱夫妻百事哀。所以生活首先要过得去，有饭吃、有房住、遇到事略感紧张但还能应付，这就是平平淡淡的幸福。对任何事不要太苛求。钱多更好，钱少不抱怨；升迁更好，不升迁不抱怨；晴天更好，雨天不抱怨。随遇而安，有失必有得。当我们老得哪都去不了了，才感到一切都不那么重要，情意才是真的。

王昌龄的《闺怨》一诗中写道："闺中少妇不曾愁，春日凝妆上翠楼。忽见陌头杨柳色，悔教夫婿觅封侯。"此闺中少妇生活无忧，衣食富足。春日盛装打扮登楼观景。忽然看见小路边的杨柳春色，突然想到，由丈夫陪伴在身边该多好，干吗非要教丈夫去谋功名，求封侯？功名封侯真的有那么重要吗？我们这里不妨将她的担心引伸一步。丈夫求封侯而不得，就有可能战死沙场，求得功名则有可能移情别恋。真是越想越后悔，我当时真是昏了脑子，我干吗要逼着他去求取功名。

中国古代最该"悔教夫婿觅封侯"的，恐怕要数家喻户晓的秦香莲了。丈夫陈世美能读书读到状元之才，想必家里生活还过得去。儿女双全，父母健在，妻子勤劳、贤良淑德独自操持家务。撇开经济状况不说，陈世美无疑是幸福的。在知识未必改变命运，但科考却能改变人生的年代，陈世美背负着全家的希望，进京赶考求取功名本身没有什么错。临行前，秦香莲带着两个年幼的孩子送了一程又一程，千叮咛万嘱咐。陈世美信誓旦旦，说此生一定要报答她对陈家的大恩大德，此生绝不负她。陈世美一举高中状元也没有错，问题是皇帝家有一个待字公主，皇帝欲招青年才俊陈世美为驸马。考验陈世美的时候到了。古代读书人所追寻的"书中自有黄金屋，书中自有颜如玉"在他面前突然变得唾手可得。面对这一步登天的机会，他动摇了。他最终选择了荣华富贵，选择了对妻子的背叛，选择了对良心的背叛，选择了蜕变。有人曾说，这世上有杀不完的陈世美。可见在巨大的诱惑面前，这世上的真君子真的不多。此决定一出，他后面杀妻灭子的举动似乎也就顺理成章了。

现实生活中，婚姻应该是平平淡淡的。平平淡淡地相守，平平淡淡地洗衣做饭，平平淡淡地关心牵挂，平平淡淡地争吵和谅解。人生短短几十载，维持下去就是一种幸福，维持下去就是一种积淀。别羡慕谁，家家有本难念的经。别羡慕谁，很多人还在羡慕着你呢。日日夜夜的夫妻相处中，自会有一种通融以及心灵的呼应。变迁以后，你也许想到的只有对方的好。

有一男子和妻子在一起生活了几年，两个人因为很多事情开始不断地争吵，最后无奈离婚了。离婚后男子觉得生活很空虚就想重新恋爱，一天他看报纸的时候，发现报纸上有征婚栏目。他一下子就来了兴趣，于是就一个挨一个地查找合适自己的信息。找来找去，找到一个最中意的，就把这女子资料圈了出来。两天后，他收到一条短信，是前妻发来的。他打开一看，上面写着："我到你家借工具时，看见你圈过的征婚广告，请不要打上面的电话，那是我。"男子看完有些不敢想象，原来这么久来，他喜欢的还是他妻子的类型。

人生总是充满矛盾，婚姻也总是充满矛盾。一方面人们总是在寻求安定的家，但安定必然意味着束缚。于是另一方面人们又想着要飞，要自由自在，要无牵无挂。而无牵无挂的代价是不安与寂寞，于是又要回家。就这样周而复始。我们从自家的窗外望着远方，憧憬着外面世界的浪漫与激情；我们在黄昏路上凝望着回家的路标，盼望着家的温暖与安宁。婚姻久了总有厌倦的时候，但这种厌倦需要我们用心去调适。只要呼吸一下新鲜空气，体验一下孤独之旅，之后一切又可以从头再来。

生活总是纷纷扰扰的，充满了太多的偶然和不确定。人海茫茫，为什么我在那时、那地、那种心情下遇见一个你？即便是有人牵线，为什么线的那头牵得就是你？即便是牵的就是你，怎么会一牵就牵出一生的相守？能相守一生除了有缘份恐怕没有更好的解释。我们常听到的夫妻间所说的"你这个小冤家"恐怕可以把夫妻间那种又爱又恨、爱恨交织、爱恨难舍的情结表达得淋漓尽致。

这个世界充满着诱惑，其中就有情色诱惑。真正能达到坐怀不乱的又有几人，真正能做到"取次花丛懒回首"的又有几人。五彩缤纷的世界似乎时时在考验一个人的底线和定力。唐代诗人元稹在《离思》中写道："曾经沧海难为水，除却巫山不是云。取次花丛懒回首，半缘修道半缘君。"经历过沧海之水之后，何水为水？目睹巫山之云之后，什么样的云还能算作是云。意思就是说："我的妻子啊，你就是沧海之水，你就是巫山之云。你走了，带走了我的心，带走了整个世界的色彩。"元稹对妻子的深情厚意尽在这两句诗中。妻子的匆匆离世是他人生的缺憾，这种遗憾凄凉又在诗中找到精神的安慰及寄托；这种遗憾凄凉之中又带给人们情感的方向及心灵的向往；带给人们"两情若是长久时，又岂在朝朝暮暮"的感叹，以及对"但愿人长久，千里共婵娟"的呼唤。

"取次花丛懒回首，半缘修道半缘君。"即便是走在如潮的美女们中间，如果那个人爱你，他也懒得扭头去看别人一眼。因为他的眼里看的，心里装的全是你。再美的女子，他的眼里还能看得进去谁，心里还能装得下谁？

我们很多人往往身在福中不知福。夫妻间的温暖相伴、相知相守，不是人生最大的福气吗？点点滴滴、心心相印，静静流淌的似水年华也是生活的一种真谛。即便有缺憾，那缺憾也不失为一种美的回味。

苏轼在妻子王弗去逝十年之后，梦里见到妻子，写下那首千古绝唱"十年生死两茫茫"。"十年生死两茫茫，不思量，自难忘。千里孤坟，无处话凄凉。纵使相逢应不识，尘满面，鬓如霜。夜来幽梦忽还乡。小轩窗，正梳妆。相顾无言，唯有泪千行。料得年年断肠处：明月夜，短松冈。"一别十年，生死相隔，茫茫两世界。说不想你怎能不想你，说忘记你岂能忘得了。茫茫千里，孤坟一座，你心里有话跟谁诉说呀！唉，从你走后，我满面尘泥，两鬓如霜。就算哪天在路上相遇，你恐怕也认不出我了。昨夜又梦见你回到原来的家中。你正坐在小轩窗前，长发瀑布，蛾眉粉黛，悠然对镜，款款梳妆。你我四目相对，说不出话，唯有泪流千行。料想从今以后，月明之夜，短松下的坟岗，年年都是我肝肠寸断的地方。

人这一生，功名富贵皆尘土。珍惜生命，珍惜平淡的生活，珍惜眼前人，相搀相扶走完一生，是你最大的幸福。"在相对的视线里才发现，什么是缘。""执手相看泪眼，竟无语凝咽。"

什么是爱情？

三毛和荷西有这样一段对话，荷西："你是不是一定要嫁个有钱人。"三毛："如果我不爱他，他是百万富翁我也不嫁，如果我爱他，他是千万富翁我也嫁。"荷西："说来说去你还是要嫁有钱人。"三毛："也有例外的时候。"荷西："如果跟我呢？"三毛："那只要吃得饱的钱也算了。"荷西思索了一下："你吃得多吗？"三毛十分小心地回答："不多，不多，以后还可以少吃点。"他们的每一句话，都平淡显真情，荷西只想好好地爱护三毛，想给她幸福。三毛只为爱荷西，哪怕只吃饱就够了。

关于他们的相约相伴到老，荷西对三毛说过："我们一定要到你很老我也很老，两个人都走不动也扶不动了的时候，穿上干干净净的衣服，一齐躺在床上，闭上眼睛说：好吧！一齐去吧！"相信任谁听来，都会感动得泪流满面。

三毛说过："一刹那真情，不能说那是假的。爱情永恒，不能说只有那一刹。"我们每一个人都渴望爱情能够永恒，能够坚守自己的爱情，能够与心爱的人相伴到老。

现实是，生活大多是柴米油盐，夫妻大多是吵吵闹闹。就算吵了大半辈子，最后还是在一起生活到老。或许，爱情并不总是炽热如火，如温吞水般的亲情也是爱情。月下老人既然给你们牵了线了，那就好好地把爱情经营好，把日子经营好；毕竟，百年修得同船渡，千年修得共枕眠。

其实，换个角度看，人这一辈子，唱主角的是亲情，而不是爱情；亲情可能比爱情更重要，也更长久。不论如何，珍惜你的另一半，珍惜陪你到老的那个人吧。

懂得包容，才能相携到老

"我能想到最浪漫的事，就是和你一起慢慢变老。"这句歌词和林忆莲甜美的声音，唱进了多少人的心里，可是，这个最简单的愿望，并不容易达成。年轻的我们寻寻觅觅那个能与我们白头到老的人，可是，走着走着，以为对的那个人最后也终究是与我们走散了。能相携到老本就不是一件容易的事，那么长久的岁月，磕磕碰碰又怎能避免，谁又能保证自己永不犯错？

每年结婚纪念日，老夏都要给妻子写一封情书，前些日子他们刚过完金婚，已有五十封情书了。

吃完晚饭，老夏戴上老花镜，坐在客厅里又拿出那沓情书重温，看着看着，他突然发现有一封信，笔迹不像自己的，仔细辨认一会儿，原来是妻子模仿自己的口吻写的。老夏就问妻子怎么回事，妻子低声道："那年你写给我的信，我、我不小心弄丢了，怕你知道不高兴，就……"

老夏听了，生气地怪妻子太粗心了，妻子低着头没吭声。老夏起身进卧室后，女儿替母亲感到委屈："妈，你怎么不告诉爸真相呢？那一年他根本没给你写信，他写给了另一个女人……"

妻子摇头道："那是你爸一时糊涂，现在他老了，早已不记得这件事了，我又何必让他内疚呢？"

想当初，老夏出轨，他的妻子定也是伤心欲绝的吧！可是，人的一生中难免都会犯错，她用她的包容原谅了他的错误，挽回了他的心，保护了自己的家庭。如果不是包容，他和她早就分道扬镳了；到白发苍苍之时，面对他因误会而对她的责备，她依旧不加解释选择了包容，这样的心胸，又有几个人能有？

爱情中，磕磕碰碰是免不了的，就像厨房里的碗，用久了，难免会因为磕碰而有一些缺口。很多人不会轻易丢弃一只有破口的碗，但很多人却很容易放弃一段有瑕疵的爱情。

幂幂性格急躁，刚结婚的时候，经常为一些小事和老公吵架，一开始老公还算有风度，不到一天半晌就会主动"投降"认错。可时间一长，老公也觉得委屈，凭什么没错也要认错啊？

后来再争吵的时候，两人互不相让，谁也说服不了谁。于是，两人怄气的时间变得越来越长。

幂幂一看这样下去不行。在又一次吵架之后，她主动和解，并提出了一个建议：为了家庭和谐，减少吵架频率，在家里设立一个"爱情账户"：准备一个储蓄盒，先在里面放上100元钱作为基金，夫妻每吵一次架，就从中扣除10元钱，如果一个月内无吵架记录，则可以存入50元基金。

幂幂的老公觉得这个创意非常不错，于是两人马上就进入了实施阶段。在刚开始的一个月里，他们都怀着好奇的心理，牢记规则，彼此相安无事，到月末，顺利地在"爱情账户"里存入了50元基金。

到了第二个月，也算不错，两人只吵了一架。起因是她老公因为和朋友聚会喝醉了，回到家幂幂一时没控制住自己的情绪，与他绊了嘴。第二天她老公醒来后，毫不犹豫地从"爱情账户"中拿出10元钱归为己有。

　　看着老公得意洋洋的神情，幂幂脑子一转有了新的提议：如果双方不小心吵了架，这扣除的10元钱应该给首先和解认错的那个人。

　　"爱情账户"的作用还真不小，它既约束了幂幂的坏脾气，还使基金的数目不断增加。

　　不过，一段时间之后，新的问题出现了。幂幂发现老公开始故意找茬和她吵架，不过第二天就主动认错，然后急不可待地从账户中拿出10元钱。

　　经过仔细排查，幂幂找到了原因。因为她强迫老公戒烟，并把握了家中的经济大权，她老公烟瘾犯了，迫不得已，才想出了这个馊主意。于是他又添加了新的"规则"：主动认错的一方，要给对方买一件小礼物，以弥补给对方造成的"心灵创伤"。

　　这招真灵，她老公再也不故意找茬吵架了。不过，幂幂也反思了自己的错误，知道戒烟不是一天两天的事，要慢慢转移老公的注意力。于是她给老公买来零食放在家里和办公室，犯烟瘾时就充当替代品，并多陪他散步、聊天、下棋等，以分散他对烟的"思念"。

　　通过这一系列的措施，幂幂的老公不但成功戒了烟，还感觉到了老婆对他的关心和体贴，回报她的当然是无限温柔与爱意，两人整天你侬我侬，根本就想不起来吵架。

　　他们的转变也被朋友们看在眼里，以前动不动就吵架的两人现在感情好得好像在热恋，自然让别人羡慕。

　　生活是无法圆满的，爱情亦是无法完美的，但我们要接受这样的事实，学会妥协，懂得包容，才能相携到老。

第九章 爱情，是一场修行

爱情是一场修行，百年是短，千年不长。我们每个人都是这场修行的主角，经历过热恋的甜蜜、失恋的痛苦，品尝过爱情的酸甜苦辣，在爱情的海洋里浮浮沉沉……也许我们最终如愿以偿，牵着心爱之人的手一起看细水长流；也许这场爱情最终没能修得正果，但这个过程，却是最宝贵的回忆。

爱情就像放风筝

有一对母女朋友，母亲快五十了，女儿二十八。虽然年龄不同，相同的是母女俩都离了婚。虽然两人对待丈夫和家庭的态度不同，但结果却是相同的——都是丈夫离她们而去。

父亲做生意赚了大钱，而且生意越做越大。

俗话说："男人有钱就变坏。"母亲担心男人禁不住花花世界的诱惑，想起朋友曾经说的"要想拴住男人的爱就要管住他的钱袋"，母亲就开始对丈夫管得死死的，紧紧盯住他。一有什么风吹草动，就如临大敌，兴师动众。走在街上，如果发现做丈夫的偶尔看了别的女人一眼，就开始没完没了地盘查拷问。

一次在父亲的公司，母亲看到丈夫和一位女同事谈笑风生，马上面如土色，开始胡搅蛮缠，大肆吵闹，如此这般，弄得父亲疲于应付，更是心烦意乱。

一天，父亲生病了，母亲倒了杯开水，不小心倒得多了，端着满满的水走路时，极怕洒出来，没想到，越是小心越是紧张，水还是晃了出来，不仅烫到了脚还打碎了杯子。

父亲长久的积怨终于在那一刻化作一腔怒火，大发雷霆地吼她。母亲亦

223

不甘示弱，反唇相讥。于是，两人互相唇枪舌剑，闹得不可开交。丈夫最终忍无可忍，弃她而去。

两人离异时女儿十岁，父母失败的婚姻没有给她带来启示，反而让她走向了另一个极端。

女儿长大后也结了婚，丈夫是个性格外向乐观，热情奔放的人。为了吸取母亲的教训，她从不过问丈夫的交际和工作。即便丈夫跟她说起，她也从不搭腔。她认为母亲就是太爱管父亲，所以把父亲给逼走了。儿子出生后，她把所有的一切都倾注到儿子身上。就在这个时候，丈夫回家渐渐晚了。她毫无怨言地在客厅里等他，开着灯热好菜等他……丈夫开始彻夜不归，虽然她心里很不是滋味，但她还是忍着没问丈夫……这样过了一年，丈夫提出要跟她离婚。

"为什么？"她极其惊讶了。

"不为什么。我觉得我俩没有感情。"丈夫很自然而然地说。

她不懂，为什么自己从不管着丈夫，他也会对自己感到烦厌呢？她感到极其失落。

一天，带着儿子来到郊外公园放风筝，几个小孩围了过来。儿子不断地放着线，风筝在天空中越飞越高，孩童们大声欢呼雀跃。风筝努力地往上飞，边飘边摇曳着，像一道美丽的风景线。她抬头仰望着，不时地为儿子欢呼几句：放高点，再放高点……

因为极力想让风筝飞得更高，儿子手里的线就拼命地放松……风筝飞得越高风力也就越大，不一会线"绷"的一声断了，风筝最后栽倒在湖里。

望着掉下来的风筝，儿子"哇"地哭了，她的心猛地一阵颤抖，突然想到了自己曾经的婚姻。自己太过于放纵对方，给对方太多的自由，他才会飞得越来越高，飞得越来越远，直到断了线。霎时，她泪如雨下。

"人说恋爱就像放风筝，如果太计较就有悔恨，只是你们都忘了告诉我，放纵的爱，也会让天空划满伤痕……"爱情就像放风筝，太紧张，太在乎，手中的线牵的太紧，迟早有一天对方会离你而去，因为没有人能受的了令人窒息的生活；而如果将风筝放的太高，任其飞翔，不管不问，迟早有一天手中的线会断，再也无法牵住另一头的风筝。

爱，不宜迟

佛曰：缘来天注定，缘去人自夺。但有些时候，缘分是需要我们去发现和珍惜的。我们在漫长的岁月中寻寻觅觅，希望找到一生的挚爱，却又被红尘迷了眼，直到千帆过尽之后才发现，最爱的那个人，在一开始就已来到我们身边，可是，我们却再也无法回到过去。

小的时候，明亮温暖的下午，她会站在他家的窗下，高声喊着他的名字。然后他会从窗口探出小小的脑袋来回答她："等一下，3分钟！"但她通常会等5分钟以上，因为他会躲在窗帘后面，看着她在开满花的树下一朵一朵地数着树上的梨花。当他看到分不清哪个是花，哪个是她的时候，才会慢吞吞地下楼去。

她看到他，会说："你又迟到了。"

然后，他们就开始玩过家家，她是妈妈，他是爸爸，毛绒玩具是他们的孩子。她把掉下来的花瓣撕成细细的条，给自己的小丈夫和孩子做菜吃。

上小学的时候，她早早吃完早饭，然后去他家窗下喊他。他还是慢腾腾的，说好了等5分钟，她却至少要等10分钟，才能看到他一手抓着书包，一手拿着早点冲出门来。

她看到他，会说："你又迟到了。"

然后她帮他拿着书包，边走边看着他狼吞虎咽地把早餐吃完。

上中学的时候，她和他约定每天早晨7:00在巷口的早餐铺见面。她总是很准时地坐在最里边的位置，叫来两根油条。7:10分以后，他拖着黑色的书包出现在有些寒冷的阳光里，一脸懒散的表情，脸上有时隐隐可见没擦干净的牙膏沫。

她看到他，会说："你又迟到了。"

然后他坐下来开始吃早餐，她把他脏脏的书包放在自己的腿上，把粗大的油条撕成细细的条，给他配着热腾腾的豆浆喝。

高中毕业典礼那一天，他们去了一家婚纱店。她指着一套婚纱对他说，她好喜欢那套婚纱。他看那套婚纱，它不是白色，而是深蓝色的。蓝得有些诡异，有些忧郁，就像新娘一个人站在教堂里，月光掉在她如花的脸上时，眼中落下的一滴泪。然后他轻声告诉她："等你嫁给我的那一天，我把它买给你。"

大学他们分居两地，当她打电话询问他的信什么时候会到时，他常常回答她大概 3 天以后。而她接到信的时候，已经过了 7 天。

于是她会在回信里包上新鲜的玫瑰花瓣，然后写道，你又迟到了。

她把日记撕成细细的条，夹在信里寄过去。她想如果他细心的把那些碎条拼起来，就可以读到她在深夜对他的思念。

毕业以后，他们有了各自的工作。有一天他说要来看她，于是朴素的她第一次化了妆，匆匆赶去车站。她看着空荡荡的铁道，觉得那是些寂寞的钢轨，当火车从它身上走过，它会发出绝望的哭声。火车比预定时间晚了一个小时。她看到他变的比以往更加英俊，只是眼中少了一分懒散。接着她又看到他的身边有一个笑靥如花的女子，他介绍那是他的未婚妻。

她只是说了一句："你又迟到了。"

那天晚上，她把他写过的信撕成了细细的条，让一团温柔的火苗轻轻舔拭着它们的身躯。

他结婚那天，也邀请了她。她看到新娘是如此的美丽，穿着一套洁白的婚纱。那婚纱白得十分刺目，像是在讥讽她的等待。她的腿颤抖得厉害，脸上却笑着随旁人一起祝福新人。

第二天她就搬离了原来的城市，没有人知道她在哪里，她决心要从这个世界里蒸发，从他的生活里蒸发。

他像大多数都市里小有成就的男人一样，经历了事业上的成功，失败，离婚，再婚，再离婚，再结婚，丧妻。在他的生命里路过了许许多多的女人，她们有些爱他，有些被他爱，有些伤害了他，有些被他深深的伤害。匆匆而来，又匆匆而去。当他恍惚记起曾经那个站在开满鲜花的树下一朵一朵数梨花的小女孩时，自己已经是年过花甲的老人了。

他寻访到了她的讯息，他认为自己应该带一点见面礼给她。后来，有人告诉他，她一直都没有结婚，她似乎在等待一个约定，只是这个约定的期限不知是在何时。于是，他知道自己该买些什么了。他花了很长时间去寻找一件深蓝色的婚纱，他的确找到了很多件，只是没有一件像当年那套一样，有着孤独新娘在月光下的第一滴眼泪感觉的深蓝色婚纱。终于，他从香港一位收集了很多套婚纱的太太手里买下了那样一件婚纱。那位太太听过他们之间的故事后坚持不收钱，但他，还是付给了太太 55 元钱。因为距离他答应给她买这件婚纱已经有 55 年了。

他带着那套深蓝色的婚纱，匆忙赶到医院。他从不知道自己的身体居然可以跑的这样快。但是时间是最作弄人的东西，在他怀抱那堆深蓝色的轻纱踏进病房的那一刻，她停止了呼吸。

他觉得这一幕是那么似曾相识，只不过不同的是，她不能再对他说一句，你又迟到了。

这一生，她一直在等他。

而他，却总是迟到。

这最后一次的等待，她用了一生，却终究没在有生之年等来他兑现承诺。

不要因为自己的忽略而错过值得我们一辈子去爱的人，不要等到人生迟暮之时，才悔不当初，希望时光可以倒退，希望可以回到从前，希望能够重新认识那个人，希望可以改变现在的结局……

他和她是梅竹马的表兄妹，在他们年轻的时候，表亲是可以成婚的，于是，两人举行了传统结婚仪式，拜了天地。

婚后不久，他考入辅仁大学社会经济系。为了支持他念书，她来到北京，在有钱人家中浆洗衣物、被服，挣钱供他读书。

但他在求学期间，喜欢上了漂亮的城里女孩儿。而且，读了书的他，知道了近亲结婚是违背科学和伦理的。他不愿意让同学们知道他结了婚，当她和妹妹来学校看望他时，他暴跳如雷："谁让你们来的！"

她只好拉着妹妹快步离开。尽管那天，她和妹妹穿的是没有一点儿补丁的、最好的花衬衫；尽管那天，她和妹妹为了去看他，一来一回，徒步走了整整一天。可是，他还是毫不留情地将她们赶走了。

妹妹天真地问："为什么姐夫不高兴？"

烈日炎炎下，她独自咽下委屈，说："读书的时候是不准结婚的，他怕同学知道。"

而实际上，当时的学堂并没有这样一条规定。

后来，他大学毕业。再后来，新中国成立，想到当初结婚只拜了天地，她的父母为了巩固两人的婚姻，逼着两人到民政部门登记结婚。

三年大饥荒时期，北京也不例外。最残酷的时候，走在路上吃馒头都会被饥民哄抢。为了把粮食省下来给他吃，又不会被人发现偷去，她缝了个小布袋拴在腰间，把自己的口粮省下一半放在布袋里，晚上睡觉都攥在手心里，等着他每周回来，让他吃一顿饱饭。

她瘦得皮包骨头，却守着她的布袋，一直把食物留存下来。她无数次饿晕在大堆要浆洗的被服前，清醒后又拴紧她的布袋继续干活……

她在自己的生存都受到威胁的情况下，把活下去的希望留给另一半，这样的爱情是多么不容置疑！可是，他并不领情。

在那样艰苦的情况下，她还怕因为自己没有文化而被丈夫看不起，于是一边自学，一边在北京城找一份工作。几经申请，街道办事处把她安排到一家工厂工作。为了更好地照顾丈夫和公婆，她毅然将公婆接到了北京。

而他却在这时向上级申请到青海工作，夫妻两人分居两地。之后，他不再回家，还怂恿父母与她分开住。

她痛哭不止，终于意识到，这段婚姻已经不能再靠她卑微的讨好和无私的付出去维系了。

但此时，只要是回老家，她还是会去帮公婆干农活。她卑微地爱着他，拼命打磨自己，希望与他比肩，和这个对她寡情的男人拥有天长地久的美好。

日子就这样艰难地度过，他不回家，她便不远万里去青海找他。她和妹妹一起来到青海去看望他，发现他穿着时髦的的确良衬衫，头发梳得油光可鉴。

对于她们的到来，他并没有多少见到亲人的欣喜，反而很不高兴，并且提出两人之间已没有感情，并且近亲结婚是违法的。

妹妹问她姐夫到底想怎么样，她想了想，对妹妹说："他要怎么样就怎么样吧，我不能拖累他。"

就这样，两人平静地在青海办理了离婚手续。

这场持续了十年的、始终只有一人付出的婚姻宣告结束，对他来说，是解脱。

他终于过上了自己想要的生活，不再被一段不想要的婚姻所束缚。

而她，回去之后三天粒米未进，哭得天昏地暗。整个镇子的人都知道她被读大学的丈夫抛弃了。她在家待了两个月，出去还要替他解释："不是他品性不好，是我们近亲结婚，这是违法的……"

十年，她将一个女人一生最好的年华都奉献给了他。为了供他上学，她替人洗衣落下了关节炎，关节粗大，双腿不能弯曲。但即使最终被抛弃，依旧没有一丝怨言。

两年后，他结婚，后被调往北京任教。

她听说他结了婚，才终于在亲友的撮合下，与一个离异退休职工结了婚。

到了"文革"时期，他成了走资派。她急得六神无主，她知道他从小就没有吃过一丁点儿苦，怕他熬不住，又担心他没了工资，他的孩子没吃没穿。她决定给他一家送吃的，又怕他的妻子觉得尴尬，便让自己同样善良的丈夫每个星期都给他家送吃的。

再后来他赴英留学，她和丈夫毅然表态：他的两个孩子，他们寄钱来养。每个月，她都要把三分之一的工资寄给他的妻子，还把自己的粮票、油票也一起寄过去。他的两个孩子一直记得，小时候只要爸爸的"乡下亲戚"一来，他们就知道，"世上最好吃的东西来了"。他的大儿子那时候上小学，看到有同学穿军装，也想要一套。后来，这位"乡下"的叔叔便将自己家半年的布票给了他妻子，让他妻子用这些布票买布给他大儿子做了一身军装。

而她自己的一件衣裳，却是"新三年，旧三年，缝缝补补又三年"……

他从英国回来之后，一次有学生送给他一罐麦乳精，他舍不得喝，拿给她。那也是他第一次去她家，看到她家的枕头上还打着补丁，他觉得刺眼，伸手拽过来给翻了个面，没想到背面的补丁更多。

他叹了一声："年轻的时候不懂事……我这辈子唯一对不住的人就是你，不知道还有没有偿还的机会。"

几十年过去，他终于有了愧意。

她的丈夫因病去世，他亲自前来为她丈夫送终，并写了挽联："手足情笃几度生死未曾离左右，肺腑言箴从来荣辱不计守炎凉"。

此时，两人都已年过花甲，再多恩怨都已被岁月打磨平整。

她一生无儿无女，丈夫去世，她回到老家，和妹妹一家生活在一起。

转眼十一年过去，他的妻子也已去世。他的两个儿子都希望他能续弦，也好有人陪他度过晚年，但被他一口回绝了。

后来几经辗转，他终于打听到她家的电话，此时，他们都已七十多岁。

他说："你到北京来吧，我们都是没几年光景的人了，我们一起过吧。

谁知道人还有没有下辈子呢?"

她毫不犹豫地说:"好哇。"话一出口,哭得一塌糊涂。

他亲自去接她来北京,一路上,他担心她走路不方便,怕她摔倒,一直牵着她的手。

他们就这样在离婚几十年之后,又一次结了婚,领了结婚证。只是这一次,他是心甘情愿的。在他在最后的两年里,两人都有些糊涂了,但他有时会费力地俯过身去吻她,她还像少女一样笑……

爱,不宜迟,擦亮双眼,及时发现和珍惜爱情吧!

没有谁会等你一辈子

这一生,谁不渴望与心爱的人看细水长流,谁不想与所爱之人长相厮守,如果你遇到了这个人,一定要细心呵护这段感情,一定不要让对方等太久。人生不长,青春太短,没有人会等你一辈子。

当李军背着破旧的书包来到市重点高中报到时,他被高高的教学楼给惊呆了,好不容易穿过拥挤的人群来到报到处,却不小心撞到了一个女孩。

李军忙稳住身体给对方道歉,一抬头看到一身白裙的女孩俏生生的一张脸时却紧张地话都说不完整,反而是女孩笑着说:"你是哪个班的?我刚办完入学手续。"

后来,李军和这个女孩成了同桌。因为兴趣相同,两人之间多了不少话题。女孩是一个心细如发的人,李军算题的草稿纸完了,她会及时地塞给他一叠;上午李军刚打了一个喷嚏,下午她就递过去了一盒感冒药……两人在一起时,有说有笑兴致勃勃,一旦半天不见便会焦躁不安失魂落魄,他们知道,对方已深深地走进了自己的世界。

可是,李军不敢向女孩表白,他深知两人的差距。他不过是一个农民的儿子,而女孩却来自于一个高干家庭。李军知道,只有考上一所好大学他才配和女孩表白。把这份感情深深地埋进心里,更加努力地学习。

高中毕业时，女孩送给他一份特别的礼物，是他发表过的所有文章的剪贴。在扉页上她写道：就让我长成一棵树，站在你必经的路口吧。

女孩考上了省城的一所知名医科大学，而李军却考到了离家千里之外的一所军校。当他拿到录取通知书时，他兴冲冲地想去和女孩表白。但他看着红彤彤的通知书，想到捐躯卫国是军人的天职，守卫边疆是军人的义务，他可以毫无怨言地驻守在任何祖国需要他的地方，可是她一个弱女子如何扛得动上万里地的风和沙、八千里路的云和月？他又岂能忍心让她蒙受人生太多太重的负荷？爱情是风花雪月，婚姻是柴米油盐啊。他又咽下了那句早就想对她说的话。

大学四年，两人依旧保持着联系，鸿雁传书让他单调的生活充满了期待和甜蜜，而她则委婉地向他诉说着自己的情思。甚至邀请他来自己的学校看看。她的心思，他怎会不懂？尽管他深深爱着她，可是他却不敢说出那句话，不敢给她任何承诺。

在他二十二岁的生日时，他收到了她邮来的礼物：一盒陈淑桦的歌带。他听时惊异发现，外面只剩下了陈淑桦那如泣如诉的、反重复复的召唤："说吧，说你爱我吧。"一霎时，他泪流满面，伸手拿起了电话摁下了她的电话号码，手指却停留在拨出键上久久无法动弹。

他在心里起誓：只要不去戍边，就向她求婚。

四年的大学生涯终于结束，李军如愿以偿被分回了老家省城。他立刻用发抖的手指拨通了电话，把这一消息告诉了她。

她在电话那一端沉默了，良久，用颤抖的声音说："我已经有男朋友了。"

他震惊地说不出话来，无论如何也没有预料到会是这种结局，她似乎知道他在想什么，哽咽着说："我已经等了你六年，一直等你说出那句话，可是你迟迟不说，我累了，也不想再让另一个男孩子等我那么久。也许他很多方面不如你，但他起码比你勇敢，敢说出自己的心里话。我终于听到了那声朝思暮想似乎远隔千山万水的召唤，这声召唤叩开了我深闭的感情之门，温润了一个女子被光阴风干的心花。"

能在茫茫人海中遇到那个想携手到老的人是何其不易，如果遇到了，不要迟疑不前，不要犹豫不决，要抓住这得之不易的机会，不要轻易放弃本应属于自己的幸福。

时光带不走爱情

"一身诗意千寻瀑，万古人间四月天！"提起这句挽联，我们不禁会想起那个如仙子一般的女子——林徽因。

她是民国时期的临水照花人，她拥有智慧、美丽、优雅，还有绝世无双的事业、爱情与友情。林徽因的一生，是令许多人艳羡的，不仅仅是因为她的美丽和智慧，更因为她生命中出现过的三个男人——多情风流的徐志摩，稳重温柔的梁思成，矢志不渝金岳霖。

1904 年，在江南烟雨中，林徽因出生了。一声啼哭之后，是一树一树的花开，是燕在梁间呢喃，是明媚的人间四月天。

林徽因的父亲林长民毕业于日本早稻田大学，擅诗文，工书法，曾任北洋政府司法总长等职。良好的家世背景，给林徽因的成长提供了绝好的条件，也在她骨子里注入了天生的贵族气息。

16 岁时，林徽因随父一起游历欧洲，遇见了她生命中第一个重要的男人，那个为她徜徉在康桥，深情地等待一场旧梦可以归来的多情才子徐志摩。

刚开始，林徽因是带着敬畏之心结识徐志摩的，因为她父亲曾经和她说起过这个人，是个很有才华的青年。后来慢慢接触多了，他开始和她谈文学，谈诗歌，谈人生。思想上的沟通、感情上的融洽以及对诗情的理解和对秋天的感怀使两颗年轻的心不断靠拢。

后来二人渐渐地谈到了感情，徐志摩燃烧的眸子里写满了对林徽因疯狂的眷恋。

林徽因先是拒绝，因为之前，按照父亲的心愿，她已经和门当户对的士林领袖梁启超的大公子梁思成定了亲，尽管她对梁思成没有太深的印象。

而且那时，徐志摩已经为人夫为人父。

可是，一个 16 岁的少女总是有着浪漫的爱情梦想，被人宠着总是一件幸福快乐的事。后来在徐志摩的狂轰滥炸下，林徽因慢慢感受到了忐忑惊喜。一个已婚的青年才俊，对一个情窦初开的女孩子有着致命的吸引力。这个男子触动了她内心最柔软的情愫，满足了她对异性男子所有美好的向往。

徐志摩对林徽因爱得热烈，爱得疯狂，爱得忘记了海宁家里还有妻儿，但遗憾的是未获佳人任何许可。他认为"有妇之夫"是他的"白璧微瑕"，他受困于感性的驱使，将狂烈的爱情之火烧熔理智，对林徽因穷追不舍……在妻子生下第二个孩子以后，于1922年3月向妻子张幼仪提出离婚，抛弃了他的妻子和两个儿子。这个才华横溢冲动任性的诗人，他用他不顾一切的爱和多情，来追求林徽因。

那个有康桥的异国他乡，给了许多青年男女对爱情如诗如梦的想象。终于，他们相恋了。

可是，林徽因是诗意的，她亦是清醒的。短暂的热恋之后，她清楚地知道能陪自己一生的不是这个多情才子，而是那个与自己早有婚约的梁思成。

这场空前绝后的康桥之恋，最终还是谢了幕。

徐志摩的出现，是林徽因一生命运的转向。后来她的一生，不管她愿不愿意，都被这个风一样的男人纠结着，从此也打上了徐志摩的烙印。但是她亦知道，徐志摩于她，只是惊鸿一瞥，只是一次美丽的错误，只是一场无望的爱恋。

在徐志摩离开人世的一个半月后，林徽因在给胡适的信中写道："这几天思念他得很，但是他如果活着，恐怕我待他仍不能改的，事实上太不可能。也许那就是我不够爱他的缘故。"

与徐志摩分别之后，林徽因来不及悲伤回望，迎来了她生命中的第二个重要的男人——梁思成。

林徽因终究是个平凡的女子，活在尘世的目光里。梁思成是配她的，他是大名鼎鼎的梁启超的公子，他风姿飘逸，文采飞扬。她更加知道，梁思成才能给她安稳静好的生活。

婚前，梁思成问林徽因："有一句话，我只问这一次，以后都不会再问，为什么是我？"

林徽因答："答案很长，我得用一生去回答你，准备好听我说了吗？"

她嫁与梁思成，一起攻读建筑学，走了许多的城市，写下许多建筑的论文，更为中国古代建筑研究奠定了坚实的科学基础。

婚后梁思成更像是得了宝贝似的把林徽因捧在手心里，他一点都无愧色地说，老婆是自己的好，文章是老婆的好。他对她的爱是彻底的，从而成就了一段"梁上君子，林下美人"的佳话。他把她的名字用诗一般的语言一起镶入中国建筑史的丰碑上，他陪她白头到老，她在他的怀里安稳逝去。

但就在相濡以沫的两人之间，也曾出现过一次危机。

一天，梁思成从外地回来，林徽因很沮丧地告诉他："我苦恼极了，因为我同时爱上了两个人，不知道怎么办才好？"

林徽因爱上的另一个人，叫金岳霖，是她生命中的第三个重要的男人。

金岳霖是徐志摩的好友，在徐志摩第一次将他介绍给林徽因的时候，他就不可抑制地爱上了这个安静淡雅的女子。可是，朋友妻不可欺，他始终克制着自己的感情，从未表现出来过。

后来，徐志摩去世。缘分是最不可预测的东西，他和林徽因转来转去还是相爱了，但此时，林徽因已是梁思成的妻子，而他和梁思成，亦是好友。

梁思成听了以后非常震惊，一种无法形容的痛苦笼罩了他，经过一夜的思想斗争，虽然自己痛苦，但想到另一个男人的长处，他毅然告诉林徽因："你是自由的，如果你选择了金岳霖，我祝你们永远幸福。"

她又把这一切告诉了金岳霖。金的回答更令凡人惊异："看来他才是真正爱你的。我不能去伤害一个真正爱你的人。我应该退出。"

金岳霖是一代哲学宗师，他以他的退守，保全了他对林徽因完整的爱情。从那以后，他们三人毫无芥蒂，金岳霖仍旧跟他们毗邻而居。而金岳霖则孑然一身，终身未娶。

他钦佩林徽因，爱慕她的容颜与才情，更欣赏她这种洁净优雅的气质。他用最高的理智驾驭自己的情感，默默地爱了林徽因一生。在他的心里，她是他人间的唯一，是他心中一朵永远盛开不败的莲花。

一生，这两个字说来轻巧，可是度过去，却又是多么漫长，可金岳霖却可以为一个女子守候一生，寂寞一生，缄默一生。也许，林徽因也同样爱着金岳霖，只是矜持缄默地爱着，甚至不能像年轻时与徐志摩那样毫无顾忌地相爱。因为，只有青春可以放纵，过了那个年龄，就不再有放纵的资格。倘若你要放纵，就意味着一种背叛，就得忍受世俗的指责，忍受讶异的目光。林徽因是不会让自己如此的，当年，她可以平静地与徐志摩别离，就不会热烈地与金岳霖相拥。

金岳霖懂得她，于是默默地呵护了她一生。他一辈子都站在离林徽因不远的地方，默默关注她的尘世沧桑，苦苦相随她的生命悲喜。

而金岳霖，在得知林徽因去世时，写下了"一身诗意千寻瀑，万古人间四月天"的挽联；在林徽因的追悼会那天，他的泪就没有停过；在林徽因去世多年后，他郑重其事地邀请一些至交好友到北京饭店赴宴，只因为那天是她的生日；在他八十岁高龄时，当有人拿来一张他从未见过的林徽因的照片来请他辨别拍照的时间地点的时候，他仍还会凝视良久嘴角渐渐往下弯，像是要哭的样子，喉头微微动着，像有千言万语哽在那里，最后还是一言未发，紧紧捏着照片，生怕影中人飞走一样，许久，才抬起头，像小孩求情似的对别人说：给我吧！

她在他心中，始终是最美的人间四月天。

而这三个男人当中，最让世人慨叹的，莫过于金岳霖了。金岳霖的爱，是真正的至死方休，是真正的白头到老，哪怕这场人生的戏始终只有他一人，他也要等到曲终人散。

别人对你付出，是因为别人欢喜；你对别人付出，是因为自己甘愿。金岳霖对林徽因的感情，是真正的时光带不走的爱情。